U0917245

[清] 明教中人 著

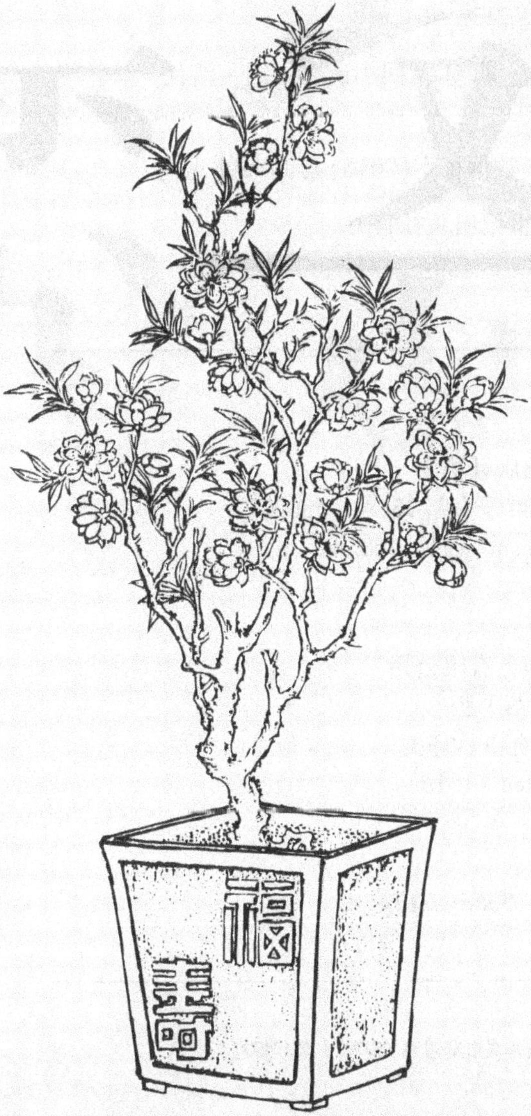

二十一世纪出版社集团
21st Century Publishing Group
21

图书在版编目(CIP)数据

好逑传/(清)明教中人著. —南昌:二十一世纪出版社集团,2016.8(2025.7重印)
(经典书香. 中国古典禁毁小说丛书)

ISBN 978-7-5568-2139-6

Ⅰ.①好… Ⅱ.①明… Ⅲ.①章回小说-中国-清代 Ⅳ.①I242.4

中国版本图书馆 CIP 数据核字(2016)第 174698 号

新浪微博:@二十一世纪出版社官方

好逑传 明教中人/著

策　　划	余伯刚
责任编辑	敖登格日乐
出版发行	二十一世纪出版社集团 (江西省南昌市子安路75号　330009) www.21cccc.com　cc21@163.net
出 版 人	张秋林
经　　销	新华书店
印　　刷	三河市明华印务有限公司
版　　次	2016年10月第1版
印　　次	2025年7月第3次印刷
开　　本	620mm×889mm　1/16
印　　张	14
字　　数	165千字
书　　号	ISBN 978-7-5568-2139-6
定　　价	38.00元

赣版权登字—04—2016—583

前　言

《好逑传》又名《侠义风月传》《义侠好逑传》，全书共十八回 。是出现于明末清初时期的才子佳人小说，曾被封建时代的一些评论家誉为“十才子书”之一。作者不详，署名为“名教中人”。这也算是中国特色——相当一部分古典文学都无法考证出作者，而且随着年代越来越久远，这种考证出来的可能性也会随之越来越低，不得不说是一种深深的遗憾。

《好逑传》主要叙述了男女主角——铁中玉和水冰心的不惧封建恶势力，努力捍卫二人的婚姻，揭露恶势力的不义之事。

学士之子过其祖垂涎独居在家的才女水冰心，多次意图强娶，都以失败告终。再次用计强抢时，恰好被路过的侠士铁中玉遇见，出手将水冰心救下。过其祖怀恨在心，在铁中玉酒食中下毒。铁中玉生命垂危，水冰心不顾闲言，毅然将搭救过自己的恩人接到家中医治。相处过程中，铁、水二人相互钟情，但始终未越雷池，以理自守，谈话吃饭隔帘相对。几经磨难之后，铁中玉功成名就，双方父亲做主，欲使两人成婚，却又遭过其祖家诽谤。最终，皇后验明水冰心的处子之身，皇帝下旨表彰二人，令二人完婚并惩处恶人。

中国文学宝库浩荡无际，《好逑传》也许并不能被称为一部文学巨作，但它在汉籍外译史上却占有无可替代的地位。远在十八世纪，《好逑传》就被译成英、法、德三种文字出版，流行于欧洲文坛，并得到歌德的注意。到十九世纪初，它的各种外文译本已达十五种之多。被向往中国文化的西方文人奉为经典，成为西方了解中国文学和文化的重要参考资料。

《好逑传》在其人物形象、情节设置以及其传播影响方面都有其独到的地方。就创作模式而言，它继承了这类小说的基本特点，小说中的主人公仍然是才子和佳人，小说情节也延续了才子佳人小说“相遇、恨别、团圆”的情节模式。但《好逑传》对传统的才子佳人模式又有所突破，作品中的才子和佳人形象更为生动，其特点也有了新的变化，在歌颂美好爱情的同时强调了“理”对人的行为的约束，体现了作者对这类题材创作的反思。

编　者
2016 年 5 月

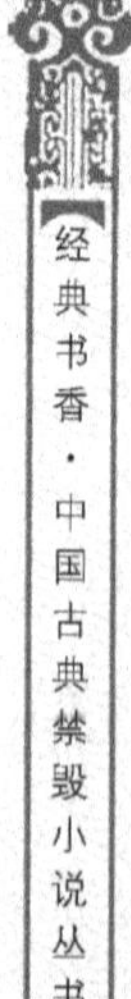

叙

自生人以来，凡偕伉俪①，莫非匹偶。乃《诗》独于寤寐②之君子，窈窕之淑女，称艳之曰“好逑”。斯何谓哉？谓以富贵誉之耶？武牝③画天子之蛾眉，绿珠耀金谷之螓首④，非不富贵也，未闻有此称也。谓以佳丽羡之耶？西子倚白玉之床，阿娇贮黄金之屋，非不佳丽也，未闻有此称也。谓以贤才尊之耶？姜后脱簪⑤，闻其贤矣；无盐⑥隐语，闻其才矣：谓君王之好逑，则未闻也。

---

① 伉俪（kànglì）——夫妻。

② 寤寐（wùmèi）——意为日夜。《诗·周南·关雎》：“窈窕淑女，寤寐求之。”

③ 武牝（pìn）——指武则天。牝，雌性。

④ 螓（qín）首——形容女子面容美丽。

⑤ 姜后脱簪——汉刘向《烈女传·周宣姜后》：“周宣姜后者，齐侯之女也。贤而有德，事非礼不言，行非礼不动。宣王常早卧晏起，后夫人不出房，姜后脱簪珥，待罪于永巷，使其傅母通言于王曰：‘妾之不才，妾之淫心见矣，至使君王失礼而晏朝，以见君王乐色而忘德也……敢请婢子之罪。’王曰：‘寡人不德，实自有过，非夫人之罪也。’遂复姜后，而勤于政事。”后用作为妃辅主以礼的典故。

⑥ 无盐——人名。姓钟离，名春。因系齐国无盐邑人而得名。相貌丑陋，但关心政事。曾自谒齐宣王，面责其奢淫腐败，宣王感动，立为王后。后世用以指貌丑而有贤德的妇女。

他如明妃[①]远嫁，悲马上之琵琶；班女[②]自修，赋秋风纨扇[③]：时耶命也，且非婚媾[④]，何况好逑？至于识英雄之红拂女[⑤]，感琴心之卓文君[⑥]，侠肠明眼，亦自过人；然律以好逑，则又不足数也。若夫张郎画眉[⑦]，止可眠闺阃[⑧]之私情；荀倩中庭，不过笃夫妻之溺爱：其去好逑愈远。唯举案之梁孟[⑨]，其庶几乎？然钟鼓琴瑟，未免稍逊一筹。因知此好逑者，其必和谐有道，备极夫妇之欢，于足法随，唱非淫曲，尽人伦之乐而无愧者也。

每仪图之，何妨富贵也，但不可以富贵强非礼之欢，自安佳丽也，尤不可以佳丽贾若淫之罪。不德何贤，不才何淑？然才德反好逑之一班，而恩情之美满，爱敬之绸缪，更似有进焉者。必也花香沩汭[⑩]，播衿衣鼓琴之美；春满河洲，扬端庄正静之风。再不然而星户照偕老之天，再不然而凫雁快同心之弋。始觉人伦不苟，玉性无他，而名教中自有乐地。奈何人不及知，知不能恃，而慕非所慕，悦非所悦。是以楚梦妖云，唐流祸水，犯名于义，逐逐如逝波。遂令色荒有戒，为视明眸皓齿，为蛊为灾，而

① 明妃——即王昭君，晋因避司马昭讳，改称为明君或明妃。

② 班女——即班昭，东汉女史学家。班固之妹。曾续撰《汉书》，担任皇后和妃嫔的教师，著有《东征赋》《女诫》等。

③ 秋风纨（wán）扇——指汉成帝妃班婕妤的《团扇歌》。

④ 媾（gòu）——结为婚姻。

⑤ 红拂女——隋司空杨素府中歌妓。

⑥ 卓文君——汉代才女，四川临邛人，嫁与司马相如。

⑦ 张郎画眉——汉时张敞替妻子画眉毛，用以比喻夫妻感情好。

⑧ 闺阃（kǔn）——指妇女居住的地方。

⑨ 梁孟——指汉代恩爱夫妻梁鸿孟光，有举案齐眉典故。

⑩ 妫汭（guīruì）——舜的居所，此指舜的配偶娥皇与女英。

好逑一脉，几乎斩矣，不亦矫枉之过哉？

因思二《南》[①] 仍在人间，《桃夭》未尝乏种。第未竖懿形，无从求淑影，因谱兹《好逑》一案，使世知天才佳丽，原有安排，人每自轻，不知消受。唯德流荇菜，方享人生之福；礼正斧柯[②]，始成名教之荣。舍此而登徒[③]窥共柏之情墙，非然而嫫姆[④]掷潘安之果，吾见其不知量，而只自取辱耳。故于归之径，周行是正，直御为安。稍涉逶迤，而侠者则避之，义者则辞之，非以之子为不美而不动心，非以家室为不愿而不属意。所以然者，爱伦常甚于爱美色，重廉耻过于重婚姻。是以恩有为恩，不敢媚恩而辱体；情有为情，何忍恣情以愧心？未尝不爱，爱之至而敬生焉；未尝不亲，亲之极而私绝焉。甚至恭勤饮食如大宾，告诫衾裯[⑤]为良友，伉俪至此，风斯美矣。此其所以为"好逑"而《诗》独咏之哉。

嗟嗟！人心本自天心，既知好色，夫岂不好名义？特汩没深而无由醒悟，沉沦久而不知兴起，诚于此而寓目焉，必骇然惊喜曰：名义之乐乃尔，何禽兽为？则兹一编当与《关雎》同读已。

宣化里维风老人敬题于好德堂。

---

① 二《南》——《诗经》中《周南》《召南》的合称。

② 斧柯——做媒。

③ 登徒——即登徒子，登徒是姓，子是男子的通称。宋玉有《登徒子好色赋》。后用来称轻浮好色之人。

④ 嫫姆——传说为黄帝第四妃，貌丑。

⑤ 衾裯（qīnchóu）——指被褥等卧具。

目　录

第　一　回

省凤城侠怜鸳侣苦

诗曰：

偌大河山偌大天，万千年又万千年。

前人过去后人续，几个男儿是圣贤？

又曰：

寤寐相求反侧思，有情谁不爱蛾眉？

但须不作钻窥想，便是人间好唱随。

话说前朝北直隶①大名府，有一个秀才，姓铁，双名中玉，表字挺生。甚生得风姿俊秀，就像一个美人，因此里中起个诨名，叫做“铁美人”。若论他人品秀美，性格就该温存；不料他人虽生得秀美，一个性子就似生铁一般，十分执拗。又有几分膂力②，有不如意，动不动就要使气动粗。等闲也不轻易见他言笑。倘或交接富贵朋友，满面上霜也刮得下来，一味冷淡。却又作怪，苦是遇着贫交知己，煮酒论文，便终日欢然，不知厌倦。更有一段好处，人若缓急求他，便不论贤愚贵贱，慨然周济；若是谀言谄媚，指望邀惠，他却只当不曾听见。所以人多感激他，又

---

① 北直隶——明时北京附近的河北大部、天津和河南、山东小部分地区称北直隶。

② 膂力——体力、力量。

都不敢无故亲近他。

父亲叫做铁英，是个进士出身，为人忠直，官居御史，赫赫有敢谏之名。母亲石氏，随父在任。因铁公子为人落落寡合，见事又敢作敢为，恐怕招愆，所以留在家下。他天资既高，学问又出人头地，因此看人不在眼上。每日只闭户读书；至读书有兴，便独酌陶情。虽不叫做沉酣曲蘖①，却也朝夕少它不得。再有兴时，便是寻花问柳，看山玩水而已。十五六岁时，父母便要与他结亲，他因而说道："孩儿素性不喜偶俗，若是朋友，合则留，不合则去，可也。夫妇乃五伦之一，一谐伉俪，便是白头相守；倘造次成婚，苟非淑女，勉强周旋则伤性，去之掷之又伤伦，安可轻议？万望二大人少宽其期，以图选择。"父母见他说得有理，便因循下来，故至今年将二十，尚未有配，他也不在心上。

一日，在家饮酒读书，忽读到比干谏而死，因想道："为臣尽忠，虽是正道，然也须有些权术，上可以悟主，下可以全身，方见才干。若一味耿直，不知忌讳，不但事不能济，每每触主之怒，成君之过，至于杀身，虽忠何益？"又饮了数杯，因又想道："我父亲官居言路，赋性骨鲠②，不知机变，多分要受此累。"一时忧上心来，便恨不得插翅飞到父亲面前，苦劝一番，遂无情无绪，彷徨了一夜。

到次日，天才微明，就起来吩咐一个托得的老家人，管了家事。又叫人收拾了行李，备了马匹。只叫一个贴身服侍的童子，叫做小丹的跟随，毕竟自进京去定省③父母。正是：

---

① 曲蘖（niè）——即酒母，此处指酒。
② 骨鲠（gěng）——正直、耿直。
③ 省（xǐng）——探望。

死君自是忠臣志，忧父方成孝子心。

任是人情百般厚，算来还是五伦深。

铁公子忙步进京，走了两日，心焦起来，贪着行路，不觉错过宿头。天色渐昏，没个歇店，只得沿着一带土路，转入一个乡村来借住。到了村中来看，只见村中虽有许多人家，却东一家，西一家，散散住开，不甚相连。此时铁公子心慌，也不暇去拣择大户人家，只就近便在村口一家门前下了马，叫小丹牵着；自走进去，叫一声："有人么?"只见里面走出一个老婆子来，看见铁公子秀才打扮，忙问道："相公莫非是京中出来，去看韦相公，不认得他家，要问我么?"铁公子道："我不是看什么韦相公；我是要进京，贪走路，错过了宿头，要借住的。"老婆子道："若要借住，不打紧；但是穷人家没好床铺供给，莫要见怪。"铁公子道："这都不消，只要过得一夜便足矣，我自重谢。"遂叫小丹将行李取了进来。那老婆子叫他将马牵到后面菜园破屋里去喂，又请铁公子到旁边一间草屋里去坐，又一面烧了一壶茶出来，请铁公子吃。

铁公子吃着茶，因问道："你方才猜我是京里出来看韦相公的，这韦相公却是何人？又有何事，人来看他?"老婆子道："相公，你不知道，我这地方原不叫做韦村，只因昔年出过一个韦尚书，他家人丁最盛，村中十停人家，倒有六七停姓韦，故此才叫做韦村。不期兴衰不一，过了数十年，这韦姓一旦败落，不但人家穷了，连人丁也少了。就有几家，不是种田，就是挑粪，从没个读书之子。不料近日风水又转了，忽生出一个韦相公来，才十六七岁，就考中了一个秀才。京中又遇了一个同学秀才的人家，爱他年纪小，有才学，又许了一头亲事；只因他家一贫彻骨，到今三四年，尚不曾娶得。数日前，忽有一个富豪大官府，看见他妻子生得美貌，定要娶他。他父母不肯，那官府恼了，因倚着官势，用强叫许多人将女子抬了回去。前日有人来报知韦相公，韦相公慌了，急急进京去访问。不期访了一日，不但他妻子没有踪影，连他丈父、丈母也没个影儿。欲要告状，又没个指实见证；况他对头又是个大官府，如何理论得他过？今日气苦不过，走回来对他母亲大哭了一场，竟去长溪里投水。他母亲急了，四下央邻人去赶，连我家老官儿也央去了，不知可赶得着否，故此相公方才来，我只道是他的好朋友，知他着恼，来看他的。”

正说不了，只听得门外嚷嚷人声。二人忙走出来看，只见许多乡人，围护着一个青衣少年，掩着面哭了过去。老婆子见他老官儿也同着走，因叫说道：“家里有客人，你回来吧，不要去了。”内中一个老儿听见叫，忙走了回来道：“我家有甚客人？”忽抬头看见铁公子，因问道：“莫非就是这位相公？”老婆子道：“正是这位相公，错了路，要借宿。”老官儿道：“既是相公要借宿，怎不快去收拾夜饭，还站在这里看些什么？”老婆子道：“不是我要看，也是这位相公问起韦相公的事来，故此同看看。我且问你，韦相公的妻子，既是青天白日许多人抢了去，难道就没一个人看见，为何韦相公访来访去，竟不见一些影响？”老官儿道：“怎的没影响，怎的没人看见？只是他的对头厉害，谁敢多嘴，管这闲事，去招灾揽祸？”老婆子道：“果是不敢说？”老儿道：“莫道不敢说，就是说明了，这样所在，也救不出来。”婆子道：“若是这等说，韦相公这条性命，活不成了？可怜，可怜！”说着，就进去收拾夜饭。

铁公子听了，在旁冷笑道：“你们乡下人，怎这样胆小没义气？只怕还是没人知道消息，说这宽皮话儿。”老儿道：“怎的没人知道消息？莫说别人，就是我也知道。”铁公子道：“你知道在哪里？”老儿道：“相公是远方过路人，料不管这闲事，就在面前说不妨。相公，你道他将这女子藏在哪里？”铁公子道：“无非是公侯的深闺秘院。”老儿道：“若是公侯的深闺秘院，有人出入，也还容易缉访。说起来这个对头，是世代公侯，祖上曾有汗马功劳，朝廷特赐他一所“养闲堂”，叫他安享，闲人不许擅入。前日我侄儿在城中卖草，亲眼看见他将这女子藏了进去。”铁公子道：“既有人看见，何不报知韦相公，叫他去寻？”老儿道：“报他有何用？就是我热心肠与韦相公说了，韦相公也没本事去问他一声，看他一眼。”铁公子道：“这养闲堂在何处，你可认得？”老儿道：“养闲堂在齐化门外，只有一二里路，想是人人认得的，只是谁敢进去？”说完，老婆子已收拾了夜饭，请铁公子进草屋去吃。铁公子吃完，就叫小丹铺开行李，草草睡了一夜。

到次日起来，老儿、婆子又收拾早饭，请他吃了。铁公子叫小丹称了五钱银子，谢别主人，然后牵马出门。临上马，老儿又叮嘱道：“相公，昨晚说的话，到京中切不可吹风，恐惹出祸来。”铁公子道：“关我甚事，我去露风？老丈只管放心。”说罢遂别，出大路而行。正是：

奸狡休夸用智深，谁知败露出无心。
劝君不必遮人目，上有苍苍自鉴临。

铁公子上马，望大路才走不到二三里，只见昨晚看见的那个青衣少年，在前面走一步顿一步足，大哭一声道：“苍天，苍天！何令我受害至此！”铁公子看明了，忙将缰绳一提，赶到前面，跳下马来，将他肩头一拍道：“韦兄，不必过伤。这事易处，都在我小弟身上，管取玉人归赵。”那少年猛然抬头，看见铁公子是个贵介行藏，却又不认得，心下惊疑，答道：“长兄自是贵人，小弟贫贱，素不识荆，今又正在患难之中，怎知贱姓，过蒙宽慰，自是长兄云天高谊。但小弟的冤苦，已随天神坑累，屈长兄纵有荆、豫侠肠，昆仑妙手，恐亦救援小弟不得。”铁公子笑道：“蜂虿①小难，若不能为兄排解，则是古有豪杰，今无英雄矣，岂不令郭解②齿冷？”

那少年听了，愈加惊讶道：“长兄乃高贤大侠，小弟在困顿中，神情昏瞶，一时失敬。且请问贵姓尊表，以志不朽。”铁公子道：“小弟的贱名，此时仁兄且不必问。倒是仁兄的尊讳，与今日将欲何往，倒要见教了，我自有说。”那少年道：“小弟韦佩，贱字柔敷。今不幸遭此强暴劫夺之祸，欲要寻个自尽，又奈寡母在堂；欲待隐忍了，又忽当此圣明之朝，况在辇毂③之下，岂容纨绔奸侯，强占人家受聘妻女，以败坏朝廷之纲常伦理，情实不甘。昨晚踌躇了一夜，因做了一张揭帖，今欲进京，拼这一条穷性命，到六部六科十三道各衙门去告他。虽知贵贱相悬，贫富不敌，然事到头来，也说不得了。”因在袖中取出了一张揭帖，递与铁公子道：“长兄请一看，便知小弟的冤苦了。”说罢，又大声痛哭起来。

铁公子接了揭帖，细细一看，方知他丈人也是个秀才，叫做韩愿，抢他妻子的是大夬侯④。因说道：“此揭帖做得尽情耸听，然事关勋爵，必须进呈御鉴，方有用处。若只递在各衙门，他们

---

① 蜂虿（chài）——虿指蝎类毒虫，此处指不好的小事。
② 郭解——西汉时游侠，字伯翁。
③ 辇毂（niǎngǔ）——皇帝乘用的车。
④ 夬（guài）侯——此处指官名。

官官相护，谁肯出头作恶？吾兄自递，未免空费一番气力，终归无用；若是付与小弟带去，或别有妙用，也未可知。”韦佩听了，连忙深深一揖道：“得长兄垂怜，不啻①枯木逢春。但长兄任劳，小弟安坐，恐无此理。莫若追随长兄马足入城，以便使令。”铁公子道：“仁兄若同到城，未免招摇耳目，使人防嫌。兄但请回，不出十日，当有佳音相报。”韦佩道：“长兄卵翼高情，真是天高地厚；但恐书生命薄，徒费盛意。”说到伤心处，又将坠下泪来。铁公子道：“仁兄青年男子，天下何事不可为，莫只管作些儿女态，令英雄短气！”韦佩听了，忙欢喜致谢道：“受教多矣！”铁公子说罢，将揭帖揣入袖中，把手一拱，竟上马带着小丹，匆匆去了。

韦佩立在道旁目送，心下又惊又疑，又喜又感，就像做了个春梦一般，不敢认真，又不敢猜假。恍恍惚惚，只立到望不见铁公子的马影，方才懒懒地走了回去。正是：

心到乱时无是处，情当苦际只思悲。

漫言哭泣为儿女，豪杰伤心也泪垂。

原来这韦村到京，只有四五十里。铁公子一路趱行②，日才过午，就到了京城。心下正打算将这揭帖与父亲商量，要他先动了疏奏明，然后奉旨拿人。不期到了私衙门前，静悄悄一个衙役也不见，心下暗着惊道：“这是为何？”慌忙下马到堂上，也不见有吏人守候，愈加着忙。再走入内宅，见内宅门却是关的。忙叫几声，内里家人听见，认得声音，忙取钥匙开了门，迎着叫道：“大相公，不好了！老爷前日上本，伤触了朝廷，今已拿下狱去了，几乎急杀。大相公来得好，快到内房去商量。”铁公子听了，

① 不啻（chì）——不只；不止。

② 趱（zǎn）行——赶路。

大惊道："老爷上的是什么本，就至于下狱？"一头问，一头走，也等不得家人回答，早已走到内房。母亲石夫人忽看见，忙扯着衫袖，大哭道："我儿，你来得正好！你父亲今日也说要做个忠臣，明日也说要做个忠臣，早也上一本，晚也上一本，今日却弄出一场大祸来了，不知是死是生？"铁公子自先已着急，又见母亲哭作一团，只得跪下，勉强安慰道："母亲，不必着急。任是天大事情，也少不得有个商量。母亲且说父亲上的是什么本，为甚言语触犯了朝廷？"

石夫人方扶起铁公子，叫他坐下，因细细说道："数日前你父亲朝罢回家，半路上忽撞见两个老夫妻，被人打得蓬头赤脚，衣裳粉碎，拦着马头叫屈。你父亲问他是甚人，有何屈事？他说是个生员，叫做韩愿。因他有个女儿，已经许嫁与人，尚未曾娶去。忽被大夬侯访知有几分颜色，劈头叫人来说，要讨他作妾。这生员道是已经受聘，抵死不从，又挺触了他几句。那大夬侯就动了恶心，使出官势，叫了许多鹰犬，不由分说，竟打入他家，将女儿抢去。这韩愿情急，追赶拦截，又被他打得狼狈不堪。你父亲听了，一时怒起，立刻就上了一疏，参劾①这大夬侯。你父亲若是细心，既要上本，就该将韩愿夫妻拘禁，做个证据，叫他无辞便好。你父亲在恼怒中，竟不提防。及圣旨下来，着刑部审问。这贼侯奸恶异常，有财有势，竟将韩愿夫妻捉了去，并这女子藏得无影无踪。到刑部审问时，没了对头。大夬侯转办一本，说你父亲毁谤功臣，欺诳君上。刑部官又受他的嘱托，也上本参论。圣上恼了，竟将你父亲拿下狱来定罪。十三道同衙门官，欲代上疏辨救，苦无原告，

---

① 参劾（hé）——向皇帝揭发罪状。

没处下手，这事怎了？只怕将来有不测之祸。”

铁公子听完了，方定了心，喜说道：“母亲请宽怀，孩儿只道父亲论了宫闱秘密不可知之事，便难分辩。韩愿这件事，不过是民间抢夺，贵豪窝藏，有司的小事，有甚难处？”石夫人道：“我儿莫要轻看，事虽小，但没处拿人，便犯了欺君之罪。”铁公子道：“若是父亲造捏假名，果属乌有，故入人罪，便是欺君。若韩愿系生员，并他妻女，明明有人。一时抢劫，万姓共见。台臣官居言路，目击入告，正其尽职，怎么叫做欺君？”石夫人道：“我儿说的都是太平话，难道你父亲不会说？只是一时间没处拿这三个人，便塞住了嘴，做声不得。”铁公子道：“怎拿不着？就是盗贼奸细，改头换面，逃走天涯海角，也要拿来；况守韩愿三人，皆含屈负冤之人，啼啼哭哭，一步也远去不得的。不过窝藏辇毂之下，捉他何难？况此三人，孩儿已知踪迹，包管手到擒来。母亲但请放心。”石夫人道：“这话果是真么？”铁公子道：“母亲面前，怎敢说谎？”

石夫人方欢喜说道：“若果有些消息，你吃了饭，可快到狱中通知父亲，免他愁烦。”一面就叫仆妇收拾午饭，与铁公子吃了；又替他换了青衣小帽，就要叫家人跟他到狱中去。铁公子想一想道：“且慢！”又走到书房中，写了一道本；又叫母亲取出御史的关防夹带了；又将韦佩的揭帖，也包在一处袖了，方带着家人，到刑部狱中来看父亲。正是：

任事不宜凭胆大，临机全靠有深心。

若将血气雄为勇，豪杰千秋成嗣音。

铁公子到了狱中，狱官知是铁御史公子，慌忙接见，就引入内重一个小轩子里来道：“尊公老爷在内，可入去相见；恐有密言，下官不敢奉陪。”铁公子谢了一声，就走入轩内。只见父亲没有拘系，端然正襟危坐，便忙进前，拜了四拜，道：“不肖子中玉，定省久疏，负罪不浅！”

铁御史突然看见，忙站起来，惊问道：“这是我为臣报国之地，你在家不修学业，却到这里来做什么？”铁公子道：“大人为臣既思报国，孩儿闻父有事在身，安敢不来？”铁御史听了，沉吟道：“来固汝之孝思，但国家事故多端，我为谏官，尽言是我的职分；听与不听，死之生之，在于朝廷，你来也无益。”铁公子道：“谏臣言事，固其职分，亦当料可言则言，不可言则不言，以期于事之有济。若不管事之济否，只以敢言为尽心以塞责，则不谙大体与不知变通之人，捕风捉影，哓哓①于君父之前，以博高名者，皆忠臣矣，岂朝廷设立言官之本意耶？”铁御史叹道：“然谏臣言事，自望事成，谁知奸人诡计百出。就如我今日之事，明明遇韩愿夫妻叫伸冤屈，我方上疏，何期圣旨着刑部拿人，而韩愿夫妻二人已为奸侯藏过，并无踪影，转坐罪于我。然我之本心，岂辅风捉影、欺诳君父哉！事出意外，谁能预知？”

铁公子道：“事虽不能预知，然凡事亦不可不预防。前之失，既已往不可追矣，今日祸已临身，急急料理，犹恐迟误，复生他变，大人奈何安坐囹圄②，任听奸人诬罔陷害？”铁御史道：“我岂安坐囹圄？也是出于无奈。若说急急料理，原告已被藏匿，无踪无影，叫我料理何事？”铁公子道：“怎无踪影？但刑部党护奸侯，自不用力。大人宜急请旨自捕，方能完事。”铁御史道：“请旨何难，但恐请了旨，无处捕人，岂不又添一罪？”铁公子道：

---

① 哓哓——形容乱嚷乱叫。

② 囹圄——指监狱。

“韩愿妻女三人踪迹，孩儿已访的在此，但干涉禁地，必须请旨去拿，有个把柄，方可下手。”铁御史道：“刑部拿人，两可于中，固悠悠泛泛。然我也曾托相好同官，着精细捕人，四路缉访，并无一点风声。你才到京，忽能就访得的确，莫非少年孟浪之谈？”铁公子道：“此事关系身家性命，孩儿怎敢孟浪？”因看看四下无人，遂悄悄将遇见韦佩并老儿传言之事，细细说了一遍，又取出韦佩的揭帖与铁御史看。

铁御史看了，方欢喜道：“有此一揭帖，韩愿妻女三人纵捉获不着，不为乌有名；也可减我妄言之罪。但所说窝藏之处，我尚有疑。”铁公子道：“此系禁地，人不敢入，定藏于此，大人更有何疑？”铁御史道：“我只虑奸侯事急，将三人谋死以绝迹。”铁公子道：“大夬侯虽说奸恶，不过酒色之徒，恃着爵位欺人，未必有杀人辣手。况贪女子颜色，心恋恋不舍，又有此禁地藏身，又有刑官党护，又见大人下狱，事不紧急，何至杀人？大人请放心勿疑。”铁御史又想了想道：“我儿所论，殊觉有理。事到头来，也说不得了，只得依你。待我亲写一本，汝回去快取关防来用，以便好上。”铁公子道：“不须大人费心，本章孩儿已写在此，关防已带在此；只消大人看过，若不改，就可上了。”因取出递与铁御史。铁御史展开一看，只见上写着：

河南道监察御史，现系狱罪臣铁英谨奏，为孤忠莫辨，恳恩降敕自捕，以明心迹事：

窃闻耳目下求，人主之圣德；刍荛①上献，臣子之荩心②。

---

① 刍荛（chúráo）——自谦辞。在向别人提供意见时把自己比作草野鄙陋之人。

② 荩（jìn）心——忠心。

故言官言事，尚许风闻，未有据实入陈，反加罪戾者也。臣前劾大夬侯沙利，白昼抢掳生员韩愿已聘女子为妾，实名教所不容，礼法所必诛。邀旨敕刑部审问，意谓名教必正，礼法必申矣。

不料奸侯如鬼如蜮①，暗藏原告以瞒天。又不料刑臣不法不公，明纵犯人以为恶，反坐罪臣缧绁②。臣素丝自信，料难宛转。窃臣赤胆天知，只得哀求圣主，伏望洪恩，怜臣朴直遭诬，乞降一敕，敕臣自捕：若朝奉敕而夕无人，则臣万死无辞矣；若获其人，则是非曲直，不辩自明矣。

倘蒙天恩怜准，须秘密其事，庶免奸侯又移巢穴。再敕不论禁地，则臣得以展布腹心。临表不胜激切待命之至！外韦佩揭帖一纸，开呈御览，以明实据。

铁御史看完，大喜道："此表剀切③详明，深合我意，不消改了。"一面封好，一面就请狱官烦他代上。狱官不敢推辞，只得领命到通政司去达上。只因这本一上，有分教：

打碎玉笼，顿开金锁。

铁御史上了此本，不知上意如何，且听下回分解。

---

① 如鬼如蜮（yù）——比喻阴险害人。

② 缧绁（léixiè）——捆绑犯人的绳索。此处指被囚禁。

③ 剀（kǎi）切——跟事理完全相合。

第　二　回

探虎穴巧取蚌珠还

诗曰：

治世咸夸礼法先，谁知礼法有时愆。

李膺①破柱方称智，张俭②投门不算贤。

木附草依须着鬼，鹰拿雀捉岂非仙？

始知为国经常外，御变观通别有权。

话说铁御史依了铁公子，上疏请旨自捕。在狱中候不得两日，早颁下一道密旨到狱中来。铁御史接着，暗暗开看，见是准了他的本，即命他自捕，满心欢喜。因排起香案来，谢过了圣旨，仍旧将圣旨封好，不许人见。因自想道："圣旨虽准，只愁捉不出人来，却将奈何？"就与铁公子商量，要出狱往捕。铁公子道："大人且慢。大人一出狱，便招摇耳目，要惊动了大夬侯，使他提防。莫若大人再少坐片时，待孩儿悄悄出去，打开了养闲堂，捉出了韩愿妻女，报知大人，然后大人飞马来宣旨拿人，方万全也。"铁御史点头道："是。"因将密旨藏好，又嘱狱官勿言。暗暗吩咐铁公子道："此行务要小心！"

---

① 李膺——字元礼，先祖李益，赵国相。李膺性高傲，只和同郡荀淑、陈寔等师友往来。

② 张俭——字元节，汉代名士，曾任山阳郡督邮，因劾侯览而名垂一时。

铁公子领命，因悄悄走回私衙，与母亲说知，又叫母亲取出小时用的铜锤来。原来铁公子十一二岁之时，即有膂力，好使器械，曾将熟铜打就一柄铜锤，重二十余斤，时时舞弄玩耍。铁御史进京做官，恐他在家耍锤惹出事来，故此石夫人收了他的，带到京中。铁公子不敢违亲命，只得罢了。今日石夫人忽听见讨取，因惊问道："前日你父亲一向不许你用，今日为何又要？"铁公子道："此去深入虎穴，不带去无以防身。"石夫人见说得有理，便不拗他，因叫人取了出来付与他，并嘱咐道："但好防身，不可惹事。"铁公子应诺。又叫人暗暗传呼了一二十个能事的衙役，远远跟随，以备使唤。又呼人取酒来，饮到半酣，却换了一身武服，暗带铜锤，装束得天神相似，外面仍罩儒衣，骑了一匹白马，只叫一人跟随，竟慢慢演出齐化门来，并不使一人知觉。

出了城门，放开辔头①，霎时间就望见了一所大宅院，横行道左，高瓦飞甍②，十分富丽。铁公子心知是了，遂远远下了马，叫小丹牵着，自却慢慢踱到跟前，细细一看，只见两边是两座牌坊，那牌坊上皆有四字，一边乃是"功高北阙"；一边是"威镇南天"。牌坊中间，却是三个虎座门楼，门楼上面，中间直立一匾，匾上写"钦赐养闲"四个大金字。门楼下三座门俱紧紧闭着。

铁公子看了一回，见没有人出入，心下想道："此正门不开，侧首定有旁门出入。"因沿着一带高墙，转过一条横街，半腰中果有一座小小门楼，两扇金钉朱门，却也闭着，门上锁着一把大锁，又十字交贴着大夬侯的两张封皮。那铁公子细细一看，封皮虽是封的，却是时常启开拆断了的；门虽闭着，却露条亮缝，内

① 辔（pèi）头——驾驭牲口用的嚼子和缰绳。

② 甍（méng）——屋脊。

里不曾上拴。门旁粉壁上又贴着一张告示，字有碗大，上写着：

大夬侯示：此系朝廷钦赐禁地，官民人等，俱不得至此窥探，取罪不小。特示！

门楼两旁，有两间门房，许多家人在内看守。

铁公子看在眼里，知道有些诧异，便不轻易惊动他，及回身走到小丹牵马的所在，将儒衣脱去，露出一身武装，手提铜锤，翻身上马，因吩咐小丹道："你可招呼众捕役，即便赶来，紧紧伺候。倘捉了人，可即飞马报知老爷，请他快来。"小丹答应了。然后一辔头跑到门楼前，跳下马来，手执铜锤，大声叫道："奉圣旨要见大夬侯，快去通报！"门房中忙走出四五个头顶大帽、身穿绢衣的家人来，一时摸不着头路，慌慌张张答应道："老爷在府中，不在此处。"铁公子大喝一声道："胡说！府中人明明供称在此，你这班该死的奴才，怎敢隐瞒，违背圣旨，都要拿去砍头！"吓得众家人面面相觑①，仓促中答应不来。铁公子又大声叫道："还不快快开门，只管挨死怎么！"内中一个老家人见嚷得慌，只得大着胆子回说道："公侯人家，老爷不在此，谁敢开门？就是开了门，此系朝廷钦赐的禁地，爷也不敢进去。"铁公子听了，大怒道："奉圣旨拿人，怎么不敢进去？你不开，等我自开。"因走近前，举起铜锤，照着大锁上只一锤，"豁啷"一声响，早已将大锁并铜环打折，落在地下，那两扇门便豁喇喇自开了。铁公子见门开，大踏步径往里走。众家人看见铁公子势头勇猛，谁敢拦阻？只乱嚷道："不好了！"飞一般跑进去报信。

原来这大夬侯因一时高兴，将韩愿女儿抢了来家，也只看是穷秀才家没处伸冤，不期撞见铁御史作对头，上疏参论，又不料

---

① 面面相觑（qù）——你看我，我看你，不知如何是好的样子。

圣旨准了，着刑部审问：一时急了，没摆布，只得将韩愿夫妻一并抢来，藏在养闲堂内，以绝其迹，却上疏胡赖。初时还恐怕有人知觉，要调移窠穴，后见刑部用情，不出力追，反转将铁英拿下了狱，便十分安心，不复他虑。只怕这韩氏女子寻死觅活，性烈难犯，韩愿夫妻又论长论短，不肯顺从。每日备酒醴①相求，韩愿一味执拗。这日急了，正坐在养闲堂，叫人将韩愿洗剥了，捆起来用刑拷打，要他依允。因说道："你虽是个秀才，今既被我捉了来，要你死，只当死一鸡一狗，哪里去伸冤？"韩愿道："士虽可杀，只怕天理难欺，王法不漏，那时悔之晚矣，老大人还须三思！"大夬侯道："你既要我三思，你何不自忖？你一个穷秀才，女儿与我公侯为妾，也不为玷辱于你。你若顺从了，明日锦衣玉食，受用不尽，岂不胜似你的淡饭黄齑②？"韩愿道："生员虽贫士也，语云：'宁为鸡口，勿为牛后。'岂有圣门弟子，贪纨绔之膏粱，而乱朝廷之名教者乎！"

大夬侯听了，勃然大怒，正吩咐家人着实加刑。忽管门的四五个人一齐乱跑进来，乱嚷说道："老爷，不好了！外面一个少年武将，手执一柄铜锤，口称奉圣旨拿人。小的们不肯放他进来，他竟一锤将门锁打落，闯了进来，不知是什么人，如今将到堂了，老爷急须准备。"大夬侯听见，惊得呆了，正东西顾盼，打算走入后厅，铁公子早已大踏步赶到堂前，看见大夬侯立在上面，因举一举手道："贤侯请了！奉旨有事商量，为何抗旨不容相见？"大夬侯见躲避不及，只得下堂迎着道："既有圣旨，何不先使人通知，以便排香案迎接，怎来得这等鲁莽？"铁公子道：

---

① 酒醴（lǐ）——甜酒。
② 淡饭黄齑（jī）——此处指粗劣的饭食。

"圣旨秘密紧急，岂容漏泄迟缓?"因迎上一步，右手持锤，左手将大夬侯一把紧紧提住道："请问贤侯，此乃朝廷钦赐养闲禁地，又不是有司衙门，这阶下洗剥受刑的，却是甚人!"大夬侯因藏匿韩愿，心先着忙，及听见来人口口圣旨，愈惊得呆了。要脱身走，又被来人捉住，只得硬着胆答应道："此乃自治家人，何关朝廷礼法？既有旨议事……"因叫家人带过。

铁公子拦住，正要再问，韩愿早在阶下喊叫道："生员韩愿，不是家人，被陷于此，求将军救命!"铁公子听见说是韩愿，心先安了，佯惊问道："你既是生员韩愿，朝廷着刑部四处拿你，为何却躲在这里？背旨藏匿，罪不容于死矣!"此时小丹已赶到，铁公子将嘴一努。小丹会意，忙跑出门外：一面招集众衙役拥入，一面即飞马去报铁御史。

铁公子见众衙役已到，因用铜锤指着韩愿道："此是朝廷钦犯，可好好带起。"因问韩愿道："你既称含冤负屈，就该挺身到刑部去对理，为何却躲避在此，私自认亲?"韩愿听了，大哭道："生员自小女被恶侯抢劫，叩天无路，逢人哭诉，尚恐不听，既刑部拘审，安肯躲避？无奈贫儒柔弱，孤立无援，忽被豪奴数十人，如虎驱羊，竟将生员夫妻捉到此处。沉冤海底，日遭棰楚，勒逼成亲，已是死在旦夕。何幸得遇将军，从天而下，救援残生，重见天日。此系身遭坑陷，谁与他结亲!"铁公子道："据你说来，你的妻女亦俱在此了。"韩愿道："怎么不在？老妻屈氏，现拘禁在后厅厢房中。小女湘弦，闻知秘藏在内楼阁上，朝夕寻死，如今不知是人是鬼!"铁公子听了大怒，因指挥众捕役，押韩愿入内拿人。

大夬侯见事已败露，自料不能脱身，又见众捕役往内要走，万分着急，只得拼性命指着铁公子大声嚷说道："这里乃是朝廷钦赐的宅第，我又忝为公侯，就有甚不公不法，也要请旨定夺。你是什么人，怎敢手执铜锤，擅自打落门锁，闯入禁堂，凌辱公侯？你自己的罪名，也当不起，怎么还要管他人的闲事！”因反过手来，也要将铁公子扯住。却又扯不住，因叫家人道：“快与我拿下！”

此时众家人闻知主人被捉，都纷纷赶来救护，挤了一堂。只因见铁公子手执铜锤，捉住主人，十分勇猛，不敢上前，今见主人吩咐拿人，有几个大胆的，就走上前要拿铁公子。铁公子急骂道：“该死的奴才，你拿哪个！”因换一换手，将大夬侯拦腰一把提将起来，照众家人只一扫，手势来得重，众家人被扫着的都跌跌倒倒。这大夬侯年已近四十之人，身子又被酒色淘虚，况从来娇养，哪里禁得这一提一扫？及至放下，已头晕眼花，喘做一团，只摇手叫：“莫动手，莫动手！”

原来大夬侯有一班相厚的侯伯，有人报知此信，都赶了来探问。及见铁公子扯的大夬侯狼狼狈狈，因上前解劝道：“老先生，请息怒。有事还求商量，莫要动粗，伤了勋爵的体面。”铁公子道：“他乃欺君的贼子，名教的罪人，死且尚有余辜，什么勋爵！什么体面！”众侯伯道：“沙老先生就有甚簠簋不饬①处，也须明正其罪，朝廷从无此拳足相加之法受。”铁公子道：“诸公论经亦当达权，虎穴除凶，又当别论，孤身犯难，不可常言。”众侯伯道：“老先生英雄作用，固不可测。且请问今日之举，还是大侠报仇耶，还是代削不平耶？必有所为，请见教了，也可商量。”铁公子道：“俱非也，但奉圣上密旨拿人耳！”众侯伯道：“既奉密旨，何不请出来宣读，免人疑惑。”铁公子道：“要宣读也不难，可快排下香案。”众侯伯就吩咐打点。

大夬侯喘定了，又见众侯伯人多胆壮，因又说道：“列位老

---

① 簠簋（fǔguǐ）不饬（chì）——对做官不廉正的一种婉转的说法。

先生，勿要听他胡讲。他又不是有司捕役，他又不是朝廷校尉，如何得奉圣旨？他不过是韩愿私党，假称圣旨，虚装虎势，要骗出人去。但他来便来了，若无圣旨，擅闯禁地，殴打勋位，其罪不小，实是放他不得，全仗诸公助我一臂。”又吩咐家人：“快报府县，说强人白昼劫杀，若不救护，明日罪有所归。”众侯伯见大夬侯如此说，也就信了。因对着铁公子道：“大凡豪强劫夺之事，多在乡僻之地、昏黑之时，加于村富之家，便可侥幸；他乃公侯之家，又在辇毂之下，况当白昼之时，如何侥幸得来？兄此来也觉太强横了些。若果有圣旨，不妨开读；倘系谎词，定获重罪。莫若说出真情，报出真名，快快低首阶前，待我等与你消释，或者还可苟全性命。若恃强力，全凭唬吓，希图逃走，只怕你身入重地，插翅也飞不去！”铁公子微笑一笑道：“我要去，亦有何难？但此时尚早，且待宣读了圣旨，拿全了人犯，再去也不迟。”众侯伯道：“既有圣旨，何不早宣？”铁公子道：“但我只身，他党羽如此之众，倘宣了旨意，他恃强作变，岂不费力？他既报府县，且待府县来时宣读，便无意外之虞矣。”众侯伯道：“这倒说得有理。”一面又着家人去催府县。

不一时，大兴知县早来了，看见这般光景，也决断不出。又不多时，顺天府推官也来了，众侯伯迎着诉说其事。推官道：“真假一时也难辨，只看有圣旨没圣旨，便可立决矣。”因吩咐快排香案。不一时，堂中间焚起一炉好香，点起一对明烛。推官因对铁公子说道：“尊兄既奉圣旨拿人，宜对众宣读，以便就缚，若只这般扭结，殊非法纪。”铁公子正要对答，左右来报：“铁御史老爷门前下马了。”大夬侯突然听见，吃了一惊道：“他系在狱中，几时出来的？”说还未完，只见铁御史两手捧着一个黄包袱，昂昂然走上堂来。恰好香案端正，就在香案上将黄包袱展开，取出圣旨，执在手中。铁公子看见，忙将大夬侯提到香案前跪下，又叫众捕役将韩愿带在阶下俯伏，对众说道：“犯侯沙利，抗旨不出，请宣过圣旨，入内搜捉！”铁御史看见众侯伯并推官、知县都在这里，因看着推官说道：“贤节推来得正好，请上堂来，圣上有一道严旨，烦为一宣。”推官不敢推辞，忙走到堂上接了。铁御史随走到香案前，与大夬侯一同跪下。推官因朗宣圣旨道：

据御史铁英所奏，大夬侯沙利，抢劫被害韩愿，并韩愿妻女，既系实有其人，刑臣何缉获不到？即着铁英自捉，不论禁地，听其搜缉。如若捉获，着刑部严审回奏。限三日无获，即系欺君，从重论罪。钦此！

推官读完了圣旨，铁御史谢过恩，忙立起身，欲与众侯伯相见。不期众侯伯听见宣的圣旨，知道大夬侯事已败露，竟走一个干净。许多家人也都渐渐躲了。唯推官、知县过来参见。大夬侯到此田地，无可奈何，只得走起身，向铁御史深深作揖道：“学生有罪，万望老先生周旋！”铁御史道：“我学生原不深求，只要辨明不是欺君便了。今韩愿既已在此，又供出他妻女在内，料难再匿，莫若叫出来，免得人搜。”大夬侯道：“韩愿系其自来，妻女实不在此。”铁御史道：“老先生既说不在此，我学生怎敢执言在此？只得尊旨一搜，便见明白。”就吩咐铁公子带众捕役，押韩愿入内去搜。大夬侯要拦阻，哪里拦阻得住？

原来此厅系是宅房，并无家眷在内。众人走到内厅，早闻得隐隐哭声。韩愿因大声叫道：“我儿不消哭了，如今已有圣旨拿人，得见明白了，快快出来！”只见厅旁厢房内韩愿的妻子屈氏听见了，早接应道：“我在此，快先来救我！”众人赶到门前，门都是锁的。铁公子又是一锤，将门打开。屈氏方蓬着头走出来，竟往里走，口里哭着道：“只怕我儿威逼死了！”韩愿道：“不曾死，方才还哭哩。”屈氏奔到内楼阁上，只见女儿听得父亲在外吆喝，急要下楼出来，却被三四个丫环仆妇拦住不放。屈氏忙叫道：“奉圣旨拿人，谁敢拦阻！”丫环仆妇方才放松。屈氏看见房中锦绣珠玉堆满，都推开半边，单拿了一个素包头，替女儿包在头上，遮了散发与半面，扶了下来。恰好韩愿接着，同铁公子并众捕役一同领了出来。到了前堂，韩愿就带妻女跪在铁御史面前拜谢不已道：“生员并妻女三条性命，皆赖大宗师老爷保全，真是万代阴功。”铁御史道：“你不消谢我，这是朝廷的圣恩，然事在刑部勋臣，本院尚不知如何。”因看着大兴知县道：“他三人系特旨钦犯，今虽有捕役解送，但恐犹有疏虞；烦贤大尹押到刑部，交付明白，庶无他变。”知县领命，随领众捕役将韩愿并妻女三人带去。铁御史然后指着大夬侯对推官说道：“沙老先生乃勋爵贵臣，不敢轻亵，敢烦贤节推相陪，送至法司。本院原系缧臣①，自当还狱待罪。”说罢，即起身带着铁公子，出门上马而去。正是：

敢探虎穴英雄勇，巧识狐踪智士谋。

迎得蚌珠还合浦，千秋又一许虞侯。

铁御史去后，大夬侯款待推官，急托权贵亲友，私行贿赂，到刑部与内阁去打点，希图脱罪，不提。

却说铁御史归到狱中，即将在大夬侯养闲堂搜出韩愿妻女三人，押送法司审究之事，细细写了一本，顿时奏上。到次早，批下旨来道：

铁英既于养闲堂禁地搜出韩愿并其妻女，则不独心迹无欺，且参劾有实。着出狱暂供旧职，候刑部审究案定，再加升赏。

① 缧臣——缧，古时拘系犯人的大索。缧臣，这里指罪臣。

钦此！

铁御史得了旨，方谢恩出狱。回到私衙，铁公子迎着，夫妻父子，欢然不提。

却说刑部虽受了大夬侯的嘱托，却因本院捉人不出，涉于用情，不敢再行庇护，又被韩愿妻女三人口口咬定抢劫情真，无处出脱，只得据实定罪，上疏奏闻。但于疏末回护数语道：

但念沙利年登不惑，麟趾念切，故淑女情深；且劫归之后，但以礼求，并未苟犯，倘念功臣之后，或有一线可原。然恩威出自上裁，非臣下所敢专主。谨具疏奏请定夺，不胜待命之至。

过两日，圣旨下了，批说道：

大夬侯沙利，身享高爵重位，不思修身御下，乃逞豪横，劫夺生员韩愿已受生员韦佩聘定之女为妾，已非礼法，及为御史铁英弹劾，又不悔过首罪，反捉韩愿夫妻，藏匿钦赐禁堂，转诬铁英为妄奏，其欺诳奸诈，罪莫大焉。据刑部断案，本当夺爵赐死，姑念先臣勋烈，不忍加刑，着幽闭养闲堂三年，以代流戍。其俸米拨一年给韩愿，以偿抢劫散亡。韩女湘弦，既守贞未经苟合，当着韦佩择吉成亲。韩愿敦守名教，至死不屈，为儒无愧，着准贡教授，庶不负所学。铁英据实奏劾，不避权贵，骨鲠可嘉，又能穷奸虎穴，大有气节，着升都察院掌堂。刑臣督捕徇情，罚俸三月。钦此！

自圣旨下后，满京城皆相传颂铁公子打入养闲堂，救出韩湘弦之事，以为奇人，以为大侠，争欲识其面，拜访请交者，朝夕不绝。韩愿蒙恩选职，韦佩奉旨成婚，皆铁公子之力，感之不啻父母，敬之不啻神明。

唯铁御史反以为忧，每对铁公子道："天道最忌满盈，祸福每相倚伏。我前日遭诬下狱，祸已不测，后邀圣恩，反加迁转，

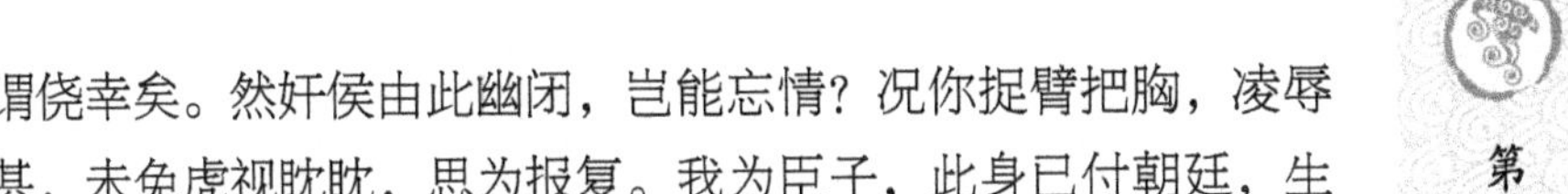

可谓侥幸矣。然奸侯由此幽闭，岂能忘情？况你捉臂把胸，凌辱已甚，未免虎视眈眈，思为报复。我为臣子，此身已付朝廷，生死祸福，无可辞矣。你东西南北，得以自由，何必履此危地？况声名渐高，交结渐广，皆招惹是非之端。莫若借游学之名，远远避去，如神龙之见其首不见其尾，使人莫测，此知机所以为神也。”

铁公子道：“孩儿懒于酬应，正有此意。但虑大人职尽言路，动与人仇，孤立于此，不能放心。”铁御史道：“我清廉自饬①，直道而行，今幸又为圣天子所嘉，擢此高位，即有小谗，料无大祸，汝不须在念。汝若此去，还须勤修儒业，以圣贤为宗，切不可恃肝胆血气，流入游侠。”铁公子再拜于地道：“谨受大人家教！”自此又过了两三日，见来访者愈多，因收拾行李，拜辞父母，带了小丹，径回大名府家中而去。正是：

来若为思亲，去疑因避祸。

倘问去来缘，老天未说破。

铁公子到了家中，不期大名府也尽知铁公子打入养闲堂，救出韩湘弦之事，又见铁御史升了都察院，不独亲友殷勤，连府县也十分尊仰。铁公子因想道：“若终日如此，又不若在京中得居父母膝下。还是遵父命，借游学之名，远远避去为是。”在家暂住了月余，将家务交付与家人；遂收拾行李资斧②，只带小丹一人去出门游学。只因这一去，有分教：

风流义气冤难解，名教相思害煞人。

铁公子出门游学，不知后事如何，且听下回分解。

---

① 自饬——自我整顿。

② 资斧——旅费。

第　三　回

水小姐俏胆移花

诗曰：

柔弱咸知是女儿，女儿才慧有谁知？

片言隐祸轻轻解，一转飞灾悄悄移。

妙处不须声与色，灵时都是窍和机。

饶他奸狡争先用，及到临期悔又迟。

话说铁公子遵父命，避是非，出门游学，茫茫道路，不知何处去好。因想道："山东乃人物之地、礼仪之邦，多生异人，莫若往彼一游，或有所遇。"主意定了，因叫小丹雇了一匹蹇①驴，径往山东而来。正是：

读书须闭户，访道不辞远。

遍览大山川，方能豁心眼。

铁公子往山东来游学，且按下不提。

却说山东济南府历城县，有一位乡宦，姓水名居一，表字天生，历官兵部侍郎，为人任气敢为，倒也赫赫有名。只恨年将望六，夫人亡过，不曾生得子嗣，止遗下一个女儿，名唤冰心。生得双眉春柳，一貌秋花，柔弱轻盈，闲处闺中，就像连罗绮也无力能胜，及至临事作为，却又有才有胆，赛过须眉男子。这水居

---

① 蹇（jiǎn）——跛足。

一爱之如宝。因自在京中做官，就将冰心当做儿子一般，一应家事，都付他料理。所以延至一十七岁，尚未嫁人。

只恨水居一有个同胞兄弟，叫做水运，别号浸之，虽也顶着读书之名，却是一字不识，单单依着祖上是大官，自有门第之尊，便日日在不公不法处觅饮食。谁料生来命穷，诈了些来，到手便消，只如没有一般。却喜生下三个儿子，皆能继父之志，也是一字不识，又生了一个女儿，更是粗陋，叫做香姑，与冰心小姐同年，只大得两个月。因见哥哥没有儿子，宦资又厚，便垂涎要白白消受。只奈冰心小姐未曾出嫁，一手把持，不能到手。因此日日挽出媒人、亲戚来，兜揽冰心嫁人。也有说张家豪富的，也有说李家官高的，也有说王家儿郎年少才高、人物俊秀的，谁知冰心小姐胸中别有主张，这些浮言，一毫不入。

水运无法可施。忽有同县过学士一个儿子要寻亲，他便着人去兜揽，要将侄女儿冰心小姐嫁他。那过公子少年人，也是个色中饿鬼，因说道："不知你侄女儿生得如何？"他就细细夸说如何娇美，如何才能。过公子终有些疑心，不肯应承。水运急了，就约他暗暗相看。原来水运与水居一 虽然分居已久，然祖上的住屋，却是一宅分为两院，内中楼阁连接处，尚有穴隙可窥。水运因引过公子悄悄偷看，因看见冰心小姐美丽非常，便眠思梦想，要娶为妻。几番央媒来说，冰心小姐全然不睬。过公子情急，只得用厚礼求府尊为主。初时府尊知冰心小姐是兵部侍郎之女，怎敢妄为？虽撇不得过公子面皮，也只得去说两遍，因见水小姐不允，也就罢了。

不期过了些时，府尊忽闻得水侍郎误用一员大将，叫做侯孝，失机败事，朝廷震怒，将水侍郎削了职，遣戍边庭，立刻去了。又闻报过学士新推入阁。又见过公子再三来求，便掉转面皮，认起真来，着人请水运来吩咐道：“男女婚配，皆当及时，君子好逑，不宜错过。女子在家从父，固是经常之道，若时难久待，势不再缓，则又当从权。令侄女年已及笄①，既失萱堂②之靠，又无棠棣③之依，孤处闺中，而僮仆如林，甚不相宜。若是令兄在京为官，或为择婚，听命可也，今不幸又远戍边庭，死虽未必，而生还无日，岂可不知通变，苦苦自误？在令侄女，闺中淑秀，似无自言之理，兄为亲叔，岂不念骨肉，而为之主张？况过学士已有旨推升入阁，过公子又擅科甲之才，展转相求，自是美事。万万不可听儿女一日之私，误了百年大事。故本府请兄来谆谆言之，若执迷不悟，不但失此好姻，恐于家门也有不利。”水运听了府尊这话，正中其怀，满口应承道：“此事治晚生久已在家苦劝，只因舍侄女为家兄娇养惯了，任情任性，不知礼法，故凡求婚者，只是一味峻拒。今蒙太公祖老大人婉示曲谕，虽愚蒙亦醒。治晚生归去，即当传训舍侄女。舍侄女所执者，无父命也；今闻有太公祖之命，岂不又过于父命？万无不从之理。”说完辞出。

回到家中，便走至隔壁，来寻见冰心小姐，就大言恐吓道：“前日府尊来说过府这头亲事，我何等苦口劝你，你只是不理。常言说‘破家的县令’，一个知县恼了，便要破人之家，何况府尊？他前日因见侍郎人家，还看些体面。今见你父亲得罪朝廷，

---

① 及笄（jī）——笄，簪子。古代女子满十五岁用簪子插住挽起的头发，叫及笄。表示已成年。

② 萱（xuān）堂——这里是指母亲。

③ 棠棣（dì）——这里指兄弟。

问了充军，到边上去，他就变了脸，发出许多话来。若是再不从他，倘或作起恶来，你又是个孤女，我又没有前程，怎生当得他起？过家这头亲事，他父亲又拜了相，过公子又年少才高，科甲有分，要算做十分全美的了。你除非今生不打算嫁人，便误过了这头婚姻也由你。倘或再挨两三年，终不免要嫁人，那时要思大府官人家，恐怕不能得够。你须细细斟酌①。”冰心小姐道：“非是我执拗②，但是儿女婚姻大事，当遵父命。今父亲既远戍，母亲又早丧，叫我遵谁人之命？”水运道：“这话方才府尊也曾说过。他说：‘事若处变，便当从权。父命既远不可遵，则我公祖之命，即父命也。既无我公祖之命，你亲叔叔之命，亦即父命也，安可执一？’”冰心小姐低着头想了想道：“公祖虽尊，终属外姓，若是叔父可以当得亲父，便可商量。”水运道：“叔父、亲父，同是一脉，怎么当不得？”冰心小姐道：“我一向只以父命为重，既是叔父当得亲父，则凡事皆听凭叔父当亲父为之，不必更问侄女矣。”

水运听了，满心大喜道：“你今日心下才明白哩！若是我叔父当不得亲父，我又何苦来管你这闲事？我儿，你听我说：过家这头亲事，实是万分全美的，你明日嫁过去才得知。若是夫妻和合，你公公又是拜相，求他上一本，你父亲就可放得回来。”冰心小姐道：“若得如此便好。”水运道：“你既依允，府尊还等我回话，你可亲笔写个庚帖来，待我送了去，使他们放心。”冰心小姐道：“写不打紧，叔父须制个庚帖来，我女儿家去制不便。”水运道：“你既认我做亲父，这些事务都在我身上。谁要你制，

---

① 斟酌——考虑事情等是否可行。

② 执拗（niù）——固执任性，坚持已见。

只要你写个八字与我。”冰心小姐就当面取笔砚，用红纸写出四柱八个字，递与水运。

水运接了，欢欢喜喜走到自家屋里，说与三个儿子道：“过家这头亲事，今日才做妥了。”大儿子道：“隔壁妹子昨日还言三语四，不肯顺从，今日为何就一口应承？”水运道：“他一心只道遵父命，因我说叔父就与亲父一般，他才依了。”大儿子道：“他一时依了，只怕想回来还要变更。”水运道：“再没变更，连八字都被我逼他写来了。”因在袖中取与三个儿子看。三个儿子看了，俱欢喜道：“好，好！这再动不得了。”水运道：“好是好了，只是还有一件。”大儿子道：“还有哪一件？”水运道：“他说认我为亲父，这些庚帖小礼物，便该我去料理才妙。”大儿子道：“小钱不去，大钱不来。这些小事，我们不去料理，明日怎好受他的财礼与家私？”水运道：“说便是这等说，只是如今哪里有？”大儿子道：“这说不得。”

父子商量，因将些衣服、首饰，当了几两银子来，先买了两尺大红缎子，又打了八个金字，钉在上面，精精致致，做成一个庚帖，亲送与府尊看道：“蒙太公祖吩咐，不敢抗违，谨送上庚帖。”府尊看了甚喜，因吩咐转送到县里，叫县尊为媒。县尊知是府尊之命，不敢推辞，遂择了一个好吉日，用鼓乐亲送到过府来。过公子接着，如获珍宝，忙忙受了，盛治酒筵，款待县尊。过了数日，齐齐整整，备了千金聘礼。又择了一个吉日，也央县尊做大媒，吹吹打打，送到水家来。

水运先一日就与冰心小姐说知，叫他打点。冰心小姐道：“我这边因父亲不在家，门庭冷落久矣。既叔叔认做亲父，为我出庚帖；今日聘礼，也只消行在叔父那边，方才合宜。何况同一祖居，这边那边，总是一般。”水运道：“受聘在我那边，倒也罢了；只怕回帖出名，还要写你父亲。”冰心小姐道：“若定要写父亲名字，则是叔父终当不得亲父了！况父亲被朝廷遣谪，是个有罪之人，写了过去，恐怕不吉，惹过家憎厌。且受聘之后，往来礼文甚多，皆要叔父去亲身酬应，终不成又写父亲名字？还是径由叔父出名，不知不觉为妙。”水运道：“这也说得是。”因去买了几个绣金帖子回来，叫冰心小姐先写下伺候。冰心小姐道：“写便我写，向外人只好说是哥哥写的，恐被人耻笑。”水运道：“这个自然。”冰心小姐既写了水运名字，又写着“为小女答聘”。写完，念与水运听。水运听了道：“怎么写‘小女’？”冰心小姐道：“既认做亲父，怎么不写‘小女’？”水运道：“这也说得是。”因拿了帖子回来，说与儿子道：“礼帖又是我出名，又写着‘为小女答聘’，莫说礼物是我们的，连这家私的名分已定了。”父子暗暗欢喜。

到了次日，过家行过聘来，水运父子都僭①穿着行衣、方巾，大开了中门，让礼物进去。满堂上结彩铺毡，鼓乐喧天，迎接县尊，进去款待。热热闹闹吵了一日，冰心小姐全然不管。

到了客散，水运开了小门，接冰心小姐过去看盘，因问道：“这聘金礼物，还该谁收？”冰心小姐道：“叔父既认做亲父，如此费心、费力、费财，这聘金礼物，自然是叔父收了，何须问我？莫说这些礼物，就是所有产业，父亲又不曾生得兄弟，也终是叔父与哥哥之物。但父亲远戍，生死未知，侄女只得暂为保守，不敢擅自与人。”水运听了，鼓掌大喜道：“侄女真是贤淑，

---

① 僭（jiàn）——超越本分，冒用地位在上者的名义或器物。

怎看得这等分明！说得这等痛快！”遂叫三个儿子，一个女儿，将行来聘礼，照原单一项一项都点明收了进去。正是：

事拙全因利，人昏皆为贪。

慢言香饵妙，端只是鱼馋。

过了月余，过公子打点停当，又拣了个上吉之日，笙箫鼓乐，百辆来迎，十分热闹。水运慌作一团，忙开了小门，走过来催冰心小姐，快快收拾。冰心小姐佯为不知，懒懒的答应道：“我收拾做什么？”水运听了，着急道：“你说得好笑！过家今日来娶，鼓乐喜轿，都已到门了，你难道不知，怎说‘收拾做什么’？”冰心小姐道：“过家来娶，是娶姐姐，与我何干？”水运听了，愈加着急道：“过家费了多少情分，央人特为娶你，怎说娶你姐姐？你姐姐好个嘴脸，那过公子肯费这千金之聘来娶他！”冰心小姐道：“我父亲远戍边庭，他一生家业，皆我主持，我又不嫁，怎说娶我？”水运听了，心下急杀，转笑笑道：“据你说话，甚是乖巧；只是你做的事却拙了。”冰心小姐道：“既不嫁，谁能强我，我有甚事，却做拙了？”水运道：“你既不嫁，就不该写庚帖与我。既写庚帖与我，已送与过家，只怕‘不嫁’二字要说，嘴也不响了。”冰心小姐道：“叔叔不要做梦不醒！我既不愿嫁，怎肯写庚帖与叔叔？”水运又笑道：“贤侄女这个不消赖的！你只道我前日打金八字时，将你亲笔写的弄落了，便好不认账？谁知我比你又细心，紧紧收藏，以为证据，你就满口排牙，也赖不去了。”冰心小姐道：“我若亲笔写了庚帖与叔叔，我自无辞；若是不曾写，叔叔却也冤我不得。你可取来，大家当面一看。”水运道：“这个说得有理。”因忙走了回去，取了前日写的庚帖，又将三个儿子都叫了过来，当面对质。因远远拿着庚帖一照道：

“这难道不是你亲笔写的，还有何说？”

冰心小姐道：“我且问叔叔，你知我是几月生的？”水运道：“你是八月十五日亥时生的，生你那一夜，你父亲正同我赏月吃酒。我是你亲叔叔，难道不知？”冰心小姐道：“再请问香姑姐姐是几月生的？”水运道：“他是六月初六日午时生的，大热大暑，累他娘坐月子，好不苦恼。”冰心小姐道：“叔叔可曾看看这庚帖上写的是几月生的？”水运道：“庚帖上但写八个字，却不曾写出月日，叫我怎么看？”冰心小姐道：“这八个字，叔叔念得出么？”水运道：“念是念不出，只因前日打金八字时，要称分两，也说‘甲’字是多重，‘子’字是多重，故记得是‘甲子’、‘辛未’、‘壬午’、‘戊午’八个字，共重一两三钱四分。”冰心小姐道：“既是这八个字，却是姐姐的庚帖了，与我何干？怎来向我大惊小怪？”水运听了，忽吃一惊道：“分明是你的，就是你自写的，怎赖是他的？”冰心小姐道：“叔叔不须争闹，只要叫一个推命先生来算一算，这八字是八月十五，还是六月初六，便明白了。”

水运听说，呆了半晌，忽跌跌脚道：“我女儿乖，便被你卖了，也便被你耍了，只怕真的到底假不得。莫说过家并府尊、县尊俱知我是为你结亲，就是合邑人也知是过公子娶你。虽是庚帖被你作弄了，然大媒主婚，众口一词，你如何推得干净？”冰心小姐道：“不是我推。既是过家娶我，过家行聘就该行到我这边来了，为何行到叔叔家里？叔叔竟受了，又出回帖，称说是‘为小女答聘’，并无一字及于侄女，怎说为我？”水运道：“我称你为‘小女’，是你要认做亲父，与你商量过的。”冰心小姐道：“若是叔叔没有女儿，便认侄女为小女，也还可讲，况叔叔自有亲女，就是要认侄女做亲女，又该分别个大小女、二小女，怎但说‘小女’？若讲到哪里，就是叔叔自做官，也觉理上不通！”

水运听了这许多议论，急得捶胸跌脚，大哭起来道：“罢了，罢了！我被你害的苦了！这过公子奸恶异常，他父亲又将拜相。他为你费了许多钱财，才讲成了。今日吉期，请了许多显亲贵戚，在家设宴，守候结亲，鼓乐喜轿，早晨便来，伺候到晚，少不得自骑马到来亲迎。若是你不肯嫁，没个人还他，他怎肯甘休？你叔叔这条性命，白白的要断送在你手里。你既害我，我也顾不得骨肉亲情，也要将你告到县尊、府尊处，诉出前情，见得是你骗我，不是我骗过家，听凭官府做主。只怕到那其间，你就伶牙俐齿，会讲会说，也要抛头露面，出乖弄丑！”一头说，一头只是哭。

冰心小姐道：“叔叔若要告我，我也不用深辩，只消说叔叔乘父官被谪，结党谋陷孤女嫁人，要占夺家私。只怕叔叔的罪名更大了。”水运听了，愈加着慌道：“不是我定要告你，只是我不告你，我的干系怎脱？”冰心小姐道：“叔叔若不牵连侄女，但要脱干系，却甚容易。”水运听见说脱干系容易，便住了哭问道：“这个冤结，就是神仙也解不开，怎说容易？”冰心小姐道：“叔叔若肯听侄女主张，包管大忧变成大喜。”水运见冰心小姐说话有些古怪，便钉紧说道：“此时此际，死在头上，哪里还望大喜？只要你有甚主张，救得我不被过公子凌辱便好了！”冰心小姐道：“我想香姑姐姐今年已是十七岁，也该出阁了，何不乘此机会，名正言顺，就将姐姐嫁去，便一件事完了，何必别讨愁烦？”

水运听了，低着头，再思沉吟，忽又惊又喜说道：“也倒是一策，只恐你姐姐与你好丑大不相同，嫁过去过公子看不上，定然要说闲话。”冰心小姐道：“叔叔送去的庚帖，明明是姐姐的；

他行聘又明明行到叔叔家里来；叔叔的回帖，又明明说是‘小女’，今日他又明明到叔叔家里来娶姐姐，理合将姐姐嫁去，有甚闲话说得？就说闲话，叔叔却无得罪处，怕他怎的；况姐姐嫁过去，叔叔已有泰山之尊，就是从前有甚不到处，也可消释，岂不是大忧变成大喜？”水运听到此处，不觉笑将起来道：“我儿！你一个小小女子，怎胸中有这许多妙用？将一个活活的叔子骗死了，又有本事救活转来！”冰心小姐道：“不是侄女欺骗叔叔，只因叔叔要寻事，侄女不得不自求解免耳。”水运道：“这都不消说了。只是你姐姐粗手粗脚，平素又不会收拾，今日忽然要嫁，却怎么处？你须过去替他装束装束。”

冰心小姐巴不得送了出门，只得带了两个丫环走过去，替他梳头剃面，擦齿修眉，从午后收拾到晚；又将珠翠铺了满头，锦绣穿了满身，又替他里里外外，将异香熏得扑鼻。又吩咐他：“到房中时，只说害羞，定要他吹灭了灯烛，然后与他见面就寝，倘饮合卺酒，须叫侍妾们将新郎灌醉。”又吩咐他：“新郎若见面有些嫌你的话，你便须寻死觅活惊吓他。”香姑虽说痴蠢，说到他痛痒处，便一一领略。

刚刚装束完，外面已三星在天。过公子骑着高头骏马，许多家人簇拥前来亲迎了。水运无法摆布，只得捏着一把汗，将女儿撮上轿，听众人吹吹打打，娶将去了。正是：

奸计虽然狡，无如慧智高。

慢言鸠善夺，已被鹊移巢。

过公子满心以为冰心小姐被他娶了来家，十分欢喜。迎到大门前下了轿，许多媒婆、侍女搀扶到厅中。锦帕盖着头，红红绿绿，打扮的神仙相似，人人都认做冰心小姐，无一个不啧啧赞好。拜过堂，一齐拥入洞房，就排上合卺酒来，要他与新人对饮。香姑因有先嘱之言，除去盖头，遂进入帐幔之中，死也不肯出来。过公子认做害羞，便不十分强他，竟出到外厅，陪众亲戚饮酒。一来心下欢喜，二来亲戚劝贺，左一杯，右一盏，直饮得酩酊大醉，方走入房中。看一看，只见灯烛远远停着，新人犹隐隐坐在帐中。

过公子便乘着醉兴，也走到帐中来，低低说道："夜深了，何不先睡？"香姑看见，忙背过脸去，悄悄叫侍妾吹灯。侍妾尚看着过公子，未敢就吹。过公子转凑趣道："既是新夫人叫吹灯，你们便吹息了去吧！"众侍妾听得，忙忙将灯烛吹息，一哄散去。过公子急用手去摸时，新人早已脱去衣裳，钻入被里去了。过公子哪里还忍得住，连忙也脱去衣裳，钻到被里，一心只说是偷相的那一位冰心小姐，快活不过，便千般摩弄，百种温存。香姑也是及时女子，到此田地，岂能自持？一霎时帐摆流苏，被翻红浪，早已成其夫妇。正是：

帐底为云皆淑女，被中龙战尽良人。

如何晓起看颜面，便有相亲方不亲。

过公子夫妻恣意为欢，直睡到次早红日三竿，方才醒转。过公子睁开眼，忙将新人一看，只见广额方面，蠢蠢然哪里是偷相的那位小姐！忙坐起来，穿上衣服，急急问道："你又不是水小姐，为何充做水小姐嫁了来？"香姑道："哪个说我不是水小姐，你且再细认认看！"过公子只得又看了一眼，连连摇头道："不是，不是！我认得水小姐的俊俏庞儿，如芙蓉出水，杨柳含烟，哪里是这等模样！多是被水运之这老狗骗了！"

香姑听了，着恼道："你既娶我来，我就是与你敌体的夫妻了。你怎这样无礼，竟对着我骂我的父亲？”过公子听了，愈加着急道：“罢了，罢了！他原领我偷相的是侄女儿冰心小姐。你叫他做父亲，莫非你是他的亲女儿，另是一个？”香姑听了，也坐将起来，穿上衣服，说道：“你这人怎这样糊涂！冰心小姐乃是我做官大伯父的女儿，你既要娶他，就该到他那边去求了，怎来求我父亲？况我父亲出的庚帖，又是我的，回帖上又明明写着‘为小女答聘’，难道不看见，怎说是侄女儿？你聘礼又行到我家来，你娶又到我家来娶，怎么说不是我亲女儿？我一个官家女儿，明媒正娶到你家来，又亲朋满座，花烛结亲，今日已成了夫妇之好，却说出钻穴偷相这等败伦伤化的言语来，叫我明日怎与你操持井臼，生育子嗣？看将起来，倒不如死了吧！”因跳下床来，哭天哭地的寻了一条大红汗巾，要去自缢。

过公子见不是冰心小姐，已气得发昏；及见香姑要寻死，又惊个魂出。只因这一惊，有分教：

才被柳迷，又遭花骗。

不知毕竟怎生结果，且听下回分解。

第　四　回

过公子痴心捉月

诗曰：

人生可笑是蚩蚩①，眼竖眉横总不知。

春梦做完犹想续，秋云散尽尚思移。

天机有碍尖还钝，野马无缰快已迟。

任是泼天称大胆，争如闺阁小心儿。

话说过公子与香姑既做了亲，看破不是冰心小姐，已十分气苦，又被香姑前三后四，说出一团道理来，只要寻死觅活，又惊得没摆布，只得叫众侍妾看守劝解。自己却梳洗了，瞒着亲友，悄悄来见府尊，哭诉被水运骗了，道："前面引我偷相的，却是冰心小姐；后面发庚帖受财礼及今天嫁过来的，却是自家女儿，叫做香姑。银钱费去，还是小事；只是被他做小儿愚弄，情实不甘心。恳求公祖大人，推家父薄面，为治晚生惩治他一番，方能释恨。"府尊听了，想一想道："这事虽是水运设骗，然亦贤契做事不老到，既受庚帖，又该查一查他的生时月日，此事连本府也被他朦胧了，还说是出其不意。贤契行聘，怎么不到水侍郎家，却到水运家去？水运与冰心系叔父与侄女，回帖称'小女'，就

① 蚩蚩（chī）——无知、敦厚老实的样子。

该动疑了，怎么迎娶这一日，又到水运家去？岂不是明明娶水运之女？今娶又娶了，亲又结了，若告他抵换，谁人肯信？至于偷相一节，又是私事，公堂上怎讲得出口？要惩治他，却也无词。贤契莫若且请回，好好安慰家里，莫要急出事来，待本府为你悄悄唤水运来，问他个详细，再作区处。”过公子无奈，只得拜谢了回家，倒转将言语安慰香姑不提。

却说水运自夜里嫁了女儿过去，捏着一把汗，睡也睡不着。天才亮，便悄悄叫人到过府门前去打听，却并不见一毫动静，心下暗想道：“这过公子又不是一个好人，难道就肯将错就错罢了？”满肚皮怀着鬼胎。到了日中，忽前番府里那个差人，又来说太爷请过去说话。水运虽然心下鹘突①，却不敢不去，只得大着胆，来见府尊。府尊叫到后堂，便与他坐了，将衙役喝开，悄悄细问：“本府前日原为过宅讲的是你令侄女，你怎么逞弄奸狡，移花接木，将你女儿骗充过去，这不独是欺骗过公子，竟是欺骗本府了。今日过公子动了一张呈子，哭诉于本府，说你许多奸狡，要我依法征治。本府因你也是官家，又怕内中别有隐情，故唤你前来问明。你须实言，我好详察定罪。”

水运听了，慌忙跪下道：“罪民既在太公祖治下，生死俱望太公祖培植，怎敢说个欺骗？昨夜之事，实出万不得已，内中有万千委曲，容罪民细述，求太公祖宽宥开恩。”府尊道：“既有委曲，可起来坐下细讲。”水运便爬起来坐下，说道：“罪民与过公子议亲初意，并太公祖后来吩咐，俱实实是为舍侄女起见。不料

---

① 鹘（hú）突——糊涂，不清楚。

舍侄女赋性坚贞，苦苦不从。罪民因他不从，就传示太公祖之命，未免说了些势利的言语。又不料舍侄女心灵性巧，恐勾出祸来，就转过口来，要我认做亲父，方肯相从。罪民只要事成，便认做亲父。罪民恐他有变，就叫他亲笔写了庚帖为定。又不料舍侄女机变百出，略不推辞，提起笔来就写。罪民见写了庚帖，万万无疑。谁知他写的却是小女的八字。罪民一时不察，竟送到太公祖案下；又蒙太公祖发到县间送与过宅，一天喜事，可谓幸矣，哪晓得俱堕在舍侄女术中。后来回帖称‘小女’，与罪民自受聘，俱是被他叫我认为亲父惑了。直到昨日临娶，催他收拾，他方变了脸，说出前情，一毫不认账。及见罪民事急，无可解救，哭着要寻死，却又为我画出这条计来免祸。罪民到了此时，万无生路，只得冒险将小女嫁去，实不是罪民之本心也。窃思小女虽然丑陋，但今既已亲荐枕席，或者转是天缘，统望太公祖开恩。”

府尊一一听了，转欢喜起来道：“怎令侄女小小年纪，有如许聪慧，真可敬也，真可爱也！据老丈这等说起来，虽是情有可原，只是过公子受了许多播弄，怎肯甘心？”水运道：“就是过公子不甘心，也只为不曾娶得舍侄女。若是舍侄女今日嫁了别人，便难处了。昨日之事，舍侄女虽然躲过，却喜得仍静守闺中。过公子若是毕竟不忘情，容罪民缓缓骗他，以赎前愆，未尝不可。”府尊听了，欢喜道：“若是令侄女终能归于过公子，这便自然无说了。只是你侄女儿如此有才智，如何骗得他动？”水运道：“前日小女未曾嫁时，他留心防范，故被他骗了。如今小女已嫁过去，他心已安，哪里防备得许多？只求太公祖请了过公子来，容

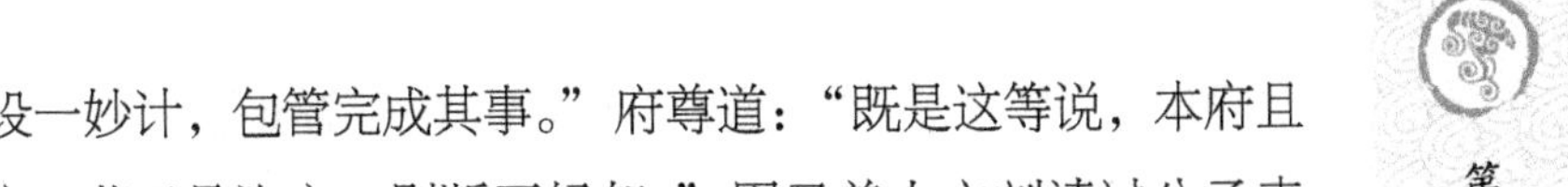

罪民设一妙计，包管完成其事。”府尊道：“既是这等说，本府且不深究；若又是诳言，则断不轻恕。”因又差人立刻请过公子来相见，水运又将前情说了一遍与过公子听。

过公子听完，因回嗔作喜道：“若果有妙计，仍将令侄女嫁过来，则令爱我也不敢轻待。只是令侄女如此灵慧，且请问计将安在?”水运道：“也不须别用妙计，只求贤婿回去，与小女欢欢喜喜，不动声色，到了三六九作朝的日期，大排筵宴，广请亲朋，外面是男亲，内里是女眷，男亲须求太公祖与县尊在座，女眷中舍侄女是小姨娘，理该来赴席，待他来时，可先将前日的庚帖，改了他的八字，到其间贤婿执此，求太公祖与县父母理论，我学生再从旁撺掇，便不怕他飞上天去，安有不成之理?”过公子听了，满心欢喜道：“此计大妙。”府尊道：“此计虽妙，只怕你侄女乖巧，有心不肯来。”水运道：“他见三朝六朝没话说，小女的名分已定，他自然不疑。到了九朝十二朝，事愈沉了，既系至亲，请他怎好不来?”商量停当，过公子与水运遂辞谢了府尊出来，又各各叮嘱，算计停当方别。正是：

大道分明直，奸人曲曲行。

若无贞与节，名教岂能成?

过公子回家打点不提。

却说水运到家，将见府尊的事情瞒起不说；却欢欢喜喜，走过间壁来见冰心道：“我儿，昨日之事，真真亏了你！若不是这个法儿，今日天也乱下来了。”冰心小姐道：“理该如此，也不是什么法儿。”水运道：“我今早还担忧，这时候不见动静，想是大家相安于无事了。”冰心小姐道：“相安也未必，只是说也无用，故隐忍作后图耳。”水运道：“有甚后图?”遂走了过来，心下暗想道：“这丫头怎看事这等明白？过家请作十二朝，只怕还不肯去哩！”

到了十二朝先三日，过家就下了五个请帖来：一个请水运，三个请三个儿子，俱是过公子出名；又一个是请冰心小姐的，因过公子父母俱在京，就将香姑出名。水运接了，就都拿过来与冰心小姐看，因笑说道：“这事果都应了你的口，大忧变成大喜。他既请我们合家去做十二朝，则断断乎没闲话说了，须都去走走，方见亲情密厚。”冰心小姐道：“这个自然都该去。”水运道：“既是都该去，再无空去之理，须备些礼物，先一日送去，使他知道我们都去，也好备酒。”冰心小姐道：“正该先送礼去。”水运因取了个大红帖子来，要冰心小姐先写定，好去备办。冰心小姐全不推辞，就举起笔，定了许多礼物与水运去打点。

水运拿了礼帖，满心欢喜，以为中计，遂暗暗传信与过公子，又叫算命先生，将他八字推出，暗暗送与过公子，叫他另打金字换过，以为凭据。又时时探听冰心小姐背后说什么，恐怕他临期有变。冰心小姐却毫不露相，不说去，也不说不去。水运心下拿不稳，只得又暗暗传信去，叫女儿头一日先着两个婢女来请，说道：“小夫人多多拜上小姐，说凡事多亏小姐扶持，明日千万要请小姐早些过去面谢。”冰心小姐道：“明日乃你小夫人的吉期，自然要来奉贺。”就叫人取茶与他二人吃，一面吃茶，一面闲话问他：“你小夫人在家做什么?”一个回道：“不做什么。”一个道：“今早钉的红缎子，不知叫做什么?”冰心小姐道：“钉在上面的，可是几个金字?”婢女道：“正是几个金字。”冰心小姐听了，就推开说别话，再不问了。婢女吃完茶辞去，冰心小姐亲口许他必来。水运闻知，满心欢喜。

到了次日清晨，过家又打发两个婢女来请，取出一个小金盒，内中盛着十粒黄豆大滚圆的珠子，送与冰心小姐道："这十颗珠子，是小夫人叫暗暗送与小姐的。小姐请收了，我们好回话。"冰心小姐看一看，因说道："明珠重宝，不知是卖，不知是送？若是卖，我买不起，若是小夫人送我，你且暂带回，待我少停面见小夫人收吧。"婢女不知就里，便依旧拿了回去。婢女才去，水运就过来问轿子与伞要用几个人。冰心小姐道："父亲今已被谪①，不宜用大轿、黄伞，只用小轿为宜。昨南庄有庄户来交租米，我已留下两人伺候了，不劳叔叔费心。"水运道："今日过家贵戚满堂，我们新亲，必须齐整些才妙。若是两人轿，又不用伞，冷冷落落，岂不惹人耻笑？"冰心小姐道："笑自由他，名却不敢犯。"水运强他不过，因说道："轿子既有了，我们男客先去，你随后也就来吧！"竟带了三个儿子先去。正是：

拙计似推磨，慧心如定盘。

收来还放去，偏有许多般！

却说过公子打听得冰心小姐许了准来，不胜之喜。又再三拜恳府尊与县尊，为他做主。又请出三四个学霸相公，要他作傧相赞成。十颗珠子，要赖作他受的聘定；金字庚帖，要做证见。又选下七八个有力气的侍妾，叫他们只等他下轿进门，便上前搀扶定了，防备他事急寻死。又收拾下一间精致的内房，房内铺的锦

① 谪（zhé）——封建时代将指官吏降职，调往边外地方。

绣珠翠，十分富丽，使他动心从情。

清晨使婢妾相请，络绎不绝，直请到午后，方有人来报道："冰心小姐已上轿出门了。"不一时，又有人来报道："冰心小姐的轿子，已到半路了。"过公子听了，喜得心花俱开，忙叫乐人伏于大门左右，只候轿一到门，就要吹打迎接。过公子心里急，又自走出门去望，只见远远有一乘小轿，四个丫环列在前面，后面几个家人跟随，飘飘而来，就像仙子临凡一般。将及到门，过公子不好意思，转走了进去。府尊与县尊坐在大厅上，听说到了，心下暗想道："这女子前面多少能干，今日到底还落在他们圈套里，可怜又可惜！"

不期水小姐的轿，直抬到门前，刚刚登门歇下，四个丫环卷起轿帘，冰心小姐露出半身，正打算出轿，门里的七八个侍妾，正打算要来搀扶，忽门旁鼓乐吹打起来，冰心小姐听了，便登时变了颜色道："这鼓乐声一团杀气，定有奸人设计害我，进去便落陷坑！"因复转身坐下，叫快抬回去。那两个抬轿的庄户，是早先吩咐下的，不等冰心小姐说完，早抬上肩，飞一般奔回去了。四个丫环与跟随的家人，也忙忙赶去。正是：

珠戏不离龙项下，须撩偏到虎腮边。

始知俏胆如金玉，看得痴愚不值钱！

过公子听得鼓乐响，只认做进来了，忙躲在小厅旁要偷看。不期鼓乐响不得一两声就住了，忽七八个侍妾，乱跑进来寻公子。公子忙走出来问道："怎么水小姐不进来？"众侍妾道："水小姐轿已下了，因听见乐人吹打，忽吃惊道：'这鼓乐声一团杀气，定有奸人害我，进去便落陷坑，快回去！'遂复上轿，抬回

去了。”过公子跌脚道：“你们怎不扯住他？”众侍妾道：“去的好不快，哪里容你扯？”过公子急叫人快赶时，轿已去远，赶不及了。过公子气得呆了，忙到大厅来，向府尊、县尊诉说其事。府尊与县尊听了，又惊又喜。府尊因说道：“这女子真奇了，怎么听见鼓乐声，就知要害他？”因又对着水运道：“令侄女平素果然晓得些术数么？”水运道：“他自小跟着父亲读些异书，常在家断祸断福，我们也不信他。不期今日倒被他猜着了。”府尊、县尊并满座宾朋听了，众皆惊讶。

过公子心不死，又吩咐两个婢女去请，说道：“今日十二朝，是亲者皆来，故请小姐去会一会，家公子并无他意，为何小姐到门就转？”婢女去了，回来复道：“水小姐说：‘我只道是亲情好意，请去会会，故一请便来。谁知你公子不怀好心，已将庚帖改了，又要将珍珠作聘，叫府县官逼勒我。若不是乐鼓声告我，几乎落你们圈套。你可多多拜上公子，可好好与小夫人受用，我与他不是姻缘，莫要生奸妄想。’”府尊与满堂亲友听见，俱啧啧赞羡道：“这水小姐真不是凡人！”大家乱了半晌，只得排上酒来，吃了散去。

过公子心不甘，因又留下水运，说道：“我细想令侄女纵然聪慧，哪里就是神仙，说得如此活现？定是你通谋骗我！”水运听说急了，就跪在地下，对天发誓道：“我水运若系与侄女儿通谋哄骗公子，就全家遭瘟！”过公子忙搀起来说道：“你若果不与他通谋，老实对你说，这样聪慧女子，越越放他不下。”水运道：“贤婿既放他不下，不必冤我，我还有一急计，只得要用了。”过公子道：“更有甚急计？”水运道：“这九月二十日，乃他母亲的忌辰。年年到这日，必要到南庄母亲坟上去祭扫，兼带着催租，看菊花，已做了常规，是年年去的。公子到这日，必须骑匹快马，领着众家丁，躲在南庄前后，等他去祭扫完了，转回家时，竟打开轿夫，抬着便走。抬到家中，便是公子的人了，听凭公子如何调停，成与不成，却冤我不着。”过公子听了，连声道：“妙，妙。此计甚捷径省力，定要如此行了，但恐怕到了那日，或遇风雨他不去。”水运道：“舍侄女为人最孝，任是大风大雨，也要去的。”过公子听了，满心欢喜，两下约定，方才别了。正是：

凡人莫妄想天仙，要识麻姑有铁鞭。

毕竟此中寻受用，嘴边三尺是垂涎。

按下过公子打点九月二十日抢亲不提。

且说水运回家，因走过来对侄女道：“过家一团好意，你因甚疑心？到了门却又抬了回去，叫我们扫兴，连我也带累的没趣！”冰心小姐道：“不消我说，他做的事，他心下自然明白。”水运忙合掌道：“阿弥陀佛，不要冤屈他。今日实是会亲，并无他意，我可以代他发的誓出！”冰心小姐道：“我才听得鼓声甚暴，突然三挝①，他这造谋不浅。今日虽被我识破了，决不住手，必然还有两番来寻我。到明日验过，叔叔方知不是我冤他。”数语说得水运毛骨悚然，不敢开口，只得淡淡的走了过去。

到了九月二十，冰心小姐果然叫人打点祭礼，到南庄去拜扫。先一日，就请水运与三个兄弟同去。水运暗想道：“明日过公子抢人，少不得有一番吵闹。我若同去，未免要打在浑水里，招惹是非。”因回说道：“我明日有些要紧的事务要出门，恐怕不

① 三挝（zhuā）——敲打了三下。

能去了。”冰心小姐道：“叔叔既不去，哥哥与兄弟，难道也不去?”水运道：“你两个哥哥要管家，只好叫你兄弟同去，拜奠伯母坟茔①吧。”说定了，就暗暗通信与过公子，说自去不便，只叫小儿一同去，作个耳目。

原来这南庄离城有十二三里，冰心小姐晓得路远，大清晨就起来收拾。临出门，偏坐一乘大暖轿，轿幔四面遮得严严的，又用一柄黄伞在前引道，后面四个丫环，是四乘小轿。小兄弟与家人俱骑马在后面随行。竟从从容容，出城往南庄去祭扫。正是：

镜里花枝偏弄影，水中月影惯撩人。

谁知费尽扳捞力，总是明河不可亲。

冰心小姐轿到了南庄，庄户将庄门大开，让轿子直抬到大厅上方下来。冰心小姐既进了庄，庄门便依旧关上，几匹马就在庄外下了。冰心小姐才坐下，庄妇就摆出茶来，冰心小姐就叫小兄弟同吃。吃完茶，冰心小姐就问庄妇道：“后面坟上祭礼，可曾打点端正么?”庄妇答道：“俱已齐备，只候小姐行礼。”

冰心小姐随起身，同小兄弟直走到后面母亲的坟上，哭祭了一番。直等化了纸钱，方回身到庄西一间阁上去看菊花。原来这南庄有东西两层高阁：东边阁下，栽的都是桃花，以备春祭赏玩；西边阁下，栽的是菊花，以备秋祭赏玩。今日是秋祭，冰心小姐上了西阁，往下一看，只见阁下满地铺金，菊花开得正盛。有《踏莎行》词为证：

瘦影满篱，香疏三径，深深浅浅黄相映。露下繁英饥可餐，

① 坟茔（yíng）——坟墓。

风前雅致谁堪并？　　谈到可怜，懒如新病，恹恹开出秋情性。漫言尽日只闲闲，须知诗酒陶家兴。

冰心小姐在西阁上看罢菊花，又四郊一望，正是秋成之时：收的收，割的割，乡人奔来奔去，手脚不停。忽看见两个闲汉，立在一间草屋边看搅稻，有些诧异，因再向西边一看，又看见三个闲汉，坐在一堆乱草上，忽眠忽起，再看看，又见小兄弟与一个青衣小厮，掩在照墙后说话。冰心小姐心下明白，并无言语。

不多时，庄妇摆饭在后厅，请冰心小姐去吃。冰心小姐下了阁，叫人寻了小兄弟来同吃。吃完饭，小兄弟就催冰心小姐道："路远，没甚事早些回去吧！"冰心小姐道："你且再玩耍片时，我还要吩咐庄户，催讨租米。"小兄弟又去了。冰心小姐因叫众庄户将庄田事务，一一吩咐明白，发放去了，然后坐在后厅旁边小房里，叫丫环将大皮箱出空了，衣服用包袱包起，又悄悄叫一个家人取了许多碎石块，放在空箱里，抬到大轿柜底下放了，又叫家人寻一块大石，用包袱包了，放在轿柜上面，然后将轿门关上，用锁锁了，放下轿幔遮了。又叫众家人进来，吩咐如此如此，众家人领命。然后自家换了一件青衣，坐在四乘小轿内，却留下一个丫环，叫庄户另寻轿送来。收拾停当，却叫家人大开了庄门，喝道："轿夫快来，小姐已上轿了！"轿夫正在外面伺候，听见叫，便一齐拥入，各认原轿，照旧抬了出来。打伞的原打起黄伞，在前引路。家人又寻了小兄弟来，同骑上马跟随。

才抬离了庄门，不上一箭路，早有东边两个、西边三个，一霎时跳出一二十脚夫来。有几个将大轿撮住不放，有几个将抬轿的乱打道："这地方是我们的生意，你怎么来这里抬？"打得这四

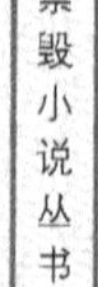

个轿夫披头散发，各各放手。早有四个轿夫，接上肩头，抬着飞跑去了。后面骑马的家人看见，忙忙加鞭赶上前来吆喝道："作死的奴才，这是城中水侍郎老爷的小姐，怎敢抢抬?"那抬轿的听见说是水小姐，一发跑的快了。

后面家人的马，将近赶上，只见路旁松树下，过公子带着一簇人马，从林中出来，拦住大叫道："你家小姐，已是我过大爷娶了，你们还赶些什么?"众家人看见，慌忙勒住马道："原来是过姑爷抬回去，小人怎敢?但不赶上，恐怕小姐明日责罚。"过公子将手一挥道："快回去，小姐若责罚你，都在我身上。"说罢，将马加上一鞭，带着众人去赶前边轿子。众家人借此缩住，等后面小姐的小轿上来，悄悄的抬了回家不提。

却说过公子赶上大轿，欢欢喜喜，拥进城来。只因这一抢，有分教：

欢颜变怒，喜脸成羞。

不知更作何状，且听下回分解。

第五回

激义气闹公堂救祸得祸

词曰：

才想鲸吞，又思鸠夺，奸人偏有多般恶。谁知不是好姻缘，认得真真还又错。　　恰恰迎来，刚刚遇着，冤家有路原非阔。不因野蔓与闲藤，焉能引作桃夭合？

《踏莎行》

话说过公子自与水运定下抢水小姐之计，恐怕抢到来不能服帖，依旧求计于府尊与县尊，在家坐等，要他们执庚帖判断，方没话说。仍又请了许多亲戚在家，要显他有手段，终娶了水小姐来家。

这日带着许多人，既抢到手，便意气扬扬，蜂拥回家。到了大门前，脚夫便要住轿，过公子连连挥手道："抬进去！"到了小厅，过公子还叫抬进去。脚夫直抬到大厅月台下，方才歇下。府尊与众亲友看见，都起身迎下厅来作贺道："淑女原不易求，今日方真真恭喜了。"过公子到了此际，十分得意，摇摇摆摆，走上厅来，对着府尊，县尊浅浅一躬道："今日之事，不是治晚生越礼，但前日所聘定者实系冰心小姐，现有庚帖可证；不料后来背约负盟，移花接木，治晚生心实不甘，故今日行权娶来，求太公祖与老父母做主。"府尊、县尊同说道："这婚姻始末，皆本府、本县所知，不消细说；今既垂来归正，可谓变而合礼。前面

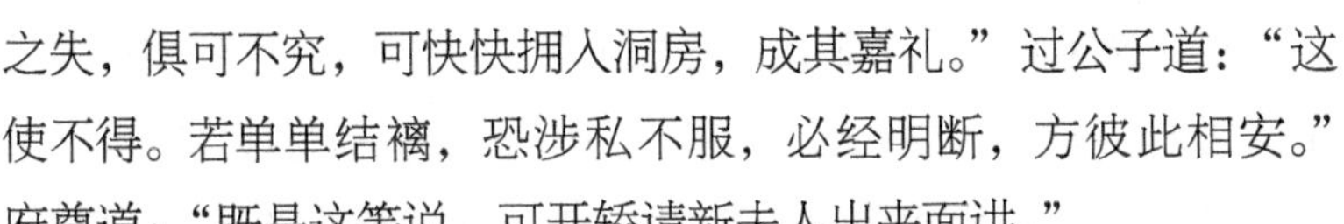

之失，俱可不究，可快快拥入洞房，成其嘉礼。”过公子道：“这使不得。若单单结褵，恐涉私不服，必经明断，方彼此相安。”府尊道：“既是这等说，可开轿请新夫人出来面讲。”

过公子因叫出几个侍妾来去开轿门。众侍妾掀起轿幔，看见轿门有小锁锁着，忙说与过公子。过公子道：“这不打紧！”因自走上前，将小锁一把扭去。众侍妾见锁扭开，便转入轿杠中间，将两扇轿门轻轻扯开。不开犹可，开了看时，却惊得面面相觑，做声不得。过公子看见众侍妾呆立不动，因骂道：“蠢奴才！快些扶新夫人出来，呆立着做什么？”众侍妾忙回道：“轿里没有什么新夫人，却扶哪个？”过公子说听没有新夫人，吃这一惊不小，忙走到轿前一看，只见轿柜上放着一个黄包袱，哪里有个人影儿？急得忙连连跌脚道：“明明看见他在阁上，怎么上轿时，又被这丫头弄了手脚，殊令人可恨！”

府尊、县尊与众亲友听见，都到月台上去，看见轿里无人，尽赞叹道：“这水小姐真是个神人了！”因对过公子道：“我劝贤契息了念头吧！这女子行事神鬼莫测，断不是个等闲人。”过公子气得软瘫做一堆，羞得半句话说不出，只是垂着头叹气。府尊又叫取出黄包袱并皮箱，打开来看，却都是大小石块，又笑个不了。大家乱了半晌，见没兴头，便都陆续散去。

独有一个在门下常走动相好的朋友叫做成奇，却坐着不动身。过公子因与他说道：“今日的机会，亦可谓凑巧，怎又脱空？想是命里无缘。”成奇道：“事不成便无缘，事若成包管你又有缘了。凡是求婚，斯斯文文，要他心肯，便难了；若有势有力，可以抢夺，不怕人事，便容易。公子何须嗟叹？”过公子道：“兄不要将抢夺看轻了，就是抢夺，也要凑巧。他是个深闺女子，等闲不出来，就纵有泼天本事，也没处下手。”成奇道：“我闻得他父亲水居一，下手妙处在此。”过公子道：“请教有甚妙处，可以下手？”成奇道：“我闻得他父亲水居一，被谪边庭，久无消息；又闻得水小姐是个孝顺女儿，岂不思量望赦？公子只消假写起一张红纸报条来，说是都察院上本论赦，蒙恩赦还，复还原职。叫一二十人，假充报子，出其不意，跑进门去报喜，叫他出来讨赏。他若不出来，再说又有恩赦诏旨，要他亲接。他在欢喜头上，自然忘情；况闻有旨，敢不出来？等他出来，看明白了。暗暗的藏下轿子，撮上就走。他一个柔弱女子，纵说伶俐，如何拗得众人？”过公子听说得心花都开，连声说道：“此计甚妙！”成奇道：“此计虽妙，只怕做将来要犯斑驳。”过公子道：“犯甚斑驳？”成奇道：“他一个官宦人家小姐，领了许多人私自抢去，倘或抢到家，他性子烈，有这长这短，祸便当不起。公子虽与府县是一个人，莫若还先动一张呈子，与府县说明了，先抬到县，后抬到府，要府县做主批一笔：‘既前经聘定，准抬回结亲。’那时便万分安稳了。”过公子听了，越加欢喜道：“如此尤妙！”二人算计定了，便暗暗打点行事不提。正是：

一奸未了一奸生，人世如何得太平？

莫道红颜多跌剥，须眉男子也难行！

却说冰心小姐自用计脱了南庄之祸，便闭门静处，就是妇女，也不容出入。水运又因苦争过公子无恶处，后面做出事来，不好意思，便也不甚走过来，冰心小姐倒也安然，只是父亲被谪，久无消息，未免愁烦。

一日，梳妆才罢，忽听得门前一阵喧嚷，许多人拥进门来，拿了一张大红条子，贴在正厅屏门上，口里乱嚷道：“老爷奉旨

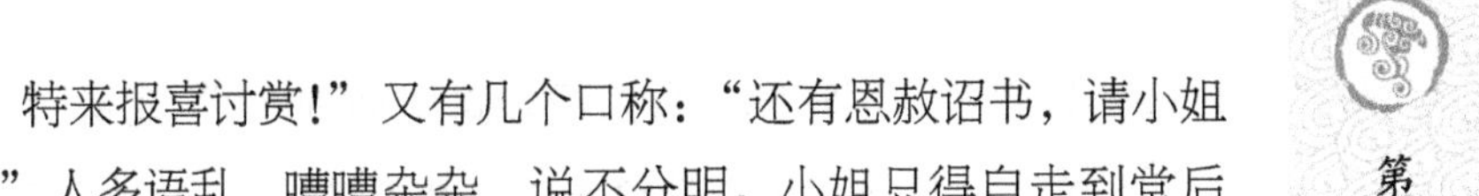

复任，特来报喜讨赏！”又有几个口称：“还有恩赦诏书，请小姐开读！”人多语乱，嘈嘈杂杂，说不分明。小姐只得自走到堂后来观看。只见那张红条子，贴在上面，堂后又看不见。众报人又乱嚷着：“快接诏开读！”冰心小姐恐接旨迟了，只得带着两个丫环，走出堂来细问。脚还未曾站稳，报人围做一个圈盘，将冰心小姐围在中间道：“圣旨在府堂上，请小姐去听开读。”话未说完，外面早抬进一乘轿子来，要小姐上轿。

冰心小姐看见光景，情知中计，便端端正正，立在堂中，面不改色，从从容容道：“你众人不得啰唣，听我一说：你众人不过是过公子遣来迎请我的。也要晓得过公子迎请我去，不是与我有仇，是要与我结亲。恐我不从，故用计来强我。此去若肯依从成亲，过公子是你主人，我便是你主母了。你们众人，若是无礼啰唣，我明日到了过家，便一一都要惩治。到那时，莫说我今日不与你们先讲明！”原来成奇也混在众人中，忙答应道：“小姐已明见万里，但求就行，谁敢啰唣？”冰心小姐道：“既是如此，可退开一步，好好伺候。待我换过衣服，吩咐家人看守，方可出门。”众人果远开一步。

冰心小姐因吩咐丫环去取衣服，就悄悄呼他带了一把有鞘的解手刀来，暗藏在袖里。一面更换衣服，又说道：“你们若要我与你过公子成全好事，须要听我吩咐。”成奇道：“小姐吩咐，谁敢不听？”冰心小姐道：“过公子这段姻缘，虽非我所愿，然他三次相求，礼虽不尽出于正，而意实殷勤，我也却他不得。但今日你们设谋诡诈，若竟突然抬我到过家，我若从之，便是草草苟合，虽死亦不可从，盖无可从之道也。莫若先抬我到府县，与府县讲明。若府县有撮合之言，便不为苟合矣。那里再抬到过家，或者还好商量。不知你们众人可知这些道理么?”成奇听了，正合他的意思，因答应道：“众人虽不知道理，但小姐吩咐要见府县，便先抬去见了县里太爷、府里太爷，然后再到过家，也不差什么!”就叫抬过轿来，请小姐上轿。冰心小姐又吩咐家人看门，只带两个丫环、两个小童跟随。又悄悄吩咐家人，暗暗揭了那张大红条子，带到县前来，使欣然上轿去了。正是：

眼看鬼怪何曾怪，耳听雷惊却不惊。

漫道落入圈套死，却从鬼里去求生!

众人将冰心小姐抬上肩头，满心欢喜，以为成了大功，便二三十人围成一阵，鸦飞雀乱的往县前飞奔。又倚着过家有些势力，乱冲来不怕人不让。

不期将到县前，忽撞见铁公子到济南来游学，正游到此处，雇了一匹蹇驴儿骑着，后跟小丹，踽踽凉凉①，劈面走来。恰好在转弯处，不曾防备，突被众人蜂拥撞来，几乎撞倒跌下驴来。铁公子大怒，就乘势跳下驴来，将前面抬轿的当胸一把扯住，大骂道：“该死的奴才，你们又不遭丧失火，怎青天白日像强盗抢夺一般这等乱撞，几乎将我铁相公撞跌下驴来，是何道理!”众人乱降降拥拥，跑到有兴头上，忽被铁公子拦住，便七嘴八舌的乱嚷。有几个说道：“你这人好大胆，这是过学士老爷家娶亲，你是甚人，敢出来邀接!”又有几个说道：“莫道你是铁酱蓬，你就是金酱蓬、玉酱蓬，拿到县中，也要打得粉碎!”铁公子听了，愈加大怒道：“既是过学士娶亲，他诗书人家，为何没有鼓乐，为何没有灯火?定然有抢劫之情，须带到县里去问个明白!”

---

① 踽（jǔ）踽凉凉——孤寡不合群的样子。

此时成奇也杂在众人中，看见铁公子青年儒雅，像个有来历之人，便上前劝道："偶然相撞，出于无心，事情甚小。我听老兄说话，又是别府人，管这闲事做什么？请放手去吧！"铁公子听了，倒也有个放手的意思。忽听得轿中哭着道："冤屈，冤屈！望英雄救命！"铁公子听见，因复将抬轿的扯紧道："原来果有冤屈，这是断放不得的，快抬到县里去讲！"众人看见铁公子不肯放手，便一齐拥上来，逞蛮动粗，要推开铁公子。铁公子按捺不下，便放开手，东一拳，西一脚，将众人打得落花流水。成奇忙拦住道："老兄，不必动手，这事弄大了，私下决开不得交，莫说老兄到县里，若不到县中，恐过府也不肯罢了。快放手让他们抬到县里去。"铁公子哪肯放手，却喜得离县衙不远，又人多，便抬的抬，撮的撮，你扭我结，一齐开到县前。

铁公子见已到县前，料走不去，方放开手，走到鼓架边，取出马鞭子，将鼓乱敲，敲得扑咚咚响亮，已惊动县前众衙役，都一齐跑来，将铁公子围住道："你是什么人，敢来击鼓？快进去见老爷！"原来县尊已有过家人来报知抢得水小姐来，要他断归过公子，故特特坐在堂上等候。不期水小姐不见来，忽闻鼓响，众衙役拥进一个书生来禀道："擅击鼓人，带见老爷！"

那书生走到堂上，也不拜，也不跪，但将手一举道："老先生请了！"县尊看见，因问道："你是什么人？因何事击鼓？"铁公子道："我学生是县人，老先生不必问，我学生也不必说。但我学生方才路见一件抢劫冤屈之事，私心窃为不平，敢击鼓求老先生判断，看此事冤也不冤？并仰观老先生公也不公？"县尊看见铁公子人物俊爽，语言凌厉，不敢轻易动声色，只问道："你且说有甚抢劫冤屈之事？"铁公子道："现在外面，少不得进来。"

才说未完，只见过家的一伙人，早已将冰心小姐围拥着进来了。冰心小姐还未走到，成奇早充做过家家人，上前禀道："这水小姐，是家公子久聘定下的，因要悔赖婚姻，故家公子命众人迎请来，先见过太爷，求太爷断明，好迎请回去结亲。"县尊道："既经久聘，礼宜迎归结亲，何必又断？不必进来，竟迎去吧！"成奇听了，就折回身拦住众人道："不必进去了，太爷已断明，亲自吩咐叫迎回去结亲了。"

冰心小姐刚走到甬道中间，见有人拦阻，便大声叫起冤屈来，因急走两步，要奔上堂来分诉。旁边皂快早用板子拦住道："老爷已吩咐出去，又进来做什么？"冰心小姐见有人拦阻，不容上堂，又见众人推他出去，便盘膝坐在地下，放声大哭道："为民父母，职当伸冤理屈，怎么不听一言！"县尊还指手叫去，早急得铁公子暴跳如雷，忙赶上堂来，指着县尊乱嚷道："好糊涂官府！怎公堂之上，只听一面之词，全不容人分诉？就是天下之官，贪贿慕势，也不至此。要是这等作为，除非天下只一个知县方好，只怕还有府道、抚台在上！"县尊听见铁公子嚷得不成体面，便也拍案大怒道："这是朝廷设立的公堂，你是什么人，敢如此放肆！"铁公子复大笑道："这县好个大公堂！便是公侯人家，钦赐的禁地，我学生也曾打进去，救出人来，没人敢说我放肆！"

原来这个知县新选山东不久，在京时，铁公子打入大夬侯养闲堂这些事都是知道的。今见铁公子说话相近，因大惊问道："如此说来，老长兄莫非就是铁都院长公子铁挺生么？"铁公子道："老先生既知道我学生贱名，要做这些不公不法之事，也该收敛些！"县尊见果是铁公子，忙走出公位，深深施礼道："小弟

鲍梓，在长安时，闻长兄高名，如雷轰耳，但恨无缘一面。今辱下临，却又坐此委曲，得罪长兄，统容荆请。”一面看坐，请铁公子分宾主坐下，一面门子就送茶。

茶罢，县尊因说道：“此事始末，长兄必然尽知，非小弟敢于妄为；只缘撇不过过公子情面耳。”铁公子道：“此事我学生俱是方才偶然撞见，其中始末，倒实实不知，转求见教。”县尊道：“这又奇了！小弟只道长兄此来，意有所图，不知竟是道旁之冷眼热心，一发可敬。”因将水小姐是水侍郎之女，有个过公子，闻其美，怎生要娶他；他叔叔水运，又怎生撺掇要嫁他；他又怎生换八字，移在水运女儿名下；后治酒骗他，他又怎生到门脱去；前在南庄抢劫他，他又怎生用石块抵去之事，细细说了一遍。喜得个铁公子心窝里都跳将起来，因说道：“据老先生如此说来，这水小姐竟是个千古的奇女子了，难得，难得！莫要错过！”也顾不得县尊看着，竟抽起身来，走到甬道上，将冰心小姐一看，果然生得十分美丽。怎见得？但见：

娇媚如花，而肌肤光艳。羞灼灼之浮华轻盈似燕，而举止安详；笑翩翩之失措眉画春山，而淡浓多态。觉春山之有愧，眼横秋水而流转生情；怪秋水之无神，腰纤欲折立亭亭不怕风吹。俊影难描，鹤癯癯最宜月照。发光可鉴，不假涂膏。秀色堪餐，何须腻粉。慧心悄悄，越掩越灵，望而知其为仙子中人；侠骨冷冷，愈柔愈烈，察而识其非闺阁之秀。蕙性兰心，初只疑美人颜色；珠圆玉润，久方知君子风流。

铁公子看了，暗暗惊讶，因上前一步，望着冰心小姐深深一揖道：“小姐原来是蓬莱仙子，谪降尘凡，我学生肉眼凡胎，一时不识，多有得罪。但闻小姐，前面具如许才慧智巧，怎今日忽为鼠辈所卖？是所不解，窃敢请教。”冰心小姐见了，忙立起身来还礼道：“自严君被谪，日夜忧心。今忽闻有恩赦之旨下颁，窃谓诏旨，谁敢假传？故出堂拜接，不意遂为人栽辱至此。”因取出解手刀来，拿在手中，又说道：“久知覆盆难照，已拼毙命于此，幸遇高贤大侠，倘蒙怜而垂手，则死之日，犹生之年矣。”铁公子道：“什么恩旨？”冰心小姐因叫丫环问家人取了大红报条，递与铁公子看。

铁公子看了，因拿上堂来，与县尊看道：“这报条是真是假？”县尊看了道：“本县不曾见有，此报是哪里来的？”铁公子见县尊不认账，便将条子袖了，勃然大怒道：“罢了，罢了！勒娶宦女，已无礼法，怎么又假传圣旨？我学生明日就去见抚台，这些假传圣旨之人，却都要在老先生身上，不可走了一个！”说罢，就起身要走。县尊慌忙留住道：“老先生不须性急，且待本县问个明白，再作区处。”因叫过成奇众人来，骂道：“你们这伙不知死活的奴才，这报条是哪里来的？”众人你看我，我看你，哪里答应得来？县尊见众人不言语，就叫：“取夹棍来！”众人听见叫取夹棍，都慌了，乱叫道：“老爷，这不干小人们事，皆是过公子写的，叫小人们去贴的！”县尊道：“这是真了。有尊客在此，且不打你们这些奴才。”一面差人押去铺了，一面就差人另取一乘暖轿，好好送水小姐回府，一面就吩咐备酒，留铁公子小饮。

铁公子见送了水小姐回去，心下欢喜，便不推辞。饮至半酣，县尊乃说道：“报条之事，虽实过公子所为，然他尊翁过老先生，未必知也。今长兄若鸣之上台，不独过公子不美，连他过老先生也未免有罪，还望长兄周旋一二。”铁公子道：“我学生原无成心，不过偶然为水小姐起见耳。过兄若能忘情于水小姐，我学生与过兄面也不识，又何故苛求?”县尊听了大喜道：“长兄真快士也，不平则削，平则舍之。”又饮了半晌，铁公子告辞。县尊闻知他尚无居停，就差人送在长寿院作寓，谆谆约定明日再会。这边铁公子去了，不提。

那边过公子早有人报知此事，慌忙去见府尊说：“水小姐已抬到县中，忽遇一个少年，不知是县尊的什么亲友，请了进去，竟叫轿将水小姐送了回去，转将治晚生的家人，要打要夹，动下了铺，不知是何缘故?”府尊听了道：“这又奇了，待本府唤他来问。”正说未了，忽报知县要见，连忙命进相见过，府尊就问道：“贵县来的那个少年是什么人？贵县这等优礼?”县尊道：“贵大人原来不知，那个少年乃是铁都宪之子，叫做铁中玉，年才二十，智勇滔天。前日知县在京候选时，闻知大夬侯强娶了一个女子，窝藏在钦赐的养闲堂禁地内，谁敢去惹他？他竟不怕，手持一柄三十斤重的铜锤，竟独自打开禁门，直入内阁，将那女子救了出来。朝廷知道，转欢喜赞羡，竟将大夬侯发在养闲堂，幽闭三年，以代遣戍。长安城中，谁不知他的名字！今早水小姐抬到县时，谁知凑巧，恰恰遇着他，问起根由，意将过兄写的大红报条袖了，说是假传圣旨，要到抚院处去讲。这一讲准了，不独牵连过老先生，就是老大人与本县，也有许多不便。故本县款住他徐图之，不是实心优礼。”府尊道：“原来有许多委曲。”

过公子道：“他纵然英雄，不过只是个都宪之子。治晚生虽不才，家父也忝居学士，与他也不相上下。他为何管我的闲事?老父母也该为治晚生主持一二。”县尊道：“非不为兄主持，只因他拿了兄写的报条，有这干碍。唐突他不得，故不得已和他周旋也。”过公子说道：“依老父母这等周旋，则治晚生这段姻缘，付之流水矣。”县尊道：“姻缘在天，谋事在人。贤契为何如此说?”过公子道：“谋至此而不成，更有何谋?”县尊道：“谋岂有尽?彼孤身耳，本县已送在长寿院作寓矣，兄回去与智略之士细细商量，或有妙处。”

过公子无奈，只得辞了府尊、县尊回来，寻见成奇，将县尊之言说与他知，要他算计。成奇道：“方才县尊铺我们，也是掩饰那姓铁的耳目。今既说他是孤身，又说已送在长寿院住，这是明明指一条路与公子，要公子用计害他了。”过公子听了，满心欢喜道：“是了，是了。但不知如何害他?还是明明叫人打他，还是暗暗叫人去杀他?”成奇道：“打他杀他，俱有踪迹，不妙。”因对着过公子耳朵，说道：“只需如此如此，这般这般足矣。”过公子听了，愈加欢喜道：“好妙算！但事不宜迟，莫要放他去了。”因与成奇打点行事。只因这一打点，有分教：

恩爱反成义侠，风流化出纲常。

不知毕竟怎生谋他，且听下回分解。

第　六　回

冒嫌疑移下榻知恩报恩

词曰：

仇既难忘，恩须急报，招嫌只为如花貌。谁知白璧不生瑕，任他染涅难成皂。　　至性无他，慧心有窍，孤行决不将人靠。漫言明烛大纲常，坐怀也是真名教。

——《踏莎行》

话说过公子自与成奇算出妙计，便暗暗去叫人施为，不提。

却说铁公子既为差人送到长寿院作寓，便认做县官一团好意，坦然不疑。但因见水小姐美貌异常，又听见说他许多妙用，便暗想道："天下怎有这样女子，父母为我求亲，若求得这般一个，便是人伦之福了。"又想道："有美如此，这过公子苦苦相求，却也怪他不得。但只是人伦风化所关，岂可抢夺妄为？今日我无心中救出他回去，使他不遭欺侮，也是一桩快心之事。"这夜虽然睡了，然"水小姐"三字，魂梦中也未尝能忘。

到次日天明，就叫小丹收拾行李要动身。只见住持僧独修和尚忙出来留住道："县里太爷既送铁相公在此，定然还要请酒，或是用情，铁相公为何就忙忙要去了？"铁公子道："我与县尊原非相识，又不是来打秋风①，不过偶因不平，暂为一鸣耳。事过

① 打秋风——指借各种名义或关系向人索取财物。

则已，于理既无情可用，于礼也不消请得，我为何不去？”独修和尚道：“在铁相公无所干求，去留原无不可。只是小僧禀明，其实不敢放行。”正说不了，只见县尊已差人来下请帖，请午后吃酒。独修和尚道：“如何？幸是不曾放去！”铁公子见县尊来意殷勤，只得复住下。不多时，独修和尚备早饭来用。

刚吃完饭，只见一个青衣家人寻将来，说：“是水小姐差来，访问铁相公寓处，好送礼来谢。”铁公子闻知，忙出来相见，因回说道：“你回去可多多拜上小姐，昨日之事，是偶因路见不平，实实无心偏护小姐，故敢任性使气，唐突县公。若小姐送礼来，使县公闻知，便是为私了，这断乎不可。”家人道：“小姐在家说，昨日防范偶疏，误落虎口，幸遇恩人，未遭凌辱。若不少致一芹，于心不安。”铁公子道：“你小姐乃是闺阁中须眉君子，我铁挺生也是个血性男儿。道义中别有相知，岂在此仪文琐琐？他若送礼来，不是感我，倒是污我，我也断然不受。今日县尊请酒，明日就要行了，只嘱咐小姐，虎视眈眈，千万留心保重！”

家人应诺回家，因对冰心小姐细细说了一遍。冰心小姐听了，不胜感激，暗想道：“天地间怎有这样侠烈之人，真令人可敬！只可恨我水冰心是个女子，不便与他交结，又可恨父亲不在家中，无人接待，致使他一片热肠，有如冰雪而去，岂不辜负？”心下欲要央叔叔水运去拜拜，以道殷勤，又恐他心术不端，于中生衅；欲要备礼相送，又见他豪杰自居，议论侃侃，恐怕他说小视；欲要做些诗文相感，又恐怕堕入私情。真是千思百想，无计可施，只是时时叫家人去探听，看铁公子有甚行事来报，再作区处。

到午后，有人来报：“铁相公县里太爷请去吃酒去了。”到

夜，又有人来报："铁相公被太爷请去，吃得烂醉回来了。"到次早，又叫家人去打探："铁相公可曾起身回去?"家人打探了，来回复道："铁相公因昨夜多饮了几杯，今日起身不得，此时还睡着哩。"冰心小姐听了沉吟，放心不下，又叫家人去打听。家人去了半晌，又来回复道："铁相公还未去哩。"冰心小姐道："他昨日说今日就行，为何又不去?"家人道："我问独修和尚，他说府里太爷知道他是铁都堂的公子，吩咐留下，也要备酒请哩，故此未去。"冰心小姐听了，还只认做势利常情，也不放在心上。

又过了两日，忽家人来报道："昨夜本寺独修和尚，请铁相公吃了些素菜，今日铁相公肚里疼，有些破腹，倦恹恹地坐在那里，茶也不吃。"冰心小姐听了，便有些疑心，暗想道："吃素菜为何便至破腹，此中定有缘故。"因吩咐家人："快再去打听，看可曾请医人调治否?"家人去看了，又来回复道："已请县前的太医看过，说是脾胃偶被饮食伤了，故致泄泻，不打紧，只消清脾理胃，一两服就好的。"冰心小姐听了，心略安些。

到了次早天才明，就打发家人去看。家人去看了，又来回复道："铁相公昨晚吃了药，一夜就泻了有十余遭，如今泻得有气无力，连床也下不来!"冰心小姐听了，大惊道："不好了，中了奸人之计了，却怎么处!"欲要去救他，自家又是个女子，怎好去得。寻思不出计来，只急得转来转去，跌足嗟叹道："这都是为救我，惹出来的祸患。我不去救他，再有谁人?"踌躇半晌，忽想道："事急了，避不得嫌疑，只得要如此了。"因问家人道："铁相公有甚人跟来?"家人道："只有一个童子，叫做小丹。"冰心小姐道："这小丹有几多大了?"家人道："只有十四五岁。"冰心小姐道："这小丹乖巧么?"家人道："甚是乖巧。"冰心小姐道："既是乖巧，你可去悄悄的唤他来，说我有要紧言语与他说。你可着两个去，一个同他来，留一个暂时伺候铁相公，要留心看定，不可走开。"家人领命去了。

去不多时，忽然领了小丹来见。冰心小姐因问道："你家相公前日在县时甚是精神，为何忽然生起病来？"小丹道："我相公平时最有气力，自从在历城太爷那里吃酒醉了回来，便有些倦倦怠怠。前日本寺独修师父又请他吃了些素斋，便渐渐破腹生起病来。昨日又吃了太医一剂药，便泻了一夜，走持不得了。"冰心小姐又问道："你相公身子虽然被泻倒了，心上可还明白？"小丹道："相公心神原是明白的，只是泻软了，口也怕开。"冰心小姐道："你家相公既心里明白，也还可救。你回去可悄悄禀知你相公，就说我说县尊留他，不是好意，皆因前日你相公救了我回家，冲破了过公子的奸计，又挺触了他许多言语，他欲要硬做对头，又被你相公拿着他假传圣旨的短处，一时争势不来；又见你相公孤身异地，故假献殷勤，要在饮食中暗暗害你相公性命。你相公若不省悟，再吃他一茶一饭，便性命难保矣！"

小丹听了，连忙点头道："小姐见得最是。若不是他们用的奸计，为何昨夜吃了药，转泻的不住？想起来连寺里和尚，也不是好人。怪道方才还劝相公吃药哩。我回去对相公说破了，等相公嚷骂他一场，使他不敢。"冰心小姐道："这个使不得。和尚虽然不好，只怕还是奉知县之命。你相公若嚷骂了他，他去禀过知县，知县此时是骑虎之势，必然又要别下毒手。你相公正在病中，身体软弱，如何敌得他过？只好假做痴呆，说是病重，使和尚不防备，捱到晚间，我这里备一乘轿子，悄悄在寺门外等候。你可勉强扶你相公出来，上了轿，一径抬到我这里来。我收拾了

书房，请你相公静养数日，包管身体自然强健。且待身体强健了，再与他们讲话也不迟。”小丹道：“既承小姐有此美意，小的回去，就扶相公上轿来吧。”说完就走。

冰心小姐又唤住吩咐道：“还有一句要紧的言语与你说，你须记明。”小丹道：“小姐又有甚话说？”冰心小姐道：“你相公是个礼义侠烈之人，莫要说我是个孤女之家，宁死避嫌疑不肯来。你相公若果然有此说，你可就说我说英雄做事，只要自家血性上打得过，不必定做腐儒腔调。况微服过宋，圣人之处患难，未尝无权。我在此等候，不可看做等闲。”小丹道：“小姐吩咐的，小的都知道了。”因忙忙走了回去，到床前候铁公子睡醒呻吟时，又看看无人在面前，遂低低将水小姐唤去说县尊不是好意之言，一一说与铁公子知道。铁公子听完，不觉吃了一惊，忽想道：“是也，我铁中玉为何一时就懵懂①至此！”心下勃然大怒，就要挣起来，到县里去说。小丹因又将冰心小姐恐别下毒手，已备轿子，接他去养病之言说了一遍。铁公子听了，又欢喜起来道：“水小姐虑事，怎么如此周密！但他是个孤女，我又是个少年男子，又有前日这番嫌疑，便死于奸人之手，也不便去住。”小丹听了，因又将临出门水小姐叫回去吩咐之言，细细说了。喜的个铁公子心花都开，因说道：“这水小姐也不是个女子，听他说的话，竟是个大豪杰了。我就去也不妨。”正说不了，只见独修和尚又捧了一钟药来，对小丹说：“太医说再吃了这一钟，泻便止也。”小丹接了道：“我谢师父，等我慢慢扶起相公吃吧。”独修道：“吃过药再吃粥吧。”说罢，就去了。小丹见和尚去了，遂将

① 懵（měng）懂——糊涂，心里不明白。

药泼在后面沟里。铁公子因愤恨道："原来我的病，都是这秃奴才做的手脚！"

捱到天晚，小丹看见一乘小暖轿已在寺门外歇着，又有两个家人与小丹打了照会。小丹遂走进去，悄悄与铁公子说知。铁公子此时实实走不起来，恐负了水小姐一番美情，只得强抖精神，挣将起来。恰恰凑巧，这一会院中无人，小丹因极力搀扶了出来。到了院外，两个家人，又相帮搀了上轿，径抬到水侍郎府中。小丹见轿子去了，方才又折回身，寻见管门的老和尚说道："铁相公偶遇见一个年家，接去养病，房里的行李，可叫独修和尚收好，改日来取。"说罢，自去赶上轿子同走。走到半路，水小姐早又差两个家人打了一对灯笼来接。铁公子坐在轿中，见四围轿幔遮得严严稳稳的，下面茵褥铺得温温软软的，身体十分爽快，又见灯笼来接，知水小姐十分用情，不胜感激。

不一时到了，水小姐竟吩咐抬入大厅上，方叫歇下。此时堂中灯火点得雪亮，冰心小姐立在厅右，叫两个家人媳妇与两个丫环，好生搀扶铁相公出轿，到东边书房里去住。铁公子下了轿，即忙叫小丹拜上小姐："多感美情，奈病体不能为礼，容稍好再叩谢吧。"径随着仆妇、丫环，扶到东书房床上坐下。因挣扎走了几步，身体愈觉困倦，坐不得一刻，就和衣而睡。此时铁公子心已安了，又十分快畅，放倒身子，便沉沉睡去。冰心小姐叫丫环送上香茗，并龙眼人参汤，因见铁公子睡熟，不敢惊动。冰心小姐发放了轿夫并家人，独与几个仆妇、丫环，坐在厅上，煎煮茶汤守候。却叫小丹半眠半坐在床前，随时呼唤。

铁公子这一觉，只睡到三更时分，方才醒转。翻过身来睁眼看时，只见帐外尚有一对明烛点在台上。小丹犹坐在床下，见铁公子醒了，因走起来问道："相公，这一会身子好些么？"铁公子道："睡了这一觉，腹中略觉爽快些，你怎么还不睡？"小丹道："不独小的未睡，连内里小姐并许多婶婶、姐姐们，俱在大厅上烹茶、煎汤、煮粥，伺候相公哩！"铁公子听了着惊道："怎敢劳小姐如此郑重！"正说不了，几个仆妇、几个丫环，或是茶，或是汤，或是粥，都一齐送到书房与公子吃。铁公子因是水泻，不敢吃茶，人参汤又恐太补，只将龙眼汤呷了数口。众丫环苦劝，又吃了半瓯。吃完因说道："烦你们拜上小姐，说我铁中玉虎口残生，多蒙垂救，高谊已足千古；若饮食起居，再劳如此殷勤，更使我坐卧不安矣，快请尊便。"一个丫环叫做冷秀，是冰心小姐贴身服侍的，因回答道："家小姐说铁相公的尊恙，皆是为救家小姐惹出来的，铁相公一刻不安，家小姐心上一刻放不下。这两日打听得铁相公病势加添，恐遭陷害，日夜彷徨，寝食俱废。今幸接得铁相公到此，料无意外之变，许多忧疑，俱已释然。这些茶汤供给小事，何足为劳？铁相公但请宽心静养，其余不必介意。"铁公子道："我病，小姐不安，若是小姐太劳，我又何能甘寝？还请两便为妙。"冷秀道："既是铁相公吩咐，家小姐自当从命。且候铁相公安寝了，小姐便进去。"铁公子道："我就睡。"因叫小丹替他脱去衣服，放下帐子，侧身而卧。只见锦裀①绣褥，软绵舒适，不啻温柔乡里，神情殊爽。正是：

恩有为恩情有情，自然感激出真诚。

若存一点为云念，便犯千秋多露行。

众仆妇、丫环看铁公子睡下，方同出房来，将铁公子言语说

① 裀（yīn）——床垫，褥子。

与冰心小姐知道。冰心小姐听了道："铁相公既说话如此清楚，料这病也无甚大害。"又吩咐家人："明早去请有名的医生来看视。"又吩咐两个仆妇："在厅旁打铺睡了伺候，恐怕一时要茶要水。"吩咐停当，方退入阁中安息。正是：

白骨已沉魂结草，黄花衔得雀酬恩。

从来义侠奇男女，静夜良心敢不扪？

冰心小姐虽然进内安寝，然一心牵挂，到次日天才微明，就起来吩咐家人，催请医生。又吩咐仆妇伺候茶汤，又吩咐小丹，叫他莫要说小姐在外照管。不多时，铁公子醒了，欲要起来，身子还软，穿了衣服，就在床上盥栉①了，略吃些粥，半眠半坐。又不多时，家人请了个医生来看。医生看过道："脉息平和，原非内病。因饮食吃的不节，伤了脾胃两家，以致泄泻。如今也不必多服药饵，只须静养数日，自然平服。第一要戒动气，第二要戒烦劳，第三要戒言语。要紧，要紧！"因撮了两帖药去了。冰心小姐见说病不打紧，便欢欢喜喜料理不提。

却说长寿院的独修和尚，听见管门的说铁相公去了，叫他看守行李，忽吃惊道："他去不打紧，但是过公子再三嘱咐，叫款留下他，粥饭中下些大黄、巴豆之类，将他泻死，没有形迹。这四日已泻到八九分，再一剂药，包管断根。再不防他一个病人会走，这已不可解；倘过公子来要人，却怎生回他？"想了一夜，没有计较。到次日绝早，只得报与过公子知道。过公子听了，大怒道："那厮你前日报我说，他已泻倒在床，爬不起来。昨夜怎又忽然走去？还是你走了风，奉承他是都堂的公子，叫他逃去，

① 盥栉（guànzhì）——梳洗。

将我家老爷不看在心上！”独修和尚跌脚捶胸道：“太爷冤屈杀我！我们和尚家最势利，怎么现放着本乡本土的朝夕护法的老爷不奉承，却去奉承那别府别县不相识的公子！”过公子道：“这原是县里太爷的主意，我也不难为你，只带你到县里去回话。”遂不由分说，叫从人将独修带着，亲自来见县尊，就说和尚放走铁生。

县尊因叫独修问道：“你怎么放走铁相公？”独修道：“小和尚若要通信放走他，何不在他未病之先，他日日出门吃酒，此时放了他，还可塞责，怎如今他泻到九死一生之际，倒放他去了，招惹过太爷怪我？我实不知他怎生逃走的。”县尊想了一想道：“这也说得是。我且不加罪，但这铁相公临去，你可晓得些踪迹么？”独修道：“实实不知踪迹。”县尊又问道：“这几日可有甚朋友与他往来？”独修道：“并无朋友往来。”县尊道：“难道一人也无？”独修道：“只有水府的管家，时时来打听，却也不曾进去见得铁相公。”县尊对过公子笑一笑道：“这便是了。”过公子道：“老父母有何明见？”县尊道：“这铁生偶然过此，别无相识，唯与水家小姐有恩。这水家小姐又是个有心的奇女子，见我们留铁生久住，今又生起病来，只怕我们的计谋，都被他参透了，故时时差人打听，忽然移去。贤契要知消息，只消到令岳处一问，便有实信。”过公子一想，也沉吟道：“老父母所见最明，若果如此，则这水小姐一发可恨矣。我再三礼求，只是不允。怎一个面生少年，便窝藏了去！”县尊道：“贤契此时不消着急，且访确了再商量。”遂放了和尚。

过公子辞了回家，叫人去请了水运来。水运一到，过公子就问道：“闻得令侄女那边，昨夜窝藏了一个姓铁的少年男子在家，不知老丈人可知道么?”水运道:“未知。自从前日抢劫这一番,他怪我不出来救护,甚是不悦于我。我故几日不曾过去,这些事全不知道。”过公子道:“既不知道,敢烦急去一访。”水运道:“访问容易。但这个姓铁的少年男子,可就是在县堂上救舍侄女回来的后生么?”过公子道:“正是他。”水运道:“若是他,我闻得县尊送他在长寿院中作寓,舍侄女为何藏他?”过公子道:“正为他在长寿院中害病几死,昨夜忽然不见了。我想他此处别无相识,不是你侄女藏过,更有何人?”水运道:“若是这等说来,便有几分是他,待我回去一问便知。”遂别了回家。因叫他小儿子推着过去玩耍,就叫他四下寻看。

原来这事冰心小姐原不瞒人,故小儿子走过来,就知道了,忙回来报知父亲说:“东书房有个后生,在那里害病睡着哩。”水运识得是真,因开了小门走过来,寻见冰心小姐,说道:“这事论起来,我与哥哥久已各立门户,原不该来管你的闲事。只是闻得外面议论纷纷,我是你一个亲叔子,又不得不管你的闲事。”冰心小姐道:“侄女若有甚差错处,外人尚且议论,怎么亲叔子管不得闲事?但不知叔叔说的是何事?”水运道:“我常听见人说的:‘男女授受不亲,礼也。’你一个孤女,父亲又不在家,又无兄弟同住,怎留一个他乡外郡、不知姓名、非亲非故的少年男子在家养病?莫说外人要谈论,就是我亲叔子,也遮盖你不来。”

冰心小姐道:“侄女闻圣人制礼,不过为中人而设,原不曾缚束君子。昔鲁公授玉卑,而晏婴跪受,所谓礼外又有礼也。即孟子论男女授受不亲之礼,恐怕人拘泥小节,伤了大义,故紧接一句道:‘嫂溺叔援,权也。’又解说一句道:‘嫂溺不援,是豺狼也。’由这等看起来,固知道圣人制礼,不过要正人心,若人

心既正，虽小礼出入亦无妨也，故圣人又有‘大德不逾闲，小德出入可也’之训。侄女又闻太史公说的好：‘缓急人所时有。’又闻：‘为人恩仇，不可不明。’故古今侠烈之士，往往断首刳①心而不顾者，盖欲报恩复仇也。侄女虽一孤弱女子，然私心窃慕之。就如前日，侄女静处闺中，未尝不遵王法、不畏乡评而越礼与人授受也；奈何人心险恶，忽遭奸徒串同党羽，假传圣旨，将侄女抢劫而去。此时王法何在，乡评何在，即至亲骨肉又何在？礼所称‘男女授受不亲’者，此侄女向谁人去讲！当此九死一生之际，害我者其仇固已切齿，设有救我者，其恩能不感之入骨耶？这铁公子，若论踪迹，虽是他乡外郡、非亲非故的少年男子，若论他意气如云、肝肠似火，比之本乡本土至亲骨肉，岂不远胜百倍！他与侄女，譬如风马牛毫不相及；只因路见不平，便挺身县堂，侃侃争论，使侄女不死于奸人之手，得以保全名节还家者，铁公子之力也。今铁公子为救侄女，触怒奸人，反堕身陷阱，被毒垂危。侄女若避小嫌，不去救他，使他一个天地钟灵的血性男儿，陷死异乡，则是侄女存心与豺狼何异？故乘间接他来家养病，养好了，送他还乡，庶几恩义两全。这叫做知恩报恩，虽告之天地鬼神，亦于心无愧。什么外人敢于议论纷纷，要叔叔来遮盖！叔叔果若念至亲，便当挺身出去，将这些假传圣旨、抢劫之人，查出首从，惩治一番，也为水门争气；莫比他人，只畏强袖手，但将这些不关痛痒的太平话，来责备侄女，似亦不近人情，叫侄女如何领受？”

水运听了这一篇议论，噤得哑口无言，呆了半晌，方又说

① 刳（kū）——剖开；挖空。

道："非是我不出力，怎奈我没前程，力量小，做不来。你说的这些话，虽都是大道理，然君子少，小人多，明白的少，不明白的多，他只说一个闺中女儿，怎留一个少年男子在家，外观不雅。"冰心小姐道："外观不过浮云，何日无之？此心盖人之本，不可一时少失。侄女只要清白，不受玷污，其余哪里还顾得许多？叔叔慢慢细察，自然知道。"水运自觉没趣，只得默默走了过去。只因这一走，有分教：

瓜田李下，明侠女之志；

暗室屋漏，窥君子之心。

不知水运回去，又设何计，且听下回分解。

第　七　回

五夜无欺敢留髡[①]以饮

诗曰：

莫讶腰柔手亦纤，蹙愁戏恨怪眉尖。

热心未炙情冰冷，苦口能听话蜜甜。

既已无他应自信，不知有愧又何嫌。

若教守定三千礼，纵使潜龙没处潜。

话说水运一团高兴，走过去要拿把冰心小姐，不料转被小姐说出许多大议论压倒，他口也开不得，只得默默的走了回来，心下暗暗想道："这丫头如此能言快语，如何说得他过？除非拿着他些毛病方好。"正想不了，过公子早着人来请，只得走去相见，先将铁公子果然是侄女儿用计移了来家养病之事说了一遍。过公子听见，不觉大怒道："他是个闺中弱女，怎留个少年男子在家！老丈人，你是他亲叔子，就该着实责备教训他才是。"水运道："我怎么不责备他？但他那一张嘴，就似一把快刀，好不会说！我还说不得他一句，他早引古援今，说出无数大道理来，叫我没的开口。"因将冰心小姐之言，细细述了一遍。过公子听了顿足道："这不过是养汉撇清之言，怎么信得他的？"水运道："信是信他不过，但此时捉不着他的短处，却奈何他不得。"过公子道：

① 髡（kūn）——古代剃去男子头发的一种刑罚。

“昨日成奇对我说，那姓铁的后生，人物倒甚是生得清秀，前日在县尊公堂上，他只因看见你侄女的姿色，故发作县尊，希图你侄女儿感激他，以为进身之计。就是你侄女接他来家养病，岂真是报恩报德之意？恐是这些假公之言，正是欲济其私也。今日一个孤男，一个寡女，共居一室，又彼此有恩有情，便是圣贤，恐亦把持不定。”水运道：“只空言揣度，便如何肯服？莫若待我回去，今夜叫个小丫头躲到他那边，看他做些甚事，说些甚话，倘有一点差错处，被我们拿着，他便强不去了。”过公子道：“这也说得是。”

水运因别了回来，捱到黄昏以后，悄悄开了小门，叫一个小丫头闪过去，躲在柴房里，听他们说话与做事。那小丫头听了半夜，只等冰心小姐进内去睡了，他又闪了过来回复水运道：“那个铁相公，病虽略好些，还起不来，只在床上坐，粥食都送到床上去吃。”水运问道：“小姐却在哪里？”小丫头道：“小姐只在大厅上看众姐姐们煎药的煎药，煮粥的煮粥。”水运又问道：“小姐可进房去么？”小丫头道：“小姐不见进房。”水运又问道：“那个铁相公可与小姐说话？”小丫头道：“并不听见说话。只听见一个书童出来传话说：‘请小姐安寝，莫要太劳，反觉不安。’”水运道：“小姐却怎样回他？”小丫头道：“小姐却叫众姐姐对那铁相公说：‘小姐已进内了。’其实小姐还坐在厅上，只打听得那铁相公睡着了，方忙忙进去。我见小姐进去了，没得打听，方溜了过来。”

水运听了，沉吟道：“这丫头难道真个冰清玉洁，毫不动心？我不信！”因叫小丫头第二夜、第三夜，一连去打听三四夜。小丫头说来说去，并无一语涉私。弄得水运没计，只得来回复过公

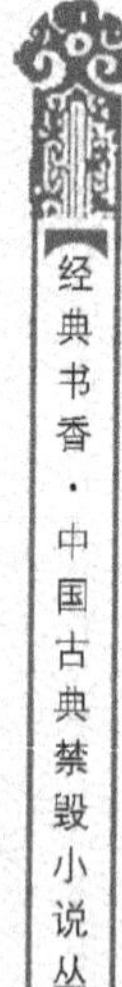

子道："我叫一个小丫头，躲过去打听了三四夜，唯有恭恭敬敬，主宾相待，并无一点差错处，舍侄女真真要让他说得嘴响。"过公子连连摇头道："老丈人，你这话，只好耍呆子！古今之有几个柳下惠？待我去与县尊说，叫他出签，拿一个贴身服侍的丫环去，只消一拶①，包管真情直露，那时莫说令侄女的嘴说不响，只怕连老丈人的嘴，也说不响了。"水运道："冤屈杀我，难道我也瞒你？据那小丫头是这样说，我也在此猜疑，你怎连我也疑起来？"过公子道："你既不瞒我，可再去留心细访。"水运只得去了。

过公子随即来见县尊，将铁公子果是水小姐移去养病，并前后之事说了一遍，要他出签去拿丫环来审问。县尊道："为官自有官体，事无大小，必有人告发，然后可以出签拿人。再无个闺阁事情，尚在暧昧，劈空竟拿之理。"过公子道："若不去拿，岂有老父母治化之下，明明容他们一男一女，在家淫秽，有伤朝廷名教之理？"县尊道："淫秽固伤名教，若未如所说，不淫不秽，岂不又于名教有光？况这水小姐，几番行事，多不可测；这一个铁生，又昂藏磊落，胆勇过人，岂可寻常一概而论？"过公子道："这水小姐，治晚生为他费了无数心机，是老父母所知者，今竟视为陌路。这铁生毫无所倚，转为入幕之宾，叫治晚生怎生气得他过！"县尊道："贤契不须着急。本县有一个门子，叫做单祐，专会飞檐走壁，钻穴逾墙。近为本县知道了，正要单役，治他之罪。今贤契既有此不明不白之事，待本县恕他之罪，叫他暗暗一窥，贞淫之情，便可立判矣。"过公子道："若果如此，使他丑不

① 一拶（zǎn）——此处是指用拶子（刑具）夹手指。

能遮，则深感老父母用情矣。”

县尊因差人叫将单祐带到。县尊点点头，叫他跪近面前，吩咐道：“你的过犯，本该革役责的。今有一事差你，你若访得明白，我就恕你不究了。”单祐连连磕头道：“既蒙大恩开豁，倘有差遣，敢不尽心？”县尊道：“南门里水侍郎老爷府里，你认得么？”单祐道：“小的认得。”县尊道：“他家小姐，留了个铁公子在家养病，不知是为公，还是为私，你可去窥探个明白来回我，我便恕你前罪，决不食言。倘访不的确，或蒙混欺蔽，又别生事端，则你也莫想活了！”单祐又连连磕头道：“小的怎敢！”县尊因叫差人放了单祐去了。正是：

青天不睹覆盆下，厨中方知灵鲤心。

莫道钻窥非美事，不然何以别贞淫？

过公子见县尊差了单祐去打听，因辞谢了回家去候信不提。

却说这单祐领了县主之命，不敢怠慢，因悄悄走到水府前后，看明的确。捱到人静之时，便使本事拣低矮僻静处，爬了进去，悄悄踅①到厨房外打听。只听见厨房里说：“整酒到大厅上与铁相公起病。”因又悄悄的踅到大厅上来，只见大厅上，小姐自立在那里，吩咐众人收拾。他又悄悄从厅背后屏门上，轻轻爬到正梁高头，缩做一团蹲下，窥视下面。

只见水小姐叫家人直在大厅的正中间，垂下一挂珠帘，将东西隔做两半：东半边帘外设了一席酒，高高点着一对明烛，是请铁相公坐的；西半边帘内，也设了一席酒，却不点灯火，是水小姐自坐陪的。西边帘里黑暗，却看得见东边帘外；东边帘外明

① 踅（xué）——折回。

亮，却看不见西边帘里。又在东西帘前，各铺下一张红毡毯，以为拜见之用。又叫两个家人，在东边伺候，又叫两个仆妇，立在帘中间，两边传命。内外斟酒上菜，俱是丫环。诸色打点停当，方叫小丹请相公出来。

原来铁公子本是个硬汉子，只因被泄药病倒，故支撑不来。今静养了五六日，又得冰心小姐药饵斟酌，饮食调和，不觉精神渐渐健旺起来，与旧相似。冰心小姐以为所谋得遂，满心欢喜，故治酒与他起病。铁公子见请，忙走出房，看见冰心小姐垂帘设席，井井有条，不独心下感激，又十分起敬。因立在东边红毡上，叫仆妇传话，请小姐拜谢。仆妇还未及答应，只听得帘内冰心小姐早朗朗的说道："贱妾水冰心，多蒙公子云天高义，从虎口救出，其洪恩不减天地父母。况又在公堂之上，亲承垂谕，本不当作此虚假防嫌，但念家严远戍边庭，公子与贱妾，又皆未有室家，正在嫌疑之际，今屈公子下榻于此，又适居指视之地，万不得已，设此世法周旋，聊以代云长之明烛，乞公子勿哂勿罪。"

铁公子道："小姐处身涉世，经权并用；待人接物，情礼交孚，屈指古今闺阁之秀，从来未有。即如我铁中玉，陷于奸术，唯待毙耳。设使小姐于此时，无烛照之明，则不知救，无潜移之术，则不能救，无自信之心，则不敢救。唯小姐独具千古的灵心侠胆，卓识远谋，不动声色，出我铁中玉于汤火之中，而鬼神莫测，真足令剧孟①寒心，朱家②袖手。故致我垂死之身，得全牛于此，大恩厚德，实无以报。请小姐台坐，受我铁中玉一拜。"冰心小姐道："唯妾受公子之恩，故致公子被奸人之害。今幸公

① 剧孟——汉代著名侠客，洛阳人。
② 朱家——秦末汉初著名侠客，山东曲阜人。

子万安，止可减妾罪一二，何敢言德？妾正有一拜，拜谢公子。”说完，两人隔着帘子，各拜了四礼，方才起来。

冰心小姐就满斟一杯，叫丫环送到公子席上，请公子坐下。铁公子也斟了一杯，叫丫环捧入帘内，回敬冰心小姐。二人坐下，饮不到三巡，冰心小姐就问道：“前日公子到此，不知原为何事？”铁公子道：“我学生到此，原无正事。只因在京中，为家父受屈下狱，一时愤怒，打入大夬侯养闲堂禁地，救出抢劫去女子，证明其罪，朝廷将大夬侯幽闭三年。结此一仇，家父恐有他变，故命我游学以避之。不期游到此处，又触怒了这个贱坏知县，他要害我性命，却亏小姐救了，又害我不得，只怕他倒要被我害了。我明日就打上堂去，问他一个为民父母，受朝廷大俸大禄，不为民伸冤理屈，怎反为权门不肖做鹰犬以陷人？先羞辱他一场，叫士民耻笑，然后去见抚台，要抚台参他拿问，以泄我胸中之愤。抚台与家父同年，料必听从。”冰心小姐道：“若论县尊设谋害人，参他也不为过。但前日公堂之上，被公子辱折一番，殊觉损威，也未免怀恨。况且当今‘势利’二字，又为居官小人常态。他见家严被谪，又过学士有入阁之传，故不得不逢迎其子耳。但念他灯窗烦苦，科甲艰难，今一旦参之泄愤，未免亦为快心之过举。况公子初时唐突县公，踪迹近于粗豪；庇护妾身，行事又涉乎苟且。彼风尘俗眼，岂知英雄作用别出寻常？愿公子姑置不与较论，彼久自察知公子与贱妾，磨不磷、涅不淄，自应愧悔其妄耳。”

铁公子听了，幡然正色道：“我铁中玉一向凭着公心是非，敢作敢为，遂以千秋侠烈自负，不肯让人。今闻小姐高论，始知我铁中玉从前所为，皆血气之勇，非仁义之勇。唯我以血气交

人，故人亦以毒害加我。回思县公之加害，实我血气所自取耳。今蒙小姐嘉诲，誓当折节受教，决不敢再逞狂奴故态矣，何幸如之！由此想来，水小姐不独是铁中玉之恩人，实又是我铁中玉之良师矣！”说到快处，斟满而饮。冰心小姐道：“公子义侠，出之天性，或操或纵，全无成心，天地之量，不过如此。贱妾妄刍荛，有何裨益？殷殷劝勉者，不过欲为县父母谢过耳。”铁公子道：“我铁中玉既承小姐开示，自当忘情于县公。但还有一说，只怕县公畏疑顾忌，转不能忘情于我。他虽不能忘情于我，却又无法奈何于我，势必至污议小姐，以诬我之罪。虽以小姐白璧无瑕，何畏乎青蝇；然青蝇日集，亦可憎耳。我铁中玉居此，与青蝇何异？幸蒙调护，贱体已平，明日即当一行长往，以杜小人谗口。”冰心小姐道：“贱妾与公子，于礼原不应相接，今犯嫌疑，移公子下榻者，以公子恩深病重势危也。今既平复，则去留一听公子，妾何敢强留？强留虽不敢，然决之明日，亦觉太促，请以三日为期，则恩与义兼尽矣。不识公子以为然否？”铁公子道：“小姐斟酌合宜，敢不听从？”说罢，众丫环送酒。

铁相公又饮了数杯，微有酒意，心下欣畅，因说道：“我铁中玉远人也，肺腑隐衷，本不当秽陈于小姐之前；然明镜高悬，又不敢失照，因不避琐琐。念我铁中玉行年二十，赖父母荫庇①，所奉明师良友，亦不为少，然从无一人，能发快论微言，足服我铁中玉之心。今不知何幸，无意中得逢小姐，凡我意中，皆在小姐言下。真所谓生我者父母，知我者鲍子②也。若能朝夕左右，

---

① 荫庇——比喻尊长照顾晚辈或祖宗保佑子孙。

② 鲍子——即鲍叔牙。鲍叔牙与管仲交谊很深，后以管鲍之交比喻交情深厚的朋友。

以闻所未闻，固大愿也。然唯男女有别，不敢轻情，明日又将驰去，是舍大道而入迷途，无限疑虑。窃愿有请，不识可敢言否？”冰心小姐道：“问道于盲，虽公子未能免诮。然圣人不废刍荛之采询也；况公子之疑义，定有妙理，幸不惜下询，以广孤陋。”铁公子道：“我铁中玉此来，原为游学。窃念游无定所，学无定师。又闻操舟利南，驰马利北。我铁中玉孟浪风尘，茫无所主，究意不知该何游何学。知我无如小姐，万乞教之。”

冰心小姐道：“游莫广于天下，然天下总不出于家庭；学莫尊于圣贤，圣贤亦不外于至性。昌黎云：‘使世无孔子，则韩愈不当在弟子之列。’此亦恃至性能充耳。如公子之至性，挟以无私，使世无孔子，又谁敢列公子于弟子哉！妾愿公子无舍近求远，信人而不自信。与其奔走访求，不若归而理会。况尊大人又贵为都宪，足以典型，京师又天子帝都，弘开文物，公子即承箕裘①世业，羽仪廊庙，亦未为不美。何必踽踽凉凉，向天涯海角以博不相知之誉哉！若曰避仇，妾则以为修身不慎，道路皆仇，何所避之？不识公子以为何如？”铁公子听了，不觉喜动颜色，忙离席深深打一恭道：“小姐妙论，足开茅塞，使我铁中玉一天疑虑，皆释然矣。美惠多矣！”

众丫环见铁公子谈论畅快，忙捧上大觥②。铁公子接了，也不推辞，竟欣然而饮。饮干，因又说道：“小姐深闺丽质，二八芳年，胸中怎有如许大学问？揣情度理，皆老师宿儒不能道只字者，真山川秀气所独钟也，敬服，敬服！”冰心小姐道：“闺中孩赤呓语，焉知学问？冒昧陈之，不过少展见爱。公子誉之过情，

① 箕裘（jīqiú）——比喻祖上的事业。
② 觥（gōng）——古时用兽角做成的酒器。

令人赧颜汗下。”二人说得投机，公子又连饮数杯，颇有微酣，恐怕失礼，因起身辞谢。冰心小姐亦不再留，因说道：“本该再奉几杯，但恐玉体初安，过于烦劳，转为不美。”因叫拿灯送入书房去安歇。

这一席酒，饮了有一个更次，说了有千言万语，彼此相亲相爱，不啻至交密友，就吃到酣然之际，也并无一字及于私情。真个是：

白璧无瑕称至宝，青莲不染发奇香。

若教坠入琴心去，虽说风流名教伤。

冰心小姐叫丫环看铁公子睡了，又吩咐众人，收拾了酒席，然后退入后楼去安寝，不提。

却说单祐伏在正梁上，将铁公子与冰心小姐做的事情，都看得明白，说的言语，都听得详细。只待人都散尽，方才爬了下来，又走到矮墙边，依然爬了出来。回家安歇了一夜，到次日清晨，即到县间来回话。县尊叫到后堂，细细盘问。这单祐遂将怎生进去，怎生伏在梁上，冰心小姐又怎生在中厅垂下一挂珠帘，帘外又怎生设着一席酒，却请那铁公子坐，点着两枝明烛，照得雪亮，帘内又怎生设着一席酒，却不点烛，遮得黑暗暗的，却是水小姐自坐。帘内外又怎生各设一条毡毯，你谢我，我谢你，对拜了四拜，方才坐席。吃酒中间，又怎生说起那铁公子这场大病，都是老爷害他。又说：“老爷害他不死，只怕老爷倒被他害死哩！”

县尊听了，大惊道：“他也说要怎生害我？”单祐道：“他说抚院老爷是他父亲的同年，他先要打上老爷堂来，问老爷为民父母，怎不伸冤理枉，却只为权门做鹰犬？先羞辱老爷一场，叫士民耻笑。然后去见抚院老爷，动本参劾老爷拿问。”县尊听了，连连跌脚道：“这却怎了！”就要吩咐衙役，去收投文放告牌，只说老爷今日不坐堂了。单祐道：“老爷且不要慌，那铁公子今日不来了。”县尊又问道：“为何又不来了？”单祐道：“亏了那水小姐再三劝解，说老爷害铁公子，皆因铁公子挺撞了老爷起的衅端，也单怪老爷不得。又说他们英雄豪杰，做事光明正大，老爷一个俗吏，如何得知？又说老爷见水老爷被谪，又见过老爷推升入阁，势利过公子，亦是小人之事，不足与较量。又说铁公子救他，他又救铁公子，两下踪迹，易使人疑，谁人肯信是为公而不为私？又说过此时老爷访知他们是冰清玉洁，自然要愧悔。又说老爷中一个进士，也不容易，若轻轻坏了，未免可惜。那铁公子听了，道他说得是，甚是欢喜，故才息了这个念头。”

县尊听了大喜道：“原来这水小姐是个好人！却喜我前日还好好的叫轿子送了他回去。”因又问道：“又还说些什么，可有几句勾挑言语么？”单祐道：“他两人讲一会学问，又论一会圣贤，你道我说的好，我赞你讲的妙，彼此津津有味。一面吃酒，一面又说，说了有一个更次，足有千言万语，小的也记不得许多，句句听了，却都是恭恭敬敬，并无半个邪淫之字、一点勾挑之意，真真是个鲁男子与柳下惠出世了。”

县尊听了，沉吟不信道：“一个如花的少年女子，一个似玉的少年男子，静夜同居一室，又相对饮，他们又都是心灵性巧、有恩有情之人，难道就毫不动心，竟造到圣贤田地？莫非你为他们隐瞒？”单祐道：“小的与他二人，又非亲非故，又未得他们的贿赂，怎肯为他们瞒隐，误老爷之事？”县尊问明是实，也自欢喜，因叹息道：“谁说古今又不相及？若是这等看来，这铁公子

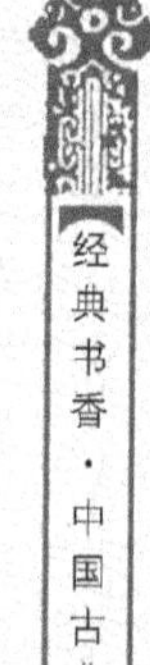

竟是个负血性的奇男子了，这水小姐竟是个讲道学的奇女子了。我若有气力，都该称扬旌表才是。”因饶了单祐的责，放他去了。

县尊又暗想道：“论起做官来，‘势利’二字虽是少不得，若遇这样关风化的烈男侠女，也不该一例看承，况这水小姐也是侍郎之女，这铁中玉又乃都宪之儿，怎么一时糊涂，要害起他来？倘或果然恼了，叫抚公参上一本，那时再寻过学士去挽回就迟了。”又想道：“一个科甲进士，声名不小，也该做些好事，与人称颂。若只管随波逐流，岂不自误？”又想道：“这水小姐背后倒惜我的进士，倒望我改悔，我怎倒不自惜，倒不改悔？”又想道：“要改悔，就要从他二人身上改悔起。我想这铁公子，英雄度量，豪杰襟怀，昂昂藏藏，若非水小姐也无人配得他来；这水小姐，灵心慧性，如凤如鸾，若非铁公子，也无人对得他过。我莫若改过腔来，倒成全了他二人的好事，不独可以遮盖从前，转可算我做知县的一场义举。”

正算计定了主意，忽过公子来讨信，县尊就将单祐所说的言语细说了一遍，因劝道：“这水小姐，贤契莫要将他看作闺阁娇柔女子，本县看他处心行事，竟是一个了不起的大豪杰，断不肯等闲失身。我劝贤契倒不如息了这个念头，再别求吧。”过公子听见铁公子与水小姐毫厘不苟，又见县尊侃侃辞他，心下也知道万万难成。呆了半晌，只得去了。

知县见过公子去了，因悄悄差人去打听，铁公子可曾出门，确实几时回去，另有一番算计。只因这一算，有分教：

磨而愈坚，涅而愈洁。

不知更是如何，且听下回分解。

第　八　回

一言有触不俟驾而行

诗曰：

无蒂无根谁是谁，全凭义唱侠追随。

皮毛指摘众人识，肝胆针投贤者为。

风雨恶声花掩耳，烟云长舌月攒眉。

若教圆凿持方枘，千古何曾有入时。

话说县尊自从叫单祐潜窥明白了铁公子与水小姐的行事，知他们一个是烈男，一个是侠女，心下十分敬重，便时时向人称扬。在他人听了，嗟叹一番，也就罢了。唯有水运闻之是实，便暗暗思想道："我撺掇侄女嫁过公子，原也不是真为过公子，不过是要他嫁出门，我便好承受他的家私。如今过公子之事，想来万万不能成了，却喜他又与铁公子往来稠密，虽说彼此敬重，没有苟且之心，我想他止不过是要避嫌疑，心里未尝不暗暗指望。我若将婚姻之事，凑趣去撺掇他，他定然欢喜。倘或撺掇成了，这家私怕不是我的？"

水运算计定了，因开了小门，又走了过来，寻见冰心小姐，因说道："俗语常言：'鼓不打不响，钟不撞不鸣。'又言：'十日瞎眼，九日自明。'你前日留了这铁公子在家养病，莫说外人，连我也有些怪你。谁知你们真金不怕火，礼则礼，情则情，全无一毫苟且之心，到如今才访知了，方才敬服。”冰心小姐道：“男女交接，原无此理。只缘铁公子因救侄女之祸，而反自祸其身，此心不忍，故势不得已，略去虚礼，而救其实祸。圣人纲常之外，别行权宜，正谓此也。今幸铁公子身已安了，于心庶无所愧。至于礼则礼，情则情，不过交接之常，原非奇特之行，何足起敬？”水运道：“这事也莫要看轻了，鲁男子、柳下惠能有几个？这都罢了。只是我做叔子的，有一件事要与你商量，实是一团好意，你莫要疑心。”冰心小姐道：“凡事皆有情理，可行则行，不可行则不敢强行。叔叔既是好意，侄女缘何疑心？且请问叔叔，说的是何事？”

水运道：“古语说得好：‘男大当婚，女大须嫁。’侄女年虽不大，也要算做及笄之时。若是哥哥在家，自有他做主张，今又不幸被谪边庭，不知几时回来，再没个只管将你耽搁之理。前日过公子这段亲事，只因他屡屡来求，难于拒绝，故我劝侄女嫁他。今看见侄女所行之事，心灵性巧，有胆量，有侠气，又不背情礼，真要算做个贤媛淑女。这过公子虽然出自富贵，然不过纨绔行藏，怎生对得侄女来？莫说过公子对你不过，就是选遍天下，若要少年有此才学，可以抡元夺魁，也还容易，若要具英雄胆量，负豪杰襟怀，而又年少才高，其机锋作用，真可与侄女针芥相投，只怕这样人一时也寻不出来。说便是这等说，却妙在天生人不错，生一个孟光，定生一个梁鸿。今天既生了侄女这等义侠闺秀，忽不知不觉，又哪里撞出这个铁公子来。这铁公子年又少才又高，人物又清俊，又具英雄胆量，豪杰襟怀，岂非老天特特生来与侄女作对？你二人此时，正在局中，不思知恩报恩，在血性道义上去做。夫婚姻二字，自不肯言。然我做叔子的，事外观之，感恩报恩，不过一时，婚姻配合，却乃人生一世之事，安可当面错过？”冰心小姐道：“天心最难揣度，当以人生所遇为主。天生孔子，不为君而为师；天生明妃，不配帝而远嫁单于：皆人生所遇，岂能自主？铁公子人品才调，非不可然，但所遇在感恩知己之间，去婚姻之道甚远。”

水运道：“感恩知己，正可为婚，为何甚远？”冰心小姐道：“媒妁通言，父母定命，而后男女相接，婚姻之礼也。今不幸患难中草草相见于公堂，又不幸疾病中侄女迎居于书室。感恩则有之，知己则有之，所称君子好逑，当不如是。”水运道：“这是你前日说的嫂溺叔援，权也。”冰心小姐道：“行权不过一时，未有嫂溺已援，而不溺复援者。况且凡事皆可用权，唯婚姻为人伦风化之首，当正始正终，决无用权之理。”水运道：“正终是不消说起，就是今日事始，虽说相见出于患难，匆匆草草；然你二人，毫无苟且，人尽知之也，未为不正。”冰心小姐道：“始之无苟且，赖终之不婚姻，方明白到底。若到底成全，则始之无苟且，谁则信之？此乃一生名节大关头，断乎不可。望叔叔谅之。”

水运见侄女说不入耳，因发急道：“你小小年纪，说的话倒像个迂腐老儒！我如今也不与你讲了，待我出去与铁公子商量。这铁公子是你心服之人，他若肯了，难道怕你不肯？”说完，走了出来，要见铁公子。

此时铁公子正在书房中静养，小丹传说：“间壁住的水二爷要见相公。”铁公子因走出来相见，分宾主坐定。水运先开口道：“连日有事未暇，今高贤下榻于此，有失亲近。”铁公子道：“缘病体初痊，尚未进谒为罪。”水运道：“我学生特来见铁先生者，因有一事奉议。”铁公子道：“不知何事？”水运道：“不是别事，就是舍侄女的姻事。”铁公子因听见“侄女姻事”四字，就变了颜色说道：“老丈失言矣！学生外人，凡事皆可赐教，怎么令侄女姻事，也对学生讲？”水运道：“舍侄女姻事，本不当向铁先生求教，只因舍侄女前日为过公子抢去为婚，赖铁先生鼎力救回，故而谈及。”铁公子道：“学生前日是路见不平，一时触怒而然，原出无心，今日老丈特特向学生而言，便是有心了。莫非见学生借寓于此，以为有甚不肖苟且之心，故以此相餂[①]么？学生就立刻行矣，免劳赐教。”

水运见铁公子发急，因宽慰他道：“铁先生不必动怒，我学生倒是一团好意，且请少坐，听我学生说完，便知其实，对彼此有益。”铁公子道：“吾闻君子非礼勿言，非礼勿听，老丈不必说了。老丈虽是好意，但我铁中玉的性情，与老丈迥别，只怕老丈的好意，在我学生听了，或者转以为恶意。只是去了，便好意恶意，我都不闻。”因立起身，对着管门伺候的家人说道：“烦你多多拜上小姐，说我铁中玉感激之私，已识千古。今恶声入耳，也不敢面辞。”又叫出小丹，往外便走。水运忙忙来赶，铁公子已走出大门去远了。水运甚是没趣，又不好复进来见冰心小姐，只说道：“这后生怎这样一个蠢性子，也不像个好娇客！”一面说，一面就默默的走了过去。正是：

只道谀言人所喜，谁知转变做羞耻。

若非大赋老面皮，痛削如何当得起！

却说冰心小姐见叔叔出厅去见铁公子，早知铁公子必然要去，留他不住，便也不留。但虑他行李萧疏，因取了十两零碎银

---

① 相餂（tiǎn）——诱取；探取。

子，又收拾了果菜之类，叫一个家人叫做水用，暗暗先在门外等候，送与他作路费。且却像不知不闻的一般。正是：

蠢顽皆事后，灵慧独机先。

有智何妨女，多才不论年。

却说铁公子怪水运言不入耳，强出门带了小丹，一径走到长寿院，自立在寺前，却叫小丹进去，问和尚要行李。独修听见铁公子在寺外，忙走出来，连连打恭，要邀请进去吃茶，因说道："前日不知因甚事故，得罪铁相公，忽然移去？县里太爷说我接待不周，被他百般难为，又叫我到各处寻访。今幸相公到此，若再放去，明日太爷知道，我和尚就该死了。"铁公子道："前事我倒不提了，你还要说起怎么！今与你说明了吧，寺内决不进去了，茶是决不吃了，知县是决不见了。快快取出行李来还我，我立刻就行！"独修道："行李已交付小管家了。但相公要去，就怪杀小僧，也不敢放，必求相公少停一刻。"铁公子大怒道："你这和尚，也忒惫赖！难道青天白日，定要骗我进寺去谋害？你莫要倚着知县的势力为恶，我明日与都院老爷说知，叫你这和尚竟当不起！"

正说着，忽县里两个差人赶来，要请铁相公到县里去。原来这鲍知县自从改悔过来，知道铁公子是个有义气的男儿，要交结他，时刻差人在水家打听他的消息。差人见他今日忽然出门，忙报与知县，故知县随即差人来请。铁公子见请，转大笑起来，说道："我又不是你历城县人，又不少你历城县的钱粮，你太爷只管来寻我做甚？莫非前日谋我不死，今日还来请去补账？"差人没的回答，却只是不放。铁公子被逼得性起，正要动粗，忽听众人喊道："太爷自来了！"

原来鲍知县料想差人请铁公子不来，因自骑了一匹马，又随带了一匹马，飞跑将来。跑到面前，忙跳下来，对着铁公子深深打恭道："我鲍梓风尘下吏，有眼无珠，一时昏聩①，不识贤豪，多取罪戾，今方省悟。台兄乃不欺屋漏之君子，不胜愧悔，故敢特请到县，以谢前愆，并申后感。"铁公子听见县尊说话，侃侃烈烈，不似前面拖泥带水，便转了一念，并答礼道："我学生决不谎言，数日前尚欲多求于老先生，因受一知己之教，教以反己功夫，故不敢复造公堂，不谓老先生势利中人，怎忽作此英雄本色语，真不可解。莫非假此逢迎，别有深谋以相加么？"县尊道："一之已甚，岂可再乎？莫说老长兄赦过高谊，我学生感铭不尽，就是水小姐良言劝勉，也不敢忘。"铁公子吃惊道："老先生为何一时就通灵起来？大奇，大奇！"县尊道："既蒙原谅，敢求到敝衙，尚有一言求教。"铁公子见县尊举止言辞与前大不相同，便不推辞，竟同上马，并辔而行。

到了县中，才坐定就问道："老先生有何见谕，乞即赐教，学生还要长行。"县尊道："且请问老长兄，今日为何突然要行，有如此之急？"铁公子道："学生行期，本意尚欲稍缓一二日，以明眷怀，今忽有人进不入耳之言相加，有如劝驾，故立刻行矣。"县尊道："人为何人，言为何言？并乞教之。"铁公子道："人即水小姐之叔，言即水小姐婚姻之言。"县尊道："其人虽非，其言则是。老长兄为何不入耳？"铁公子道："不瞒老先生说，我学生与水小姐相遇，虽出无心，而相见后义肝烈胆，冷眼热肠，实实彼此面照，欲不相亲，而如有所失，故略去男女之嫌，而以知己

---

① 昏聩（kuì）——聩，耳聋。昏聩，比喻头脑糊涂，是非不明。

相接。此千古英雄豪杰之所为，难以告之世俗。今忽言及婚姻，则视我学生与水小姐为何如人也，毋亦以钻穴相窥相待耶？此其言岂入耳哉！故我学生言未毕，而即拂袖行矣。”

县尊道：“婚姻之言，亦有二说，台兄亦不可执一。”铁公子道：“怎有二说？”县尊道：“若以钻窬①相视，借婚姻而故作讥嘲，此则不可。倘真心念河洲君子之难得，怜窈窕淑女之不易逢，而欲彰关雎雅化，桃夭盛风，则又何为不可，而避之如仇哉？即我学生今日屈台兄到县者，久知黄金馈赂，不足动君子之心；声色宴会，难以留豪杰之驾。亦以暧昧不欺，乃男女之大节；天然凑合，实古今之奇缘。在台兄处事，毫不沾滞，固君子之用心；在我学生旁观，若不成全，亦斧柯之大罪。故今日特特有请者，为此耳。万望台兄消去前面成心，庶不失后来佳偶。”铁公子听了，佛然②叹息道：“老先生为何也出此言！人伦二字，是乱杂不得的。无认君臣，岂能复为朋友？我学生与水小姐，既在患难中已为良友，安可复言夫妻？若靦颜③为之，则从前亲疏，皆矫情矣，如何使得！”县尊道：“台兄英雄，说此腐儒之语，若必欲如腐儒固执，则前日就不该到水家去养病了；若曰养病，可以无欺自信，今日人皆尽言其无欺，又何必避嫌，不敢结此丝萝？是前后自相矛盾也，吾甚不取。”铁公子道：“事在危急，不可得避，而必欲避之以自明，君子病其碍而不忍为。至于事无紧要，又嫌疑未消，可以避之，而乃自恃无私，必犯不避之嫌以自耀，不几流于小人之无忌惮耶？不知老先生何德于学生，又何仇

---

① 钻窬（yú）——即“钻穴逾墙”，借指男女偷情、私奔等行为。

② 佛（fú）然——生气的样子。

③ 靦（tiǎn）颜——厚颜。

于学生，而斤斤以此相浼①也！”

县尊道：“本县落落一官，几于随波逐流。今幸闻台兄讨罪督过之言，使学生畏而悔之，又幸闻水小姐宽恕悔前之言，使学生感而谢之。因思势利中原有失足之时，名教中又未尝无快心之境，何汲汲舍君子而与小人作缘以自误耶？故誓心改悔。然改悔之端，在勉图后功，或可以补前过耳。因见台兄行藏磊落，正大光明，不独称有行文人，实可当圣门贤士。又见水小姐灵心慧性，俏胆奇才，虽然一闺阁淑人，实不愧须眉男子。今忽此地相逢，未必老天无意。本县若不见不闻，便也罢了。今台兄与水小姐公堂正大，暗室光明，皆本县亲见亲闻，若不亟②为撮合，使千古好逑当面错过，则何以为民父母哉？此乃本县政声风化之大端，不敢不勉力为之。至于报德私情，又其余事耳。”

铁公子听了，大笑道：“老先生如此说来，一发大差了。你要崇你的政声，却怎陷学生于不义？”县尊也笑道：“若说陷兄不义，这事便要直穷到底矣。台兄既怕陷身不义，则为义夫可知矣。若水小姐始终计却过公子，不失名节，又于台兄知恩报恩，显出贞心，有何不义而至陷兄？”铁公子道：“非此之谓也。凡婚姻之道，皆父母为之，岂儿女所能自主哉？今学生之父母安在，而水小姐之父母又安在？若徒以才貌为凭，遇合为幸，遂谓婚姻之义举，不知此等之义举，只合奉之过公子，非学生名教中人所敢承也。”遂立起身来要行。

县尊道：“此举义与不义，此时也难辨。只是终不能成则不义，终能成之则义，台兄切须记之。至日后有验，方知我学生乃

---

① 浼（měi）——请托；央求。

② 亟（jí）——急迫地。

改悔后真心好义，不是一时阿所好也。既决意要行，料难强留，欲劝一食，恐怕兄以前辙为疑；欲申寸敬，又恐台兄以货财见斥，故逡巡不敢。倘有天缘，冀希一会，以尽其余。”铁公子道：“赐教多矣，唯此二语深得我心。多感，多感！”因别了出来，带了小丹，携着行李，径出东门而去。正是：

性无假借谁迁就，心有权衡独往来。

可叹世难容直道，又生无妄作奇灾。

铁公子一时任性，走出东门，不曾检点盘缠，见小丹要雇牲口，心下正费踌躇。忽水家家人水用，走到面前说道：“铁相公，怎此时才来？家小姐吩咐小的在此候了半日。”铁公子道：“小姐叫你候我做什么？”水用道：“家小姐因见二老爷出来会铁相公，知道他言语粗俗，必然要触怒铁相公，必然铁相公就要行，家小姐又不便留，但恐怕匆匆草草，盘缠未曾打点，故叫小的送了些路费并小菜在此。”铁公子听了，大喜道：“你家小姐不独用情可感，只这一片慧心，凡事件件先知，种种周备，真令人敬服。”水用道：“小的回去，铁相公可有甚言语吩咐？”铁公子道：“我与你家小姐陌路相逢，欲言恩，恩深难言；欲言情，又无情可言。只烦你多多拜上小姐，说我铁中玉去后，只望小姐再勿以我为念，便深感不朽矣。”水用因取出十两银子并菜果，付与小丹纳下。

铁公子有了盘缠，遂叫小丹雇了一匹驴儿，径望东镇一路而来。不料出门迟了，又在县中耽搁了半日，走不上三十余里，天就晚了，到东镇还有二三里，赶驴的死也不肯去了。铁公子只得下了驴子步行。又上不得里许，刚转过一带林子，忽见一个后生男子背着一个包袱，领着一个少年妇女，身穿青布衣服，头上搭

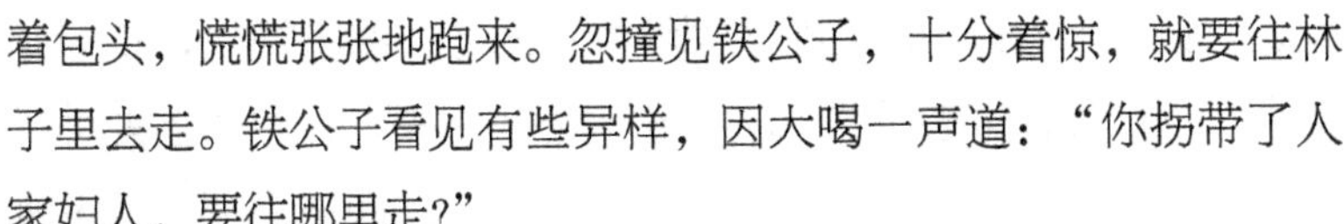

着包头，慌慌张张地跑来。忽撞见铁公子，十分着惊，就要往林子里去走。铁公子看见有些异样，因大喝一声道：“你拐带了人家妇人，要往哪里走?”

那妇人着这一吓，便呆了，走不动，只立着叫饶命。那后生着了忙，便撇了妇人，丢下包袱，没命的要跑去。铁公子因赶上捉住问道：“你是甚人，可实说了，我便放你!”那后生被捉慌了，因跪在地上，连连磕头道：“相公饶命，我实说来。这女子是前面东镇上李太公的妾，叫做桃枝，他嫌李太公老了，不愿跟他，故央我领他出来，暂时躲避。”铁公子道：“这等，你是个拐子了。”那后生道：“小的不是拐子，就是李太公的外孙儿。”铁公子道：“叫甚名字?”那后生道：“叫做宣银。”铁公子又问道：“是真么?”宣银道：“老爷饶命，怎敢说谎?”铁公子想了想道：“既是真情，饶你去吧。”因放了手，宣银爬起，早奔命的跑去了。

铁公子因复转身来问那妇人道：“你可是东镇上李太公的妾么?”那妇人道：“我正是李太公的妾。”铁公子又问道：“你可叫做桃枝?”那妇人道：“我正是叫做桃枝。”铁公子道：“这等说起来，你是被拐出来的了。不消着惊，我是顺路，就送你回去可好么?”那妇人道：“我既被人拐出来，若送回去，只道是有心逃走，哪里辨得清白？相公若有用处，便跟随相公去吧。”铁公子笑了笑道：“你既要跟随，且到前边去再算计。”因就叫小丹连包袱都替他拿了，要同走。那妇人没奈何，也只得跟了来。

又走了不上里余，只见前面一群人飞一般的赶将来。赶到面前，看见那妇人跟着一个少年同走，便一齐叫道：“快来！好了，拿着了!”遂一个圈盘，将铁公子三人围住，一面就叫人飞报李太公。铁公子道："你们不必啰唣，我是方才路上撞见，正同了送来。"众人乱嚷道："不知你是送来还是拐去，且到镇上去讲。"大家围绕着，又行不半里，只见又是一群人，许多火把，照得雪亮，却是李太公闻知自赶到来；看见铁公子人物俊秀，年纪又后生，他的妾又跟着他走，气得浑身都是战的，也不问长问短，照着铁公子胸脯，就是一拳头，口里乱骂道："是哪里来的肉眼贼，怎拐骗我的爱妾！我拼着老性命与你拼了吧！"铁公子忙用手托开，说道："你这老人家，也忒性急，也不问个青红皂白，便这等胡为，你的妾是被他人拐去，是我撞见替你救转来的。怎不谢我，倒转唐突？"

李太公气做一团，乱嚷乱跳道："是哪个拐他，快还我一个人来！在哪里撞着，是哪个看见？"因用手指着那妇人道："这不是我的妾？"又用手指着小丹拿的包袱道："这不是我家的东西？明明的人赃现获，你这擒娘贼，还要赖到哪里去？"铁公子看见李太公急得没法，转笑将起来道："你不须着急，你的妾已在此，自然有个明白。"众人对李太公道："这等时候，黑天黑地，在半路今也说不出什么来。且回到镇上，禀了镇爷，用起刑来，便自然招出真情。"李太公只得依了。

大家遂扯扯拉拉，一齐拥回镇上，来见镇守。这镇守是个差委的吏员巡检，巴不得有事。听见说是有人拐带了李太公的人口，晓得李太公是镇上财主，未免动了欲心，看做一件大事。遂齐齐整整，戴上纱帽，穿起圆领，叫军士排衙，坐起堂来。众人拥到堂前，李太公先跪下禀道："小老儿叫做李自取，有这个妾叫做桃枝。今忽然门户不闭，被人拐去。小老儿央人分头去赶，幸得赶着了。"因用手指着铁公子道："却是这个不知姓名的男

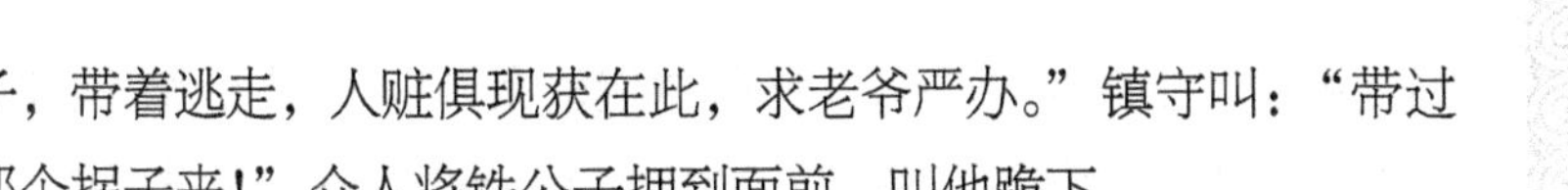

子，带着逃走，人赃俱现获在此，求老爷严办。”镇守叫：“带过那个拐子来！”众人将铁公子拥到面前，叫他跪下。

铁公子笑了笑道：“他不跪我也罢了，怎倒叫我去跪他？”镇守听了，满心大怒，欲要发作，因看见铁公子人物轩昂，不像个卑下之人，只得问道：“你是什么人，敢这等大模大样？”铁公子道：“这里又不是吏部堂上，怎叫我报脚色？你莫怪我大模大样，只可怜你自家出身小了。”镇守听了，一发触起怒来，因说道：“你就有这些来历，今已犯了拐带人口之罪，只怕也逃不去了。”铁公子道：“这人口，你怎见得是我拐带？”镇守道：“李家不见了妾，你却带着他走，不是你拐，却是谁拐？”铁公子道：“与我同走就是我拐，这等说起来，柳下惠竟是古今第一个拐子了。你这样不明道理的人，不知是哪个瞎子叫你在此做镇守，可笑之甚！”

镇守被铁公子几句言语抢白急了，因说道：“你能言快语，想是个积年的拐子了。你欺我官小，敢如此放肆，我明日只解你到上宪去，看你可有本事再放肆么？”铁公子道：“上司莫不是皇帝？”镇守道：“是皇帝不是皇帝，你去见自知。”因又对李太公道：“你这老儿，老大年纪，还讨少年女子作妾，自然要惹出事来。”又将桃枝叫到面前一看，年纪虽则二十余岁，却是个搽脂抹粉的村姑，因问道：“你还是同人逃走，还是被人拐去？”桃枝低了头，不做声。镇守道：“我此时且不动刑，解到上司拶起来，怕你不说！”又吩咐李太公道：“这一起人犯，你可好好带去看守。我明日替你出文书，亲自解到上司去，你的冤屈，自然申理。”

李太公推辞不得，只得将铁公子都拥了到家。因见铁公子将镇守挺撞，不知是个甚人，不敢怠慢，因开了一间上房请他住，又摆出酒饭来请他吃。欲要将妾桃枝叫进去，又恐怕没了对证，不成拐带，只得也送到上房来同住。只因这一住，有分教：

能碎白璧，而失声破釜；

已逃天下，而疑窃皮冠。

不知解到上司，又作何状，且听下回分解。

第　九　回

虚捏鬼哄佳人止引佳人喷饭

词曰：

大人曰毁，小人谓之捏鬼。既莫瞒天，又难蔽日，空费花唇油嘴。　明眸如水。一当前已透肺肝脑髓。何苦无端，舍此灵明，置身傀儡？

——《柳梢青》

话说铁公子被李太公胡厮赖缠住了，又被镇守装模作样，琐琐碎碎，心下又好恼又好笑。到了李老儿家，见拿出酒饭来，也不管好歹，吃得醺醺的，叫小丹铺开行李，竟沉沉地睡去。

此时是十四五，正有月，铁公子一觉睡醒来，开眼看时，只见月光照入窗来，那个桃枝妾，竟坐在他铺旁边，将他身体轻轻摩弄。铁公子一时急躁起来，因用手推开道："妇人家须惜些廉耻，莫要胡为！"因侧转身向里依旧睡去。那桃枝妾讨了没趣，要走开又舍不得，只坐了一会，竟连衣服在脚头睡了。

原来李太公虽将妾关在房里，却放心不下，又悄悄躲在房门外窃听。听见铁公子羞削他，心下方明白道："原来都是这淫妇生心，这个少年倒是好人，冤屈了他。"到了天明，就要放他开交，争奈镇守不曾得钱，又被铁公子挺撞了一番，死命出了文书，定要申到道里去。李太公拗他不过，只得又央了许多人，同拥到道里来。

不期这日正是道尊寿日，府县属官，俱来庆贺，此时尚未开门，众官都在外面等候。忽见一伙人拥了铁公子与桃枝妾来，说是奸情拐带，各各尽叫去看。看见铁公子人物秀美，不像个拐子，因问道："你是什么人，为何拐他？"铁公子全不答应。又问桃枝："可是这个人拐你？"桃枝因夜里被铁公子羞削了，有气没处出，便一口咬定道："正是他拐我。"个个官问他，都如此说。镇守以为确然，着实得意，只候道尊开门，解进去请功。

正在快活，忽历城县的鲍知县也来了，才下轿，就看见一伙人同着铁公子与一个妇人在内，因大惊问道："这是什么缘故？"镇守恐怕人答应错了话，忙上前禀道："这个不知姓名的少年男子，拐带了这李自取的妾逃走，当被众人赶到半路捉住，人赃现获，故本镇解到道爷这里来请功。"鲍知县听了，大怒道："胡说！这位是铁都堂的公子铁相公，他在本县，本县为媒，要将水侍郎老爷的千金小姐嫁他为妻，他因未得父命，不肯应承，反抵死走了。来你这地方，什么村姑田妇，冤他拐带！"镇守见说是铁都堂的公子，先软了一半，因推说道："这不干本镇事，都是这李自取来报的，又是这妇人供称的。"鲍知县因叫家人请铁相公来同坐下，因问道："台兄行后，为何忽遇此事？"铁公子就将林子边遇见一个后生与此妇人同走之事说了一遍。鲍知县道："只可惜那个后生不曾晓得他的姓名。"铁公子道："已问知了，就是这李自取的外孙，叫做宣银。"

鲍知县听了，就叫带进那老儿与妇人来，因骂道："你这老奴才，偌大年纪，不知死活，却立这样后生妇人作妾，已不该了；又不知防嫌，让他跟人逃走，却冤赖路人拐带，当得何罪？"李太公道："小老儿不是冤他，小的的妾不见了，却跟住他同走，

许多人公同捉获，昨夜到镇。况妾口中又已供明是他，怎为冤他?”鲍知县又骂道：“你这该死的老奴才，自家的外孙宣银与这妇人久已通奸，昨日乘空逃走，幸撞见这铁相公，替你捉回人来，你不知感激，怎倒恩将仇报!”老太公听见县尊说出宣银来，方醒悟道：“原来是这小贼种拐他，怪道日日走来油嘴滑舌地哄我!”因连连磕头道：“不消说了，老爷真是神明。”鲍知县就要出签去拿宣银，李太公又连连磕头求道：“本该求老爷拿他来治罪，但他的父亲已死，小的女儿寡居，止他一人，求老爷开恩，小的以后只不容他上门便了。”鲍知县又要将桃枝拶起来，李太公不好开口，亏得铁公子解劝道：“这个桃枝是李老儿的性命，宣银既不究，这桃枝也饶他吧。”鲍知县道：“这样不良之妇，败坏风俗，就拶死也不为过。既铁相公说，造化了他，却出去吧，不便究了。”李太公与桃枝忙磕头谢了出去。

镇守又进来再三请罪，鲍知县也数说了几句，打发去了。然后对铁公子道：“昨日要留台兄小酌，因台兄前疑未释，执意要行，我学生心甚歉然。今幸这些乡人代弟留驾，又得相逢，不识台兄肯忘情快饮，以畅高怀否?”铁公子道：昨因前之成心未化，故悻悻欲去；今蒙老先生高谊如云，柔情似水，使我铁中玉有如饮醇，莫说款留，虽挥之斥之，亦不忍去矣。”鲍知县听了大喜，因吩咐备酒，候庆贺过道尊，回来痛饮。正是：

模糊世事倏多变，真至交情久自深。

若问老天颠倒意，大都假此炼人心。

却说鲍知县贺过道尊出来，就在寓处设酒，与铁公子对饮。前回虽也曾请过，不过是客套应酬，不甚浃洽，这番已成了知己，你一杯，我一盏，颇觉欣然。

二人吃到半醉之间，无所不言，言到水小姐，鲍知县再三劝勉，该成此亲。铁公子道：“知己相对，怎敢违心谎言！我学生初在公庭，看见水小姐亭亭似玉，灼灼如花，虽在愤激之时，而私心几不能自持。及至长寿院住下，虽说偶然相见，过而不留，然寸心中实是未能忘情。就是那一场大病，起于饮食不慎，却也因神魂恍惚所致。不期病到昏聩之时，蒙彼移去调治，细想他殷勤周至之意，上不啻父母，下无此子孙。又且一举一动，有情有礼，遂令人将一腔爱慕之私，变而为感激之诚，故至今不敢复萌一苟且之念。设有言及婚姻二字者，直觉心震骨惊，宛若负亵渎之罪于神明。故老先生言一番，而令学生身心一番不安也。非敢故作矫情，以博名高。”鲍知县听了，叹息道：“据台兄说来，这水小姐直凛若神明之不敢犯矣。自我学生论来，除非这水小姐今生不嫁人便罢，若他父亲回时，毕竟还要行人伦婚姻之礼，则舍台兄这样豪俊，避嫌而不嫁，却别选良缘，岂不更亵渎神明乎？台兄与水小姐，君子也，此正在感恩诚敬之时，自不及此。我学生目击你二人义侠如是，若不成全，则是见义不为也。”铁公子道：“在老先生或别有妙处，在我学生，只觉惕然不敢。”二人谈论快心，直吃到酩酊①方住，就同在寓处宿了。

次日，鲍知县有公事要回县，铁公子也要行，就忙忙作别。临别时，鲍知县取了十二两程仪相赠道：“我学生还有一言奉劝。”铁公子道：“愿领大教。”鲍知县道：“功名二字，虽于真人品无加，然当今之世，绍续书香，亦不可少。与其无益而浪游，何如拾青紫之芥，以就荣名之为愈乎？”铁公子听了，欣然道：

---

① 酩酊（mǐngdǐng）——形容大醉的样子。

"谨领大教。"遂别了先行。正是：

矛盾冰同炭，绸缪漆与胶。

寸心聊一转，道路已深遥。

这边鲍知县回县不提。

却说铁公子别过县尊，依旧雇了驴子回去，一路上思量道："这鲍知县初见时，何等作恶，到如今又何等用情。人能改过，便限他不定。"又暗想道："这水小姐，若论他瘦弱如春柳之纤，妩媚若海棠之美，便西施、王嫱，也比他不过。况闻他三番妙智，耍得过公子几乎气死，便是陈平六出奇计，也不过如此。就是仓促遇难，又能胁至县庭，既至县庭，又能侃侃谈论。若无才辨识胆，安能如此！即我之受毒成病，若非他具一双明眼，何能看破？即使看破，若无英雄之力量，焉能移得我回去？就是能移我回去，若无水小姐这样真心烈性、义骨侠肠，出于情入于礼，鲜不堕入邪淫！就是我临出门，因他叔子一言不合，竟不别而行。在他人，必定恼了；他偏打点盘缠，殷勤相赠。若预算明白，不差毫发者，真要算做当今第一个奇女子也。我想古来称美妇人，至于西施、卓文君止矣；然西施、卓文君皆无贞节之行。至于孟光、无盐，流芳名教，却又不过一丑妇人。若水小姐，真河洲之好逑，宜君子之辗转反侧以求之者也。若求而得之，真可谓享人间之福矣。但可惜我铁中玉生来无福，与他生同时，又年相配，又人品才调相同，又彼此极相爱重，偏偏的遇得不巧，偏遇在患难之中，公堂之上，不媒妁而交言，无礼仪而自接，竟成了义侠豪举；去钟鼓之乐，琴瑟之好，大相悬绝矣。若已成义侠，而再议婚姻，不几此义侠而俱失乎！我若启口，不独他人指诮，即水小姐亦且薄视我矣，乌乎可也。今唯有拿定主意，终做个感恩知己之人，便两心无愧也。”又想道：“他不独持己精明，就是为我游学避仇发的议论，亦大有可想。即劝我续箕裘世业，不必踽踽凉凉，以走天涯，此数语，真中我之病痛。我铁中玉若不博得科甲功名，只以此义侠遨游，便名满天下，亦是浪子，终为水小姐所笑矣。莫若且回去，趁着后年乡会之期，勉完了父母教子之望，然后做官不做官，听我游侠，岂不比今日与人争长竞短，又高了一层！”主意定了，遂一径回大名府去。正是：

言过还在耳，事弃尚惊心。

同一相思意，相思无此深。

按下铁公子回家不提。

却说水小姐自从差水用送盘缠路费与铁公子，等了许久，不见回信，心下又恐为奸人所算，十分踌躇。又等到日中，水用方回来报说道：“铁相公只到此时方出城来雇牲口，银子小包已交付铁相公与小丹收了。”冰心小姐道：“铁相公临行，可有甚言语吩咐？”水用道：“铁相公只说，他与小姐陌路相逢，欲言恩，恩深难言；欲言情，又无情可言。只叫我多多拜上小姐，别后再不可以他为念就是了。”冰心小姐听了，默然不语，因打发水用去了。暗自想道：“他为我结仇，身临不测，今幸安然而去，也可完我一桩心事。但只虑过公子与叔子水运，相济为恶，不肯忘情，未免要留一番心机相对。”

却喜得水运伤触了铁公子，不辞而去，自觉有几分没趣，好几日不走过来。忽这一日，笑欣欣走过来寻见冰心小姐说道：“贤侄女，你知道一件奇事么？”水小姐道：“侄女静处闺中，外面奇事，如何得知？”水运道：“前日那个姓铁的，我只道他是个好人，还劝侄女嫁他，倒是你还有些主意，不肯轻易听从，若是

听从了，误了你的终身却怎了？你且猜那姓铁的是甚等样人？”冰心小姐道：“他的家世，侄女如何得知？看他举止行藏，自是个义侠男儿。”水运听了打跌道：“好个义侠男儿！侄女一向最有眼力，今日为何走了？”冰心小姐道：“不是义侠男儿，却是甚人？”水运道：“原来是个积年的拐子！前日装病，住在这里，不知要打算做甚伎俩，还是侄女的大造化，亏我言语来得尖利，他看见不是头路，卜不得手，故假作悻悻而去。谁知瓦罐不离损伤，彼才走到东镇上，就弄出事来了。”冰心小姐道：“弄出甚样事来？”

水运道：“东镇上一个大户人家，有个爱妾，不知他有甚手段，人不知鬼不觉，就拐了出来逃走。不料那大户人家养的闲汉甚多，分头一赶，竟赶上捉住了，先早打个半死，方送到镇守衙门。他若知机识窍，求求镇守，或者打几下放了他，还未可知。谁料他蠢不过，到此田地，还要充大头鬼，反把镇守冲撞了几句，镇守恼了，竟将他解到道里去了。都说这一去，拐带情真，一个徒罪是稳稳的了。”冰心小姐道：“叔叔如何得知？”水运道：“前日鲍知县去与道尊庆寿，跟去的衙役哪一个不看见，纷纷乱传，我所以知道。”

冰心小姐听了，冷笑道：“莫说铁公子做了拐子，便是曾参真真杀人，却也与我何干？”水运道：“可知道与你无干，偶然这等闲论，人生面不熟，实实难看。若要访才，还是知根识本的稳当。”冰心小姐道：“若论起铁公子之事，与侄女无干，也不该置辩。但是叔叔说人生面不熟，实实难看，此语似讥诮侄女眼力不好，看错了铁公子。叔叔若讥诮侄女看错他人，侄女也可以无辩；但恐侄女看错了铁公子，这铁公子是个少年，曾在县尊公堂上，以义侠解侄女之危，侄女又曾以义侠接他来家养病，救他之命，若铁公子果是个积年的拐子，则铁公子与侄女这番举动，不是义侠，是私情矣。且莫说铁公子一生名节，亦被叔叔丑诋尽矣，安可无辩?”水运听了道：“你说的话，又好恼又好笑！这姓铁的与我往日无冤，近日无仇，我毁谤他做什么?他做拐子，拐人家的妇女，你在闺中，自不知道，县前跟班的，哪个不传说，怎怪起我来?侄女若要辩说，是一时失眼，错看了他，实实出于无心，这还使得；若说要辩他不是拐子，只怕便跳到黄河里也洗不清了。”冰心小姐道：“若要辩，正要辩铁公子不是拐子，是小人谤他，方见侄女眼力不差。若论侄女有心无心，这又不必辩了。”水运道：“贤侄女也太执性，一个拐子，已有人看见的明明白白，还有什么辩得?”

冰心小姐道：“叔叔说有人看见，侄女莫说不看见，就是闻也不曾闻之，实实没有辩处。但侄女据理详情，这铁公子决非拐子，纵有这影响，不是讹传，定是其中别有缘故。若说他真正是做拐子，侄女情愿将这两只眼睛，挖出输与叔叔。”水运道：“拐的什么大户人家的爱妾，已有人了，送到镇守，镇守又送了道尊的衙门去了，谅非讹传。又且人赃现获，有甚缘故，你到此田地还要替他争人品，真叫做溺爱不明了。”冰心小姐道：“侄女此时辩来，叔叔自然不信，但叔叔也不必过于认真，且再去细访一访，便自明白。”水运道：“不访也是个拐子，再访也是个拐子。侄女执意要访，我就再访访，也不差什么，不过止差得半日工夫，这也罢了。但侄女既据理详情，就知他决不是个拐子，且请问侄女，所据的是哪一段理，所详的是哪一种情?”

冰心小姐道：“情理二字，最精最妙，看破了便明明白白，

看不破便糊涂到底，岂容易对着不知情理之人，辩得明白？叔叔既问，又不敢不说。侄女所据之理，乃邪正之理。大凡举止言语，得理之正者，其人必不邪。侄女看铁公子，自公堂至于私室，身所行无非礼义，口所言无非伦常，非赋性得理之正者，安能如此？赋性既得理之正，而谓其做邪人拐子，此必无之事也。侄女所详之情，乃公私之情，大都情用于公者，必不用于私，侄女见铁公子，自相见至别去，披发缨冠而往救者，皆冷眼，绝不论乎亲疏；履危犯难而不惜者，皆热肠，何曾因乎爱恶？非得情之公者，必不能如此。用情既公，而谓其做拐子私事，此又必无之事也。故侄女看得明，拿得定，虽生死不变者。据叔叔说得千真万实，则是天地生人之性情，皆不灵矣，则是圣贤之名教，皆假设矣。决不然也！且俗说：'耳闻是虚，眼观是实'，叔叔此时，且不要过于取笑侄女，请再去一访。如访得的的确确，果是拐子，一毫不差，那时再来取笑侄女，却也未迟。何以将小人之心，度君子之腹？"水运笑了笑道："侄女既要讨没趣到底，我便去访个确据来，看侄女再有何说！"冰心小姐笑道："叔叔莫要访个没趣，不来了。"

水运说罢，就走了出来，一路暗想道："这丫头怎这样拿得稳，莫非真是这些人传说差了？我便到县前，再去访问访问。"遂一径走到县前，见个熟衙门人便问。也有说果然见个少年拐子同一妇人拴在那里是有的，又有说那少年不是拐子的，皆说得糊糊涂涂。只到落后问着一个贴身的门子，方才知道详细，是李大户自己的外孙拐了他的爱妾，被铁公子撞见捉回，李大户误认就是铁公子拐他，亏鲍太爷审出情由，方得明白。水运听了，因心下吃惊道："这丫头真要算做奇女子了！我已信得真真的，他偏有胆气，咬钉嚼铁，硬说没有，情愿挖出眼睛与我打赌，临出门又说我，只怕访得没趣不来了。我起先那等讥诮他，此时真真没脸嘴去见他。”踌躇了半晌，因想道：“且去与过公子商量一商量，再作区处。”因走到过公子家里，将前后之情说了一遍。过公子道：“老丈人不必太老实了，如今的事，已死的还要说做活的，没的还要说做有的。况这铁公子有这一番，便添诅几句，替他装点装点，也不叫做全说谎了。”水运道：“谁怕说谎，只是如今没有谎说。”过公子道：“要说谎何难，只消编他几句歌儿，说是人传的，拿去与他看，便是一个证见，有与无谁来对证？”水运道：“此计甚妙。只是这歌儿，叫谁编好？”过公子道：“除了我能学高才的过公子，再看谁人会编！”水运道：“公子肯自编，自然是绝妙的了，就请编了写出来。”过公子道：“编倒不打紧，只好念与你听，要写却是写不出。”水运道：“你且念与我听了再处。”过公子想了一想，念道：

好笑铁家子，假装做公子。
一口大帽子，满身虚套子。
充做老呆子，哄骗痴女子。
看破了底子，原来是拐子。
颈项缚绳子，屁股打板子。
上近穿窬子，下类叫化子。
这样不肖子，辱没了老子。
可怜吴孟子，的的闺中子。
误将流落子，认做鲁男子。
这样装幌子，其实苦恼子。
最恨是眸子，奈何没珠子。

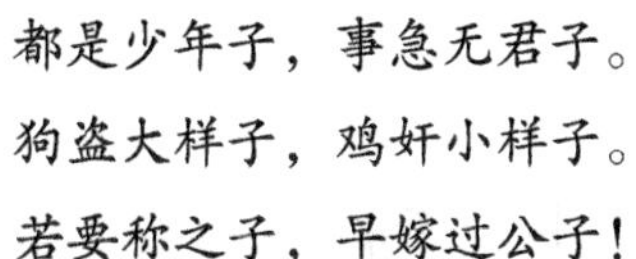

都是少年子，事急无君子。

狗盗大样子，鸡奸小样子。

若要称之子，早嫁过公子！

过公子念完，水运听了，拍掌大笑道：“编得妙，编得妙！只是结尾两句太露相些，恐怕动疑，去了吧。”过公子道：“任他动疑，这两句是要紧，少不得的。”水运道：“不去也罢，要写出来，拿与他看，方像真的。”过公子道：“要与也不难。”因叫一个识字的家人来，口念着叫他写出，递与水运道：“老丈人先拿去与他看，且将他骄矜之气挫一挫，他肯了便罢。倘毕竟装模作样，目今山东新按院已点出了，是我老父的门生，等他到了任，我也不去求亲，竟央他做个硬主婚，说水侍郎无子，将我赘了入去，看他再有甚法躲避！”水运着惊道：“若是公子赘入去，这份家私，就是公子承受了，我们空顶着水家族分名头，便都无想头了。公子莫若还是娶了去为便。”过公子笑道：“老丈人也忒认真，我入赘之说，不过只要成亲，成亲之后，自然娶回。我过家愁没产业，却肯贪你们的家私，替水家做子孙！”水运听了，方欢喜道：“是我多疑了。且等我拿这歌儿与他看看，若是他看见气馁了，心动了，我再将后面按院主婚之事，与他说明，便不怕他不肯了。”过公子听了，大喜道：“快去快来，我专候佳音！”

水运因拿了歌儿，走回家去见冰心小姐。只因这一见，有分教：

金愈炼愈坚，节愈操愈励。

不知冰心小姐又有何说，且听下回分解。

第　十　回

假认真参按院反令按院吃惊

词曰：

雷声空大，只有虚心人怕。仰既无惭，俯亦不愧，安坐何惊何讶！　　向人行诈，又谁知霹雳自当头下。到得斯时，不思求加，只思求罢。

——《柳梢青》

话说水运拿了过公子讥诮铁公子的歌句，竟走回来，见冰心小姐说道："我原不要去打听，还好替这姓铁的藏拙。侄女定要我去打听，却打听出不好来了。"冰心小姐道："有甚不好？"水运道："我未去打听，虽传闻说他是拐子，尚在虚虚实实之间，今打听了回来，现有确据，将他的行头都搬尽了。莫说他出丑，连我们因前在此一番，都带累的不好看。"冰心小姐道："有甚确据？"水运道："我走到县前一看，不知是什么好事的人，竟将铁公子做拐子之事，编成了一篇歌句，满墙上都贴的是。我恐你不信，只得揭了一张来与你看一看，便知道这姓铁的为人了。"因将歌句取出，递与冰心小姐。

冰心小姐接在手，打开一看，不觉失笑道："恭喜叔叔，几时读起书来，忽又能诗能文了？"水运道："你叔叔瞒得别人，怎瞒得你，我几时又曾做起诗文来。"冰心小姐道："既不是叔叔做的，一定就是过公子的大笔了。"水运跌跌脚道："侄女莫要冤屈

人！过公子虽说是个才子，却与你叔叔是一样的学问，莫说大笔，便小笔也是拿不动的，怎么冤他？”冰心小姐道：“笔虽拿不动，嘴却会动。”水运道：“过公子与这姓铁的，有甚冤仇，却劳心费力，特特编这诗句谤他？”冰心小姐道：“过公子虽与铁公子无仇，不至于谤他，然胸中还知道有个铁公子，别个人连铁公子也未必认得，为何倒做诗歌谤他，一发无味了。侄女虽然是个闺中弱女，这些俚言，断断不能鼓动，劝他不要枉费心机！”

水运见冰心小姐说得透彻，不敢再辩，只说道：“这且搁过一边，只是还有一件事，要通知侄女，不可看做等闲。”冰心小姐道：“又有何事？”水运道：“也不是别事，总是过公子谆谆属意于你，不能忘情。近因府县官小，做不得主，故暂时搁起。昨闻得新点的按院，叫做冯瀛，就是过学士最相好的门生，过公子只候他下马，就要托他主婚，强赘了人来。你父亲在边庭，没个消息，我又是个白衣人，你一个十六七岁的女儿家，如何敌得他过？”冰心小姐道：“御史代天巡狩，是为一方申冤理枉。若受师命，强要主婚乱伦，则不是代天巡行，乃是代师作恶了。朝廷三尺法凛凛然，谁敢犯之？叔父但请放心，侄女断然不惧。”水运笑道：“今日在叔子面前说大话，自然不惧，只怕到了御史面前，威严之下，实实动起刑来，只怕又要畏惧了。”冰心小姐道：“虽说刑法滥则君子惧，然未尝因其惧而遂不为君子。既为君子，自有立身行己的大节义。莫说御史，便见天子，也不肯辱身。叔叔何苦畏却小人势利中弄心术？”

水运道：“势利二字，任古今英雄豪杰，也跳不出，何独加之小人？我就认做势利小人，只怕还是势利的小人讨些便宜。”冰心小姐又笑道：“既是势利讨便宜，且请问叔叔，讨得便宜安在？”水运道：“贤侄女莫要笑我。我做叔叔的，势利了半生，虽不曾讨得便宜，却也不曾吃亏。只怕贤侄女不势利，就要吃亏哩！到其间，莫要怪做叔子的不与你先说。”冰心小姐道：“古语说得好：‘夏虫不可言冰，蟪蛄①不知春秋。’各人冷暖，各人自知。叔叔请自为谋，侄女仅知有礼义名节，不知有祸福，不须叔叔代为过虑。”

水运见冰心小姐说得斩钉截铁，知道劝他不动，便转洋洋说道：“我下此苦口是好意，侄女既不听，着我甚急？”因走了出来，心下暗想道：“我毁谤铁公子是拐子，他偏不信。我把御史吓他，他又不怕，真也没法。如今哥哥充军去了，归家无日，难道这份家私与他一个女儿占住罢了？若果按院到了，必须挑拨过公子，真真兴起讼来，将他弄得七颠八倒，那时应了我的言语，我方好于中取事。”

因复走来，见过公子说道：“我这个侄女儿，真也可恶！他一见了诗歌，就晓得是公子编的，决然不信是真。讲到后面，我将按院主婚入赘唬唬他，他倒说得好，他说：‘按院若是个正人，自不为他们做鹰犬；若是个没气力之人，既肯为学士的公子做主成婚，见了我侍郎的小姐，奉承还没工夫，又安敢作恶？你可与过姐夫说，叫他将这妄想心打断了吧。’你道气得他过么？”过公子听了，大怒道：“他既是这等说，此时也不必讲，且等老冯来时，先进一词，看他还是护我这将拜相学士老师的公子，还是护你那充军侍郎的小姐！”水运道：“公子若是丢得开，便不消受这些寡气，亲家来往，让他说了寡嘴罢了。若是毕竟放他不下，除

---

① 蟪蛄（huìgū）——蝉的一种，吻长，身体短，紫青色，有黑色条纹，翅膀有黑斑。

非等按院来，下一个毒手，将他拿缚得定定，仍便任他乖巧，也只得从顺。若只这等与他口斗，他如何肯就下马？”过公子道：“老丈人且请回，只候新按院到了，便见手段。”二人算计定了，遂别去。

果然过了两月，新按院冯瀛到了。过公子就出境远远相迎。及到任行香后，又备盛礼恭贺。按院政事稍暇，就治酒相请。冯按院因他是座师公了，只得来赴席。饮到浃洽①时，冯按院见过公子意甚殷勤，因说道：“本院初到，尚未及分俸，转过承世兄厚爱。世兄若有所教，自然领诺。”过公子道：“老恩台大人，霜威雷厉，远迩肃然，治晚生怎敢以私相干？只有一件切己之事，要求老恩台大人做主。”冯按院问道：“世兄有甚切己之事？”过公子道：“家大人一身许国，不遑②治家，故治晚生至今尚草草衾裯，未受桃夭正室。”

冯按院听了，惊讶道：“这又奇了，难道聘也未聘？”过公子道：“正为聘了，如今在此悔赖。”冯按院笑道：“这更奇了！以老师台门鼎望赫赫岩岩，又且世兄青年英俊，谁不愿结丝萝？这聘的是什么人家，反要悔赖？”过公子道：“就是兵部水侍郎的小姐。”冯按院道：“这是水居一了。他今已谪戍边庭，家中更有何人做主，便要悔赖？”过公子道：“他家令堂已故了，并无别人，便是小姐自己做主。”冯按院道：“他一女子，如何悔赖？想是前起聘定，他不知道？”过公子道：“前起聘定，即使未知，新近治晚生又自央人为媒，行过六礼到他家去，他俱收了，难道也不知道？及到临娶，便千难万阻，百般悔赖。”冯按院道：“既是这

---

① 浃洽（jiāqià）——融洽，和谐。

② 不遑（huáng）——无暇，没有时间。

等，世兄何不与府县说，叫他撮合？”过公子道：“也曾烦府县周旋，他看得府县甚轻，竟藐视不理。故万不得已，敢求老恩台大人铁面之威，为治晚生少平其闺阁骄横之气，使治晚生得成秦晋之好，则感老恩台大人之嘉惠不浅矣。至于其他，万万不敢再渎。”

冯按院道：“此乃美事，本院自当为世兄成全。但恐媒妁不足重，或行聘收不明白，说得未定，一时突然去娶，就不便了。”过公子道：“媒妁就是鲍父母，行聘也是鲍父母亲身去的。聘礼到他家，他父亲在边庭，就是他亲叔子水运代受的，人人皆知，怎敢诳渎老恩台大人？”冯按院道：“既有知县为媒，又行过聘礼，这就无说了。本院明日就发牌批准去娶。”过公子道：“娶时恐他不肯上轿，又有他变，但求批准，治晚生去入赘，他就辞不得了。”冯按院点头应承。又欢欢喜喜，饮完了酒，方才别去。

过了一两日，冯按院果然发下一张牌到历城县来。牌上写着：

察院示：照得婚姻乃人伦风化之首，不可违时。据称，过学士公子过生员，与水侍郎小姐水氏，久已结缡，新又托该县为媒，敦行六礼。姻既已谐，理宜完娶。但念水官远任，入赘为宜。仰该县传谕二姓，即择吉期，速成嘉礼，毋使摽梅①衍期②，以伤桃夭雅化。限一月成婚，缴如迟，取罪未便！

鲍知县接了牌，细细看明，知是过公子倚着按院是父亲的门生，弄的手脚。欲要禀明，又恐过公子怪他；欲不禀明，又怕按院偏护，将水小姐看轻，弄出事来，转怪他不早说，只得暗暗申了一

---

① 摽（biào）梅——梅子成熟后落下来。比喻女子到了结婚年龄。
② 愆（qiān）期——误期。

角文书，上去禀道：

本县为媒，行聘虽实有之，然皆过生员与水氏之叔水运所为，而水氏似无许可之意，故至今未决。蒙宪委传谕，理合奉行。但虑水氏心贞性烈，又机警百出，本县往谕，恐恃官女，骄矜[1]不逊，有伤宪体。特此禀明，伏乞察照施行。

冯按院见了，大怒道："我一个按院之威，难道就不能行于一女子！"因又发一牌与鲍知县道：

察院又示：照得水氏既无许可，则前日该县为谁为媒行聘，不自相矛盾乎？宜速往谕！且水氏乃罪官之女，安敢骄矜？倘有不逊，即拿赴院，判问定罪。毋违！

鲍知县又接了第二张宪牌，见词语甚厉，便顾不得是非曲直，只得打点执事，先见过公子传谕按君之意。过公子满口应承，不消托付。然后到水侍郎家里，到门下轿，竟自走进大厅来，叫家人传话说："本县鲍太爷奉冯按院老爷宪委，有事要见小姐。"

家人入去报知，冰心小姐就心知是前日说的话发作了；因带了两个侍婢，走到厅后，垂下帘立着，叫家人传禀道："家小姐已在帘内听命，不知冯按院老爷有何事故，求老爷吩咐。"鲍知县因对着帘内说道："也非别事，原是过公子要求小姐的姻事，一向托本县为媒行聘。只因小姐不从，故此搁起。今新来的按台冯老大人，是过学士门生，故过公子去求他主婚，也不深知就里，因发下一张牌到本县，命本县传谕二姓，速速择吉成亲，以敦风化。限在一月内缴牌，故本县只得奉行。这已传谕过公子，过公子喜之不胜，故本县又来传谕小姐，乞小姐凛遵宪命，早早打点。"冰心小姐隔帘

① 骄矜——傲慢；骄傲自大。

答应道："婚姻嘉礼，岂敢固辞？但无父命，难以自专，尚望父母大人代为一请。"鲍知县道："本县初奉命时，已先申文，代小姐禀过。不意按台又发下一牌，连本县俱加督责，词语甚厉，故不敢不来谕知小姐。或从或违，小姐当熟思行之，本县也不敢相强。"冰心小姐道："按院牌上有何厉语，求赐一观。"

鲍知县遂叫礼房取出二牌，交与家人侍妾传入。冰心小姐细细看了，因说道："贱妾苦辞过府之姻，非有所择也，只因家大人远戍，若自专主，异日家大人归时，责妾妄行，则无以谢过。今按君既有此二牌治罪，赫赫炎炎，虽强暴不敢违，况贱妾弱女，焉敢上抗？则从之不为私举矣。但恐丝萝结后，此二牌缴去，或按院任满复命，又将何以为据？不几仍由妾自主乎？敢乞父母大人禀过按君，留此二牌为后验，则可明今日妾之迫于势，是公而非私矣。"鲍知县道："小姐所虑甚远，容本县再申文禀过按院，自有定夺。二牌且权留小姐处。"

说罢，就起身回县。心下暗想道："这水小姐，我还打算始终成全了铁公子，做一桩义举。且他前番在过公子面上，千不肯，万不肯，怎今日但要留牌票，便容容易易肯了，真不可解！到底是按院的势力大。"水小姐既已应承，却无可奈何，只得依他所说，做了一套申文，申到按院。冯按院看了，大笑道："前日鲍知县说此女性烈，怎见我牌票，便不烈了！"因批回道：

据禀称，水氏以未奉亲命，不敢专主，请留牌以自表，诚孝义可嘉！但芳时不可失，宜速合卺①，以成雅化。即留前二牌为据可也。

---

① 合卺（jǐn）——指结婚。

鲍知县见按君批准，随又亲来报知水小姐。临出门又叮嘱道："今日按台批允，则此事非过公子之事，乃按台之事了，却游移改口不得。小姐须要急急打点，候过公子择了吉期，再来相报。"冰心小姐道："事在按君，贱妾怎敢改口？但又恐按君想过意来，转要改口。"鲍知县道："按台于大学士，师生也。极力左袒，焉肯改口？"冰心小姐道："这也定不得。但按君既不改口，贱妾虽欲改口，亦不能矣。"

鲍知县叮嘱明白，因辞了出来，又去报知过公子，叫他选择吉期，以便合卺。过公子见说冰心小姐应承，喜不自胜，忙忙打点不提。正是：

莫认桃夭便好逑，须知和应始雎鸠①。

世间多少河洲鸟，不是鸳鸯不并头。

却说冯按院见水小姐婚事，亏他势力促成，使过公子感激，也自欢喜。又过了数日，冯按院正开门放告，忽拥挤了一二百人入来，俱手执词状，伏在丹墀②之下。冯按院吩咐收了词状，发放出去，听候挂牌，众人便都一拥去尽，独剩下一个少年女子，跪着不去。左右吆喝出去，这女子立起身，转走上数步，仍复跪下，口称："犯女有犯上之罪，不敢逃死，请先毕命于此，以申国法，以彰宪体。"因在袖中，取出一把雪亮的尖刀，拿在手里，就要自刺。冯按院在公座上突然看见，着了一惊，忙叫人止住，问道："你是谁家女子，有甚冤情？可细细诉明，本院替你申理，不必性急。"

---

① 雎鸠（jūjiū）——古书上说的一种鸟。语出《诗经·周南·关雎》："关关雎鸠，在河之洲。"

② 丹墀——古代宫殿前红色的台阶或台阶上的空地。

那女子因说道："犯女乃原任兵部侍郎、今遣戍罪臣水居一之女水氏，今年一十七岁。不幸慈母早亡，严亲远戍，茕茕①小女，静守闺中，正茹蘖饮冰②之时，岂敢议及婚姻？不意奸人过其祖，百计营谋，前既屡施毒手，几令柔弱不能保守，今又倚师生势焰，复逞狼心，欲使无瑕白璧，痛遭玷污。泣思家严虽谪，犹系大夫之后，犯女虽微，尚属闺阁之余。礼义所出，名教攸关，焉肯上无父母之命、下无媒妁之言，而畏强暴之威，以致失身丧节？然昔之强暴虽横，不过探丸劫夺之雄，尚可却避自全；今竟假朝廷恩宠，御史威权，公然牌催票勒，置礼义名教如弁髦③。一时声势赫赫，使闺中弱女，魂飞胆碎，设欲从正守贞，势必人亡家破。然一死事小，辱身罪大，万不得已，于某年某月某日，沥血明冤，遣家奴走阙下，击登闻上陈矣。但闺中弱女，不识忌违，一时情词激烈，未免有所干犯，自知罪在不赦，故俯伏台前，甘心毕命。"说罢，又举刀欲刺。

冯按院初听见说过公子许多奸心，尚不在念，后听到"遣家奴走阙下，击登闻上陈"，便着了忙。又见他举刀欲刺，急吩咐一个小门子下来抢住，因说道："此事原来有许多缘故，叫本院如何得知？且问你：前日历城县鲍知县禀称，是他为媒行聘，你怎么说下无媒妁之言？"冰心小姐道："鲍父母所为之媒，所行之聘，乃是求犯女叔父水运之女，今已娶去为正室久矣，岂有一媒

---

① 茕（qióng）茕——形容孤单无依无靠。
② 茹蘖（rúniè）饮冰——这里比喻生活艰苦。
③ 弁髦（biànmáo）——弁，指缁布冠，古代一种用黑布做的帽子；髦，童子的垂发。古代贵族子弟，光用缁布冠把垂发束好，三次加冠之后，就去掉黑布帽子不再用。后用弁髦比喻无用的东西。亦有蔑弃的意思。

一聘娶二女之理？”冯按院道：“原来已娶过一个了。既是这等，你就该具词来禀明，怎么就轻易上本？”冰心小姐道：“若犯女具词可以禀明，则大人之宪牌不应早出，据过公子之言而专行矣。若不上本，则沉冤何由而白？”冯按院道：“婚姻田土乃有司之事，怎敢擅渎朝廷？莫非你本上别捏虚词，明日行下来，毕竟罪何所归？”冰心小姐道：“怎敢虚词？现有副本在此，敢求电览。”因在怀中取出呈上。

冯按院展开一看，只见上面写着：

原任兵部侍郎、今遣戍罪臣水居一犯女水冰心谨奏；为按臣谄师媚权，虎牌狼吏，强逼大臣幼女，无媒苟合，大伤风化事：

窃惟朝廷政治，名教为尊；男女人伦，婚姻托始。故往来说合，必凭媒妁之言；可否从违，一听父母之命。即媒妁成言，父母有命，亦必需六礼行聘，三星照室，方迎之子于归；从未闻男父在朝，未有遣媒之举；女父戍边，全无允诺之辞。而按臣入境，百事未举，先即连遣虎牌，立勒犯女无媒苟合，欲图谄师媚权，以报私恩，如冯瀛者也。

犯女柔弱，何能上抗？计唯有刎颈宪墀，以全名节。但恐冤沉莫雪，怨郁之气，蒸为灾异，以伤圣化。故特遣家奴水用，蹈万死击登闻鼓上闻。伏望皇仁垂怜凌虐威逼惨死之苦，敕戒按臣，小有公道，则犯女虽死，而情同犯女者或可少偷生于万一矣。临奏不胜幽明感愤之至！

冯按院才看得头一句“谄师媚权”，早惊出一身冷汗，再细细看去，忽不觉满身都抖起来。急忙看完，又不觉勃然大怒。欲要发作，又见水小姐手持利刃，悻悻之声，只要刺死。倘刺死了，一发没解。再四踌躇，只得将一腔怒气，按捺下去，转将好言劝谕道："本院初至，一时不明，被过公子蒙蔽了，只道婚姻有约，故谆谆促成，原是好意，不知全无父母之命，倒是本院差了。小姐请回，安心静处，本院就有告示，禁约土恶强婚。但所上的本章，还须赶转，不要张扬为妙。"冰心小姐道："既蒙大人宽宥，犯女焉敢多求？但已遣家奴，长行三日矣。"冯按院道："三日无妨。"因立刻差了一个能干舍人，问了水小姐差人的姓名形状，发了一张火牌，限他星夜赶回，立刻去了。

然后水小姐谢拜出来，悄悄上了一乘小轿回家。莫说过公子与水运全然不晓，就是鲍知县一时也还不知。过公子还高高兴兴，择了一个好日子，通知水运。水运因走过来说道："侄女恭喜。过公子入赘，有了吉期了。"冰心小姐笑一笑道："叔叔可知这个吉期，还是今世，还是来生？"水运道："贤侄女莫要取笑，做叔叔的便与你取笑两句，也还罢了，按院代天巡狩，掌生杀之权，只怕是取笑不得的哩！"冰心小姐道："叔叔犹父也，侄女安敢取笑？笑今日的按院，与往日的按院不同，便取笑他也不妨。"水运道："既是取笑他不妨，前日他两张牌倒下来，就该取笑他一场，为何又收了他的？"冰心小姐道："收了他的牌票，焉知不是取笑？"

正说不了，只见家人进来说道："按院老爷差人在外面，送了一张告示来，要见小姐。"冰心小姐故意沉吟道："是甚告示送来？"水运道："料无他故，不过催你早早做亲。待我先出去看看，若没甚要紧，你就不消出来了。"冰心小姐道："如此甚好。"

水运因走了出来，与差人相见过，就问道："冯老爷又有何事，劳尊兄下顾，莫不是催结花烛？"差人道："倒不是催结花烛。老爷吩咐说：'老爷因初下马，公务繁多，未及细察，昨才

访知水老爷戍出在外，水小姐尚系弱女，独自守家，从未受聘，恐有强暴之徒，妄思谋娶，特送一张告示在此，禁约地方。'”因叫跟的人将一张告示，递与水运。水运接在手中，心中吃了一惊，暗想道：“这是哪里说起！”心下虽如此想，口中却说不出，只得请差人坐下，自己拿了进来，与冰心小姐看道：“按院送这张告示来，不知为甚，你可念一遍与我听。”冰心小姐因展开细细念道：

按院示：照得原任兵部侍郎水宦，勤劳王事，被遣边庭，止有弱女，尚未受聘，守贞于家，殊属孤危。仰该府该县，时加存恤。如有强暴之徒，非礼相干，着地方并家属，即时赴院禀明，立拿究治不贷！

冰心小姐念完，笑一笑道：“这样吓鬼的东西，要他何用？但他既送来，要算一团美意，怎可拂他！”因取出二两一个大封送差人，二钱一个小封赏跟随，递与水运，叫他出来打发。水运听见念完，竟呆了，开不得口；接了封儿，只得出来，送了差人去了，复进来说道：“贤侄女，倒被你说着了！这按院真与旧不同，前日出那样紧急催婚的牌票，怎今日忽出这样的禁约告示来，殊不可解！”冰心小姐道：“有甚难解了？初下马时，只道侄女柔弱易欺，故硬要主婚，去奉承过公子。今访知侄女的辣手，恐怕害他做官不成，故又转过脸来，奉承侄女。”水运道：“哥哥又不在家，你有什么手段害他，他这等怕你？”冰心小姐笑道：“叔叔此时不必问，过两日自然知道。”

水运满肚皮狐疑，只得走了出来，暗暗报知过公子，说按院又发告示之事。过公子不肯信道：“哪有此事？”水运道：“我非哄你，你急急去打听，是什么缘故。”过公子见水运说是真话，方才着急，忙乘了轿子，去见按院。前日去见时，任是事忙，也邀入相见。这日闲退后堂，只推有事不见。过公子没法，到次日又去，一连去了三四日，俱回不见。心下焦躁道："怎么老冯一时就变了！他若这等薄情，我明日写信通知父亲，看他这御史做得稳不稳！"只因这一急，有分教：

小人逞丑，贞女传芳。

不知过公子毕竟如何，且听下回分解。

第 十 一 回

热心肠放不下千里赴难

词曰：

漫道无关，一片身心都被绾①。急急奔驰，犹恐他嫌缓。岂有拘挛，总是情长短。非兜揽，此中冷暖，舍我其谁管？

——《点绛唇》

话说过公子见冯御史不为他催亲，转出告示与水小姐，禁止谋娶，心上不服，连连来见，冯御史只是不见，十分着急，又摸不着头路，只得来见鲍知县，访问消息，就说冯御史反出告示之事。鲍知县听了，也自惊讶道："这是为何？"因沉吟道："一定又是水小姐弄甚神通，将按院压倒。"过公子道："他父亲又不在家，一个少年女子，又不出闺门，有甚神通弄得！"鲍知县道："贤契不要把水小姐看作等闲。他虽是一个小女子，却有千古大英雄的智量。前日本县持牌票去说时，他一口不违，就都依了，我就疑他胸中别有主见。后来我去回复他，又曾叮嘱他莫要改口，他就说：'我倒不改口，只怕按君倒要改口。'今日按台果然改口，岂非他弄的神通？贤契倒该去按君衙门前访问，定有缘故。"

① 被绾（wǎn）——比喻身心不舒畅。绾，把长条形的东西盘绕起来打成结。

过公子只得别了县尊，仍到按院衙门前打听。若论水小姐，在按院堂上有此一番举动，衙役皆知，就该访出，只因按台怕出丑，吩咐不得张扬，故过公子打听不出。闷闷的过了二十余日，忽见按院大人来请，只道有好意，慌忙去见。不期到了后堂，相见过，冯按院就先开口说道："本院为世兄，因初到不知就里，几乎惹出一场大祸来。"过公子道："以乌台之重，成就治下一女子婚姻，纵有些差池，恐也无甚大祸。为何老恩台大人出尔反尔？"冯按院道："本院也只因认这水小姐是治下一女子，故行牌弹压他，使他俯首听命，不敢强辞。谁知这水小姐为人甚是厉害，竟是个大才大智之人。牌到时略不动声色，但满口应承，却悄悄自做了一道本，暗暗差一个家奴，进京去击登闻鼓参劾本院，你道厉害不厉害！"过公子听了，吃惊道："他一个少年女子，难道这等大胆！只怕还是谎说，以求苟免。且请问老恩台大人，何以得知？"冯按院道："他参劾本院，还不为大胆，他偏又有胆气，亲自送奏本来与本院看。"过公子道："老恩台大人就该扯碎他的奏章，惩治他个尽情，他自然不敢了。"冯按院道："他妙在将正本先遣人进京三日，然后来见本院。本院欲要重处他，他的正本已去了。倘明日本准时，朝廷要人，却将奈何？不独本院不便处治他，他却转手持一把利刃，欲自刺，将以死来挟制本院。"过公子道："就是他的本上了，老恩台大人辩一本，未必就辩不过他。"冯按院道："世兄不曾见他的本章，他竟将本院参倒了，竟无从去辩。此本若是准了，不独本院有罪，连世兄与老师都要被反出是非来。故本院不得已，只得出告示安慰，他方说出家奴姓名、形状、许我差人星夜赶回。连日世兄赐顾，本院不敢

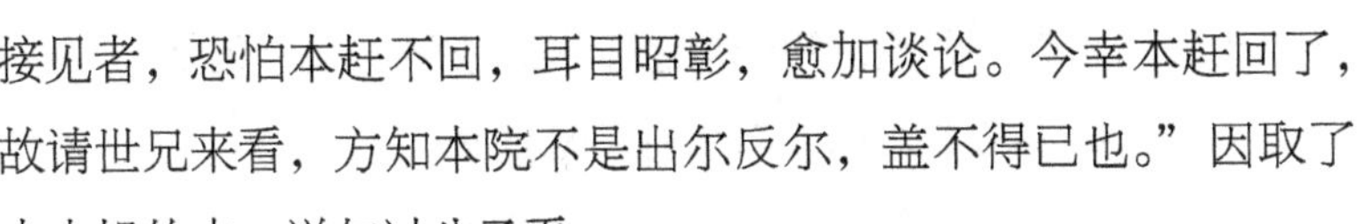

接见者，恐怕本赶不回，耳目昭彰，愈加谈论。今幸本赶回了，故请世兄来看，方知本院不是出尔反尔，盖不得已也。”因取了水小姐的本，送与过公子看。

过公子看了，虽不深知其情，然看见“谄师媚权”等语，也自觉寒心道：“这丫头怎无忌惮至此，真也可恶，难道就是这等罢了！其实气他不过，又其实放他不下！还望老恩台大人看家父之面，为治晚生另作一个斧柯之想。”冯按院道：“世兄若说别事，无不领教，至于水小姐这段姻缘，说来有些不合，本院劝世兄倒不如冷了这个念头吧。只管勉强去求，恐怕终要弄出事来。我看这女子举动莫测，不是一个好惹的。”

过公子见按院推辞，无可奈何，只得辞了出来。心不甘服，因寻心腹成奇，与他商量，遂将他的本章大意，念与他听道：“这丫头告‘谄师媚权’连父亲也参在里面，你道恶也不恶!”成奇道：“他本章虽恶，然推他苦死推托之怀，却不是嫌公子无才无貌，但只念男女皆无父命。若论婚姻正礼，他也说得不差。我想这段姻缘，决难强求。公子若必要成就，除非乘此时他父亲贬谪，老爷又不日拜相，速速赶人进京，与老爷说知此情，求老爷做主，遣人到戍所去求亲。你想那水侍郎，在此落难之时，无有不从。倘他父亲从了，便不怕他飞上天去!”过公子听了，方才大喜道：“有理，有理！现一条大路不走，却怎走远路？如今就写家书去与父亲说。但是书中写不尽这些委曲，家里这些人又都没用，必得兄为我走一遭，在老父面前，见景生情，撮合成了方妙。”成奇道：“公子喜事，既委托我，安敢辞劳？就去，就去!”过公子大喜道：“得兄此去，吾事济矣。”因恳恳切切写了一封家书与父亲，又取出盘缠，叫一个老家人同成奇进京。正是：

满树寻花不见花，又从树底觅根芽。

谁知春在邻家好，蝶闹蜂忙总是差。

按下成奇与老家人进京去求亲不提。

却说铁公子自山东归到大名府家里，时时佩服小姐之恩，将侠烈之气，渐次消除了，只以读书求取功名为念。一日，在邸报上看见父亲铁都院有本告病，不知是何缘故，心下着急，因带着小丹骑了匹马，忙忙进京去探望。

将到京师，忽见一个人，骑着匹驴子在前面走。铁公子马快，赶过他的驴子，因回头一看，却认得是水家的家人水用。因着惊问道："你是水管家耶，为何到此?"水用抬头看见是铁公子，慌忙跳下驴来说道："正要来见铁相公。"铁公子听了，惊讶道："你要来见我做甚?"只得也勒住马，跳了下来。又问道："你来是端的为老爷的事，还是为小姐的事?"水用道："是为小姐的事。"铁公子又吃一惊道："小姐又为甚事，莫非还是过公子作恶?"水用道："正为过公子作恶，这遭作得更恶，所以家小姐急了，叫我进京击登闻鼓上本。又恐怕我没用，故叫我寻见相公，要求指点指点。"铁公子道："上本容易。且问你过公子怎生作恶，就至于上本?"

水用道："前番皆过公子自家谋为，识见浅短，故小姐随机应变，俱搪塞过了。谁知新来的按院，是过老爷门生，死为他出力，竟倒下两张宪牌到县里来，勒逼着一月成亲，如何拗得他过？家小姐故不得已，方才写了一道本章参他，叫我来寻铁相公指引。今日造化，恰好撞着，须求铁相公作速领小的去上，要使用的，小人俱带在此。”铁公子听了，不觉大怒道：“哪个御史，敢如此胡为？”水用道：“按院姓冯。”铁公子道：“定然是冯瀛这贼坯了！小姐既有本，自然参得他痛快。这不打紧，也不消击鼓，我送到通政司，央他登时进上，候批下来，等我再央礼科抄参几道，看这贼坯的官可做得稳！”水用道：“若得铁相公如此用情，自然好了。”铁公子说罢，因跨上马道：“路上说话不便，我的马快先去，你可随后赶到都察院私衙里来。我叫小丹在衙前接你。”水用答应了。

铁公子将马加上一鞭，就似飞的去了。不多时，到了私衙。原来铁御史告病不准，门前依旧热热闹闹。铁公子忙进衙拜见了父母，知道是朝廷有大议，要都察院主张，例该告病辞免，没甚大事，故放了心。就吩咐小丹在衙前等候水用。直等到晚，并不见来。铁公子猜想道：“水小姐既吩咐他托我上本，怎敢不来？莫非他驴子慢，到得迟，寻下处歇了，明早必来见我。”到了次早，又叫小丹到衙前守候，直守到午后，也不见来。铁公子疑惑道：“莫非他又遇着有力量的熟人，替他上了，故不来见我？”只得差了一个能事的承差，叫他去通政司访问，可有兵部水侍郎的小姐差人上本。承差访问了来回复道：“并没有。”铁公子委决不下，又叫人到午门外打听，今日可有人击鼓上本。又回道：“没有。”铁公子一发动疑，暗暗思忖道：“他分明说要央我上本，为何竟不见来，莫非他行事张扬，被按院耳目心腹听知，将他暗害了？或者是一时得了暴病睡倒了？”一霎时就有千思百想，再也想不到是水用将到城门，忽被冯按院的承差赶了转去。又叫人到各处去找寻，一连寻了三五日，并无踪影。

铁公子着了急，暗想道："水小姐此事，若是上本准了，到下处去，便不怕按君了。今本又不上，按君威势，他一个女子，任是能干，如何拗得他过？况他父亲又被贬谪，历城一县，都是奉承过公子的，除了我不去救他，再有谁人肯为他出力？古语云：'士为知己者死。'水小姐于我铁中玉，可谓知己之出类拔萃者矣。我若不知，犹可谢责；今明明已知而不去助他一臂，是须眉男子不及一红颜女子，不几负知己乎！"

主意定了，因辞别父母，只说仍回家读书，却悄悄连马也不骑，但雇了一匹驴子骑着，仍只带了小丹，星夜到山东历城县来，要为水小姐出力。一路上思量道："若论这贼坯如此作恶，就该打上堂去，辱他一番，与他个没体面，才觉畅意。只他是个代天巡狩的御史，我若如此，他上一本，说我凌辱钦差，他倒转有词了。那时就到御前与他折辩，他的理短，我的理长，虽也不怕他。但我见水小姐折服强暴，往往不动声色；我若惊天动地，他未免又要笑我是血气用事了。莫若先去见水小姐，只将冯按院的两张勒婚虎牌拿了进京，叫父亲上本参他谄师媚权，逼勒大臣幼女，无媒苟合。看他怎生样救解！"正是：

热心虽一片，中有万千思。

不到相安处，彷徨无已时。

铁公子主意定了，遂在路上不敢少停，不数日就赶到历城县。寻一个下处，安放了行李，叫小丹看守着，遂自步到水侍郎家里来。

到了门前，却静悄悄不见一人出入。只得走进大门来，也不看见一人出入。只得又走进二门来，虽也不见有人出入，却见门旁有一张告示挂在壁上。近前一看，却正是冯按院出的。心下想道："这贼坯既连出二牌，限日成婚，怎又出告示催逼？正好拿它去做个指证。"一边想，一边看，却原来不是催婚，倒是禁人强娶他。看完了，心下又惊又喜道："这却令人不解。前日水用明明对我说，按院连出二牌催婚，故水小姐事急上本。为何今日转挂着一张禁娶的告示在此？莫非是水小姐行了贿赂，故反过脸来；再不然或是水侍郎复了官，故不敢妄为？"再想不出，欲要进去问明。又想道："他一个寡女，我又非亲非故，若他被遭了强娶的患难，我进去问声还不妨；他如今门上贴着这样平平安安的告示，我若进去访问，便涉假公济私之嫌了，这又断乎不可。且到外面去细访，或者有人知道，也未可知。"因走了出来。

不期刚走出大门，忽撞见水运在门前走过，彼此看见，俱各认得，只得上前施礼。水运暗想道："他向日悻悻而去，今日为何又来，想是也着了魔。"因问道："铁先生几时来的，曾见过舍侄女么？"铁公子道："学生今日才来，并不敢惊动令侄女。"水运道："既不见舍侄女，却又为何到此？"铁公子道："我学生在京，传闻得冯按院擅作威逼，连出二牌，限一月要逼令侄女出嫁。因思女子之嫁，父命之关，关御史何事，私心窃为不平，故不远千里而来，欲为令侄女少助一臂。适在门内，见冯按君有示，禁人强娶，此乃居官善政，乃知是在京之传闻者误也，故决然而返耳。"水运听了大笑道："铁先生可谓闻所闻而来，见所见而去矣。虽属高义，也只觉举动太轻了。此话便是这等说，然既已远远到此，还须略略少停，待学生说与舍侄女，使他知感，出来拜谢拜谢，方不负此一番跋涉。"铁公子道："学生之来，原不全是为人，不过要平自心之不平耳。今自心之不平已平，又何必人之知感，又何必人之拜谢？”说罢，将手一举道：“老丈请了。”竟扬扬而去。

水运还要与他说话，见他竟一拱而别，心下十分不快，因想道：“这小畜生怎还是这等无状，怎生摆布他一场方畅快！”想了半晌，并无计策，因又想道：“还须与过公子去商量方好。”因先叫了一个小厮，悄悄赶上铁公子，跟了去，打听他的下处。然后一径走来，寻见过公子，将撞见铁公子的情事细细说了一遍。过公子听罢，连连跌足道：“这畜生又想要来夺我婚姻了，殊可痛恨！我实实饶他不过，拼着费些情面，与他做一场。”水运道：“这一场却怎生与他做？”过公子道：“明日寻见他，借些事故，与他厮闹一番，然后将他告在冯按院处，不怕老冯不为我。”水运摇头道：“此计不妙。我闻得这姓铁的父亲做都察院。我想都察院是按院的堂官，这冯按院就十分要为公子，却也不可难为堂官的儿子。”过公子听了吃惊道：“是呀，我倒不曾想着。此却如之奈何！”水运道：“我想起来，如今也不必动大干戈，只小耍他一场，先弄得他颠三倒四，再打得他头破血出，却又没处叫屈，便也够他的了。”过公子道：“得能如此，可知可哩。且请问计将安出？”

水运道：“这姓铁的虽然嘴硬，然年纪小小的，我窥他来意，未必不专致在我侄女儿身上。方才被我撞破了，没奈何，只得说这些好看话儿，遮掩遮掩。我想他心上，不知怎生样思量一见哩！公子如今莫若将计就计，叫一个童子去请他，只说是水小姐差来的，说今早知他到门，恐人多，不便出来相见。约他今晚定更时分，在后花园门首一会，有要紧的话说。那姓铁的便是神仙，也猜不出是假的。等他来时，公子却暗暗埋伏下几个好汉，打得他头青眼肿，他却到哪里去诉苦？你道此计好不好？”过公子听了，喜得满脸都是笑，因赞道：“好妙计，百发百中！且打他一顿，报个信与他，使他知历城县豪杰是惹不得的！”因叫出一个乖巧会说的童子来，将诉说的言语，细细吩咐明白，叫他如此如此。那童子果然乖巧，一一领会。正吩咐完，恰好水运叫去打探下处的小厮也来了，因叫他领到铁公子下处来。

此时铁公子因冯按院出告示的缘故，不知其详，放心不下，遂走到县前，要见鲍知县，问个明白。不料鲍知县有公务出门，不在县中。只得仍走了回来。水家小厮看见，忙指与童子道：“这走来的，正是铁相公。”童子认得了，却让铁公子走进下处，他即随后跟了进来，低低叫一声：“铁相公，又到哪里去来，小断候久了。”铁公子回头看时，却是一个十四五岁的童子，因问道：“你是谁家的，候我做什么？”

那童子不就说话，先举眼四下一看，见没有人，方走近铁公子身边低低说道：“小的是水小姐差来的。”铁公子惊疑道：“水小姐他家有大管家水用等，为何不差来，却是你来？你且说差你来见我说什么？”童子道：“小姐要差水用来，因说恐有不便，故差小的来。小的是小姐贴身服侍的，可以传达心事。”铁公子道：“有什么心事要你传达？”童子道：“小姐说：‘早间蒙铁相公赐顾，已有人看见，要出来相会，一来众人属目，不便谈心；二来被人看见，又要论是论非；三来铁相公又未曾叩门升堂，差人留见，又恐涉私非礼，只得隐忍住了。然感激铁相公远来一片好心，必要面谢一谢。'故悄悄差小的来见铁相公。"铁公子道："你可回去对小姐说，说我铁挺生虽为小姐不平而来，不过尽我之心，却非要见小姐之面。小姐纵有感我之心，却无见我谢我之理，盖男女与朋友不同耳。"童子道："小姐岂不知男女无相见之礼？但说是前番已曾相见过，今日铁相公又为小姐远远而来，反避嫌不见，转是矫情了。欲令请去相见，又恐闲人说短说长，要费分辩。莫若请铁相公定更时分，悄悄到后花园门首去一会，人不知鬼不觉，实为两便。望铁相公不要爽约，以负小姐之心。"

铁公子听了，勃然大怒道："胡说！这些话从哪里说起？莫非你家小姐丧心病狂么？"童子道："家小姐是一团美意，怎么铁相公倒恼起来？"铁公子一头怒，一头想道："水小姐以礼法持身，何等矜慎，怎说此非礼之言？难道相隔不久，就变做两截人？此中定然有诈。"因一手将童子捉住，又一手指着童子的脸要打道："你这小奴才，有多大本领，怎敢将美人局来哄骗我铁相公！那水小姐乃当今的女中豪杰，你怎敢造此邪秽之言来污他？我铁相公也是一个皎皎铮铮的汉子，你怎敢捏此淫荡之言来诱我？我想这些言语，你一个小小孩子，也造作不出，定有人主使你。可实说是谁家的小厮？这些言语是谁教你的？我便饶你。你若半字含糊，我就带你到县中，叫县主老爷将你这小奴才活活打死！"童子正说得有枝有叶，忽被铁公子一把捉倒，只恨恨要打，吓得他魂都不在身上；又见铁公子将他隐情都先说破，更加慌张。初还强辩一两句道："我实是水小姐差来的，这些话实在是水小姐叫我说的。"后被铁公子兜嘴两个耳光子，打慌了，只得直说道："我实是过公子的童子，这些话都是水老相公教的，

实实不干小的之事，求铁相公饶了我吧！”铁公子听了，方哈哈大笑道：“魑魅魍魉①，怎敢在青天之下弄伎俩！”因开了手，放起小童道：“你既直说了，饶你去吧。你可对水家那老奴才说，我铁相公是个烈丈夫，水小姐是个奇女子，所行所为，非义即侠，岂小人所能得知！叫他不要只管自讨苦吃，饶你去吧！”

童子得脱了身，哪里还敢做声？因将袖子掩着脸，一路跑了回去。此时水运还同过公子坐着等信，忽见童子垂头丧气走了回来，不胜惊讶。过公子忙问道：“你如何这等模样？”童子因吃了苦，看见家主，不觉眼泪落了下来道：“这都是水老相公害我！”水运道：“我叫你去充作水家的人，传水小姐的说话，他自然欢喜，你怎倒说我害你？”童子道：“水老相公，你也忒将那铁相公看轻了！那铁相公好不厉害，两只眼看人，比相面的还看得准些；一张嘴说话论事，就像看见的一般。小的才走到面前，说是水小姐差来的，那铁相公就有些疑心，说道：‘既是水小姐差来，怎不差那大家人，却叫你来？’小的说：‘我是水小姐贴身服侍的，故差了来。’那铁相公早有几分不信，就放下面孔来问道：‘差你来做什么？’小的一时没变动，只得将水老相公教我去说水小姐约他后园相会的话细细说了一遍。那铁相公也忒性急，等不得说完，便大怒起来，将小的一把捉住乱打道：‘你是谁家的小奴才，敢大胆将美人局来哄骗我铁相公！那水小姐是个闺中贤淑，怎说此丧心病狂之言，定是谁人诈骗！’若不实说，就要送小的到县里去究治。小的再三求饶，他好不厉害，决定不放，只

---

① 魑魅魍魉（chīmèiwǎngliǎng）——原为古代传说中的鬼怪。指各种各样的坏人。

等小的说出真情，他方大笑几声，饶了小的。临出门又骂水老相公作魑魅魍魉。叫我传话给水老相公，不要去捋虎须，自讨苦吃。”

过公子与水运听了，面面相觑，做声不得。呆了半晌，水运忽发狠道：“这小畜生怎如此可恶，我断断放他不过！”过公子道：“你虽放他不过，却也奈何他不得。”水运道：“不打紧，我还有一计，偏要奈何他一场才罢。”只因这一计，有分教：

孽造于人，罪还自受。

不知水运更有何计，且听下回分解。

第 十 二 回

冷面孔翻得转一席成仇

词曰：

犬子无知，要捋虎须称结契。且引鱼虾，上把蛟龙臂。及至伤情，当面难回避。闲思议，非他恶意，是我寻淘气！

——《点绛唇》

却说过公子听见水运说，又有甚算计，可以奈何铁公子，因忙忙问道："老丈人有甚妙算？"水运道："也无甚妙算。但想他既为舍侄女远远而来，原要在舍侄女身上弄出他破绽来。方才童子假的被他看破，故作此矫态；我如今撺掇我侄女儿，真使人去请他，看他反作何状，便可奈何他了。"过公子听了，沉吟道："此算好便好，只是他正没处通风，莫要转替他做了媒人，便不妙了。"水运道："媒人其实是个媒人，却又不是合亲的媒人，却是破亲的媒人。公子但请放心，我只管安排。"

因辞了回家，来见冰心小姐道："贤侄女，你果然有些眼力，我如今方服煞你。"冰心小姐道："叔叔有甚服我？"水运道："前日那个铁公子，人人都传说是拐子，贤侄女独看定不是；后来细细访问，方知果然不是拐子，倒是一个有情有义的好人。"冰心小姐道："这是已往之事，叔叔为何又提起？"水运道："因我今日撞见他，感他有情有义，故此又说起。"冰心小姐道："叔叔偶然撞见，那路上便知他有情有义？"水运道："我今日出门，刚走到你门前，忽撞见铁公子从门里出来，我想起他向日我为你婚姻，只说得一句，他就怫然变色而去，今日复来，疑他定怀不良之念，因上前相见，要捉他个破绽，抢白他一场。不期他竟是一个好人，此来倒是好意。”冰心小姐道：“叔叔怎知他来却是好意？”水运道：“我问他到此何干？他说在京中听得人说，冯按院连出二牌，要强逼侄女与过公子成婚，知道非侄女所愿，他愤愤不平，故不惮道路之远，赶将来要与冯按院作对。因他不知起事根由，故走来要见侄女，问个明白。不期到了门内，看见冯按院出的告示，却是禁止强娶的，与他所闻大不相同，始知是传言之误，故连门也不敲，竟欢欢喜喜而去。我见他如此有情有义的举动，岂不是个好人！”

冰心小姐道：“据叔叔今日说来，再回想当日在县堂救我之事，乃知此生素抱热肠，不是一时轻举，侄女感佩敬之，不为过矣。”水运道：“他前日在县堂救你，你即接他养病，可谓义侠往来，两不相负矣。但他今日远来，赴你之难，及见无事，竟欢然默默而去，绝不自矜，要你知感；则他独自一段义气，已包笼侄女于内矣。侄女受他如此护持之高谊，却漠然不知；即今知之，却又漠然不以为意。揆①之于事，殊觉失礼；问之于心，未免抱惭。若以两人之义侠相较，只觉侄女稍逊一筹矣。”冰心小姐道：“叔叔教训侄女之言，字字金玉。但侄女一女子也，举动有嫌，虽抱知感之心，亦只好独往独来于漠然之中，而冀知我者知耳。岂能剖而相示，以尊义侠之名？”水运道：“说便是这等说，只觉他数百里奔走之劳，毫无着落，终不舒畅。莫若差人去请他来拜

① 揆（kuí）——推测，揣度。

谢，使他知一片热肠，消受有人，不更快乎？”

此时冰心小姐，因水用到京，被冯按院赶了转来，后来不上本事情，正无由报知，今见水运要他差人去请铁公子来谢，正合了他的机会。虽明知水运是计，遂将计就计，答应道：“听叔叔说来，甚是合理，侄女只得遵叔叔之命而行。但请他的帖子，却要借叔叔出名。”水运道：“这个自然。”冰心小姐因取出一个请帖来，当面写了，请他明午小酌，叫水用去下。水用道：“不知铁相公下处在哪里？”水运因叫认得的小厮领了去。

水用到得下处，恰好铁公子正在踌躇要回去，又不知冯按院出告示的缘故，要访问又不知谁人晓得。忽看见水用走进来，满心欢喜，因问道：“前日遇见时，你曾说要央我上本？”水用道：“不期那日刚遇见铁相公之后，就被冯按院老爷的承差赶上，不由分说，竟赶了回来。路上细细问他，方知是家小姐当堂将本稿送与冯按院看，冯按院看见本内参得他厉害，也慌了，再三央求家小姐，许出告示，禁人强娶。家小姐方说明小的姓名形象，叫他来赶。小人一时被他赶回，故失了铁相公之约。不期铁相公抱此云天高义，放心不下，又远远跋涉而来，家小姐闻之，甚是感激。故差小人来，要请铁相公到家去拜谢。”因将请帖呈上。

铁公子听见水用说出缘由，更加欢喜道：“原来有许多委曲。我说冯瀛这贼坯，为何就肯掉转脸来？你家小姐真可作用也！我早间到你门上，看见告示，就要回去，因不知详细，故在此寻访。今你既说明了，我明早准行矣。本该到府拜谢小姐向日垂救深情，唯嫌疑之际，恐惹是非，故忍而不敢耳。这帖子你可带回，小姐的盛意，已心领了，万万不能趋教。”水用道：“铁相公举动光明，家小姐持身正大，况奉屈铁相公，只不过家二老爷相陪，有何嫌？这里铁相公过去略略尽情。”铁公子道：“我与你家小姐，往来本义侠之中，原不在形骸之内，何必区区作世情酬应？你可回去谢声，我断断不来。”水用见铁公子说得斩截，知不可强，只得回家报知冰心小姐与水运。冰心小姐听说不来，反欢喜道：“此生情有为情，义有为义，侠有为侠，怎认得这等分明，真可敬也！”

唯水运所谋不遂，不胜跼蹴①，只得又走来与过公子商量道：“这姓铁的一个少年人，明明为贪色，却真真假假，百般哄诱也不动。口虽说去，却又不去，只怕他暗暗的还有图谋。公子不可不防。”过公子道：“我看此人如鬼如蜮，我一个直人，哪里防得他许多？我在历城县，也要算做一个豪杰，他明知我要娶你侄女儿，怎偏偏要远到我县中来，与你侄女儿歪缠，岂不是明明与我作对头？你诱他落套，他又乖偏不落套。你哄他上当，他又巧偏不上当。我哪里有许多的工夫去防范他？莫若明日去拜他，只说是慕他豪杰之名，他没个不来回拜之理。等他来回拜之时，拼着设一席酒请他，再邀了张公子、李公子、王公子一班贵人同饮。饮到半酣，将他灌醉，寻些事故，与他争闹起来。再伏下几个有气力的闲汉，大家一齐上，打他一个半死，出出气，然后告到冯按院处。就是老冯晓得他是堂官之子，要护他，却也难为我们不得。弄到临时，做好做歹，放了他去，使他正眼也不敢视我历城县的人物，岂不快哉！”

水运听了，欢喜的打跌道：“此计痛快之极，只要公子做得出。”过公子道：“我怎的做不出！他老子是都堂，我父亲是将拜

① 跼蹴（júcù）——窘迫不安的样子。

相的学士，哪些儿不如他！”水运道：“既然公子主意定了，何不今日就去拜他，恐他明日三不知去了。”

过公子因叫人写了一个“眷小弟”的大红全柬，坐了一乘大轿，跟着几个家人，竟抬到下处来拜铁公子。铁公子见了名帖，知是过公子。因鄙其为人，连忙躲开，叫小丹只回说不在。过公子下了轿，竟走进寓内，对小丹说了许多殷勤思慕之言，方才上轿而去。铁公子暗想道：“我是他的对头，他来拜我做什么？莫非见屡屡算计我不倒，又要设法来害我？”又暗笑道：“你思量要害我，只怕还甚难。但我事已完了，明日要回去，哪有闲工夫与他游戏？只是不见他罢了。”又想道：“他虽为人不端，却也是学士之子，既招招摇摇来拜一场，我若不去回拜，只道我傲物无礼了。我想他是个酒色公子，定然起得迟，我明日赶早投一帖子就行，拜犹不拜，使他无说，岂不礼智两全？”

算计定了，到了次日，日未出就起来，叫小丹收拾行李，打点起身。自却转央店上一个小厮，拿了帖子，来回拜过公子。不期过公子已伏下人在下处打听，一见铁公子来拜，早飞报与过公子。刚等到铁公子到门，过公子早衣冠齐楚，笑哈哈的迎将出来道：“小弟昨日晋谒，不过聊表仰慕之忱，怎敢又劳台兄赐顾？”因连连打恭，拱请进去。铁公子原打算只到门，投一名帖便走，忽见过公子直出门迎接，十分殷勤，一团和气，便放不下冷脸来，只得投了名帖，两相揖让到厅，铁公子就要施礼，过公子止住道：“此间不便请教。”遂将铁公子直邀到后厅，方才施礼序坐，一面献上茶来。过公子因说道：“久闻兄台英雄之名，急思一会，前蒙辱临敝邑时，即谋晋谒，而又匆匆发驾，抱恨至今。今幸再临，又承垂顾，诚为快事。敢攀作平原十日之饮，以慰饥渴之怀。”

铁公子茶罢，就立起身来道：“承长兄厚爱，本当领教，只是归心似箭，今日立刻就要行了，把臂之欢，留待异日可也。”说着往外就走。过公子拦住道：“相逢不饮，真令风月笑人。任是行急，也要屈留三日。”铁公子道：“小弟实实要行，不是故辞，乞长兄相谅。”说罢，又往外走。过公子一手扯住道：“小弟虽不才，也忝为宦家子弟，台兄不要看得十分轻了。若果看轻，就不该来赐顾了；既蒙赐顾，便要算做宾主。小弟苦苦相留，不过欲少尽宾主之谊耳，非有所求也。不识台兄何见拒之甚也。”铁公子道：“蒙长兄殷殷雅爱，小弟亦不忍言去。但装已束，行色倥匆，势不容缓耳。”过公子道：“既是台兄不以朋友为情，决意要行，小弟强留，也自觉惶愧。但只是清晨枵腹①而来，又令枵腹而去，弟心实有不安。今亦不敢久留，只求略停片时，少劝一餐，而即听驱驾就道，庶几人情两尽。难道台兄还不肯俯从？”铁公子本不欲留，因见过公子深情厚貌，恳恳款留，只得坐下道：“才进拜，怎便好相扰？”过公子道：“知己相逢，当忘你我。兄台快士，何故作此套言？”

正说不了，只见水运忽走了进来，看见铁公子，忙施过礼，满面堆笑道：“昨日舍侄女感铁先生远来高谊，特托我学生具柬奉屈，少表微忱，不识铁先生何故见外，苦苦辞了。今幸有缘，又得相陪。”铁公子道：“我学生来殊草草，去复匆匆，于礼原无酬酢，故敬托使者辞谢。即今日之来，亦不过愿一识荆也，而蒙过兄即谆谆投辖。欲留恐非礼，欲去又恐非情，正在此费踌躇，

① 枵（xiāo）腹——空着肚子。

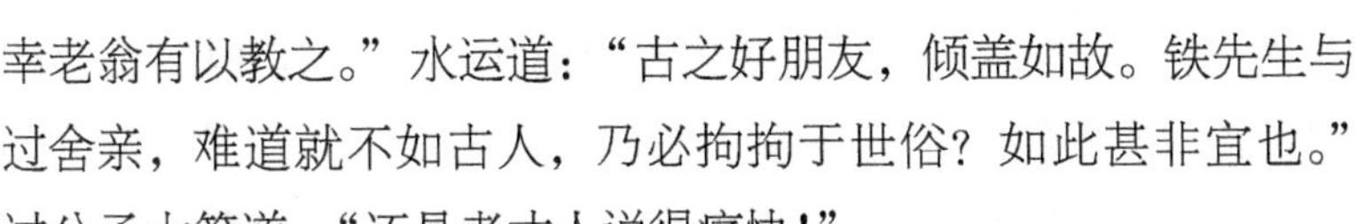

幸老翁有以教之。”水运道：“古之好朋友，倾盖如故。铁先生与过舍亲，难道就不如古人，乃必拘拘于世俗？如此甚非宜也。”过公子大笑道：“还是老丈人说得痛快！”

铁公子见二人互相款留，竟不计前情，只认做好意，便笑了一笑坐下，不复言去。不多时，备上酒来，过公子就逊坐。铁公子道：“原蒙怜朝饥而授餐，为何又劳赐酒？恐饮非其时也。”过公子笑道：“慢慢饮去，少不得遇着饮时。”三人俱各大笑，就坐而饮。原来三人与曲蘖生俱是好友，一拈上手，便津津有味，你一杯，我一盏，便不复推辞。

饮了半晌，铁公子正有个住手之意，忽左右报王兵部的三公子来了。三人只得停杯接见。过公子就安坐道：“王兄来得甚好。”因用手指着铁公子道：“此位铁兄，豪杰士也，不可不会。”王公子道：“莫非就是打入大夬侯养闲堂的铁挺生兄么？”水运忙答道：“正是，正是。”王公子因重复举手打恭道：“久仰，久仰！失敬，失敬！”因满斟了一巨觞①，送与铁公子道：“借过兄之酒，聊表小弟仰慕之私。”铁公子接了，也斟了一觞回敬道：“小弟粗豪何足道，台兄如金如玉，方得文品之正。”彼此交赞，一连就是三巨觞。

铁公子正要告止，忽左右又报李翰林的二公子来了。四人正要起身相迎，那李公子已走到席前止住道：“相熟兄弟，不消动身，小弟竟就坐吧。”过公子道：“尚有远客在此。”铁公子听说，只得离席作礼。那李公子且不作揖，先看着铁公子问道：“好英俊人物！且请教长兄尊姓台号？”铁公子道：“小弟乃大名铁中

---

① 觞（shāng）——指古代的酒杯。

玉。”李公子道：“这等说是铁都宪的长君了。”连连作揖道：“久闻大名，今日有缘幸会。”过公子就邀入座。

铁公子此时酒已半酣，又想着要行，因辞说道：“李兄才来，小弟本不该就要去，只因来得早，叨饮过多，况行色倥匆，不能久住，只得要先别了。”李公子因作色道：“铁兄也太欺人了！既要行，何不早去，为何小弟刚到，就一刻也不能留？这是明欺小弟不足与饮了。”水运道：“铁先生去是要去久了，实不为李先生起见。只是李先生才来，一杯也不共饮，未免恝然①。方才王先生已有例，对饮过三巨觞。李先生也只照例对饮三觞吧。三觞饮后，去不去，留不留，听凭主人，却与客无干。”李公子方回嗔作喜道：“水老丈此说，还觉略略近情。”铁公子无奈，只得又复坐下，与李公子对饮了三巨觞。

饮才完，忽左右又报道：“张吏部的大公子来了。”众人还未及答应，只见那张公子歪戴着一顶方巾，乜斜②着两只色眼，糟包着一个麻脸，早吃得醉醺醺，一路叫将进来道：“哪一位是铁兄，既要到我历城县来做豪杰，怎不会我一会？”铁公子正立起身来，打算与他施礼，见他言语不逊，便立住答应道：“小弟便是铁挺生，不知长兄要会小弟，有何赐教？”张公子也不为礼，瞪着眼对铁公子看了又看，忽大笑说道：“我只道铁兄是七个头八个胆的好汉子，却原来青青眉目，白白面孔，无异于女子。这且慢讲，且先较一较酒量，看是如何。”众人听了，俱赞美道：“张兄妙论，大得英雄本色！”铁公子道；“饮酒饮情也，饮兴也，

① 恝（jiá）然——冷淡的样子。

② 乜斜——眯着眼睛斜着看。

饮性也，各有所思。故张旭神圣之传，仅及三杯；淳于髡簪珥[①]纵横，尽乎一夜。而此时之饮，妙态百出，实未尝较量多寡以为雄。”张公子道：“既是饮态百出，安知较量多寡以为雄，又非饮态中之妙态哉！”且用手扯了铁公子同坐下，叫左右斟起两巨觞来，将一觞送与铁公子，自取一觞在手，说道：“朋友饮酒饮心也，我与兄初会面，知人知面不知心，且请一觞，看是如何？”因举起觞来一饮而干。自干了，遂举空觞，要照干铁公子。铁公子见他干得爽快，无奈何也只得勉强吃干了。张公子见铁公子吃干，方欢喜道：“这才像个朋友！”一面又叫左右斟起两觞。

铁公子因辞道：“小弟坐久，叨饮过多，适又陪王兄三觞，李兄三觞，方才却又陪长兄一觞，贱量有限，实实不能再饮了。”张公子道：“既王、李二兄俱连三觞，何独小弟就要一觞而止，是欺小弟了。不瞒长兄说，小弟在历城县中也要算一个人物，从不受人之欺，岂肯受吾兄之欺哉？”因举起觞来，又一饮而干。自干了，又要照干铁公子。铁公子因来得早，又不曾吃饭，空心酒吃了这半日，实实有八九分醉意，拿着酒杯，只是不吃。因被那张公子催的紧急，转放下酒杯，瞪着眼，靠着椅子，也不作声，但把头摇。

张公子看见铁公子光景不肯吃，便满面含怒道：“讲明对饮，我吃了，你如何不吃？莫非你倚强欺我么？”铁公子一时醉的身子都软了，靠着椅子，只是摇头道：“吃得便吃，吃不得便不吃，有什么强，有什么欺？”张公子听了，忍不住发怒道：“这杯酒你敢不吃么？”铁公子道：“不吃便怎么？”张公子见说不吃，便勃

---

① 簪（zān）珥——发簪和耳饰。皆为妇女的首饰。这里代指妇女。

然大怒道："你这小畜生，只可在大名府使势，怎敢到我山东来装腔！你不吃我这杯酒，我偏要你吃了去！"因拿起那杯酒来，照着铁公子夹头夹脸只一浇。

铁公子虽然醉了，心上却还明白，听见张公子骂他小畜生，又被浇了一头一脸酒，着这一急，急得火星乱迸，因将酒都急醒了。忙跳起身来将张公子一把抓住，揉了两揉道："好大胆的奴才，怎敢到虎头上来寻死！"张公子被揉急了，便大叫道："你敢打我么？"铁公子便兜嘴一掌道："打你便怎么！"王、李二公子看见张公子被打，便一齐乱嚷道："小畜生，这是什么所在，怎敢打人！"过公子也发话道："好意留饮，乃敢倚酒撒野，快关门，不要放他走了。且打他个酒醒，再送到按院去治罪！"暗暗把嘴一呶，两厢早走出七八个大汉，齐拥到面前。水运假劝道："不要动粗！"因要上前来封铁公子的手。铁公子此时酒已急醒了，看见这些光景，已明知落局，转冷笑一笑道："一群疯狗，怎敢来欺人！"因一手捉住张公子不放，一手将台子一掀，那些肴馔碗盏，打翻一地。水运刚走到身边，被铁公子只一推道："看水小姐分上，饶你打！"早推跌去有丈余远近，跌倒地上，爬不起来。

王、李二公子看见势头凶恶，不敢上前，只是乱嚷乱叫道："反了，反了！"过公子连连挥众人齐上，众人刚就到来，早被铁公子将张公子就像提大夫侯的一般，提将起来，只一手扫得众人东倒西歪。张公子原是个色厉内荏、花酒淘虚的人，哪里禁得提起放倒，撴撴摔摔，只弄得头晕眼花，连吃的几杯酒都呕了出来，满口叫道："大家不要动手，有话好讲！"铁公子道："没甚话讲，只好好送我出去，便万事全休；若要圈留，叫你人人都

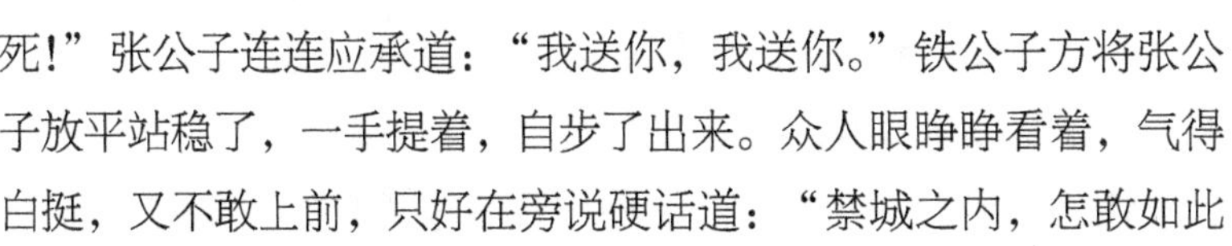

死！”张公子连连应承道：“我送你，我送你。”铁公子方将张公子放平站稳了，一手提着，自步了出来。众人眼睁睁看着，气得白挺，又不敢上前，只好在旁说硬话道：“禁城之内，怎敢如此胡为！且饶他去，少不得要见个高下。”

铁公子只作不听见，提着张公子，直同走出大门之外，方将手放开道：“烦张兄传语诸兄：我铁中玉若有寸铁在手，便是千军万马中也可出入，何况三四个酒色之徒、十数个挑粪蠢汉，指望要捋猛虎之须，何其愚也！我若不念绅宦体面，一个个毛都扫光，腿都打折。我如今饶了他们的性命，叫他须朝夕焚香顶礼，以报我大赦之恩，不可不知也！”说罢，将手一举道：“请了。”竟大踏步回下处来。

到得下处，只见小丹行李已打点的端端正正，又见水用牵着一匹马，也在那里伺候。铁公子不知就里，因问水用道：“你在此做甚？”水用道：“家小姐访知过公子留铁相公吃酒，不是好意，定有一场争斗。又料定过公子争斗铁公子不过，必然要吃些亏苦。又料他若吃些亏苦，断不肯干休，定要起一场大是非。家小姐恐铁相公不在心，竟去了，让他们造成谤案，那时再辩就迟了。家小姐又访知按院出巡东昌府，离此不远，请铁相公一回来，即快去面见冯按院，先将过公子恶迹呈明，立了一案，到后任他怎生播弄，便不妨了。故叫小人备马，在此伺候，服侍铁相公去。”铁公子听了，满心欢喜道：“你家小姐怎在铁中玉面上如此用情，真令人感激不尽。你家小姐料事怎如此快爽，用心怎如此精细，真令人叹服不了！既承小姐教诲，定然不差。”因进下处，吃了午饭，辞了主人，竟上马带着水用、小丹，来到东昌府，去见冯按院。正是：

英俊多余勇，佳人有俏心。

愿为知己用，一用一番深。

铁公子到了东昌府，访知冯按院正坐衙门，忙写了一张呈子，将四公子与水运结党朋谋陷害之事，细细呈明，要他提疏拿问。走到衙门前，不等投文放告，竟击起鼓来。击了鼓，众衙役就不依衙规，竟扯扯曳曳，拥了进来。到了丹墀，铁公子尊御史代天巡狩的规矩，只得跪一跪，将呈子送将上去。冯按院在公座上见铁公子，已若认得；及接呈子一看，见果是铁中玉。也不等看完呈子，就走出公座来，一面叫掩门，一面就叫门子请铁相公起来相见。

铁公子因上堂来，还要再跪，冯按院用手挽住，只以常礼相见。一面看坐待茶，一面就问道："贤契几时到此，到此何干？本院并不知道。"铁公子道："晚生到此，不过游学，原无甚事。本不该上渎，不料无意中忽遭群奸结党陷害，几至丧命，今幸逃脱，情实不甘。故匍匐台前，求老恩台代为申雪。"冯按院听了道："谁敢大胆陷害贤契？本院自当尽法。"时复取呈子，细细看完，便蹙着眉头，只管沉吟道："原来又是他几人！"铁公子道："锄奸去恶，宪台事也。老宪台镜宇清肃，无所畏避，何独踌躇，宽假于此辈？"冯按院道："本院不是宽假他们。但因他们尊翁，俱当道于朝，处之未免伤筋伤骨，殊觉不便。况此辈不过在膏粱纨绔中作无赖，欲警戒之，又不知悛改；欲辱弹章，又实无强梁跋扈之雄。故本院未即剪除耳。今既得罪贤契，容本院细思所以治之者。"铁公子道："事既难为，晚生怎敢要苦费老宪台之心？但晚生远人，今日之事，若不先呈明，一旦行后，恐他们如鬼如蜮，词转捏虚，以为毁谤，则无以解。既老宪台秦镜已烛其奸，则晚生安心行矣。此呈求老宪台立案可也。”冯按院听了，大喜道：“深感贤契相谅，乞少留数日，容本院尽情。”铁公子立刻要行，冯按院知留不住，取了十二两程仪相送。铁公子辞谢而出。正是：

乌台有法何须执，白眼无情用转多。

不知铁公子别后，又将何往，且听下回分解。

第十三回

出恶言拒聘实增奸险

词曰：

礼乐场中难用狠，况是求婚，须要他心肯。一味蛮缠拿不稳，全靠威风多是滚。　君子持身应有本，百岁良缘，岂不深思忖？若教白璧受人污，宁甘一触成齑粉①！

——《蝶恋花》

话说铁公子辞了冯按院出来，就将冯按院说的话一一都与水用说明了，叫他报知小姐，因又说道："你家小姐，慧心俏胆，古今实实无二，真令我铁中玉服煞。只因男女有别，不得时时相亲为恨耳。然此天所定也，礼所制也，无可奈何。"因将马匹归还水用回去，去自雇了一匹蹇驴，仍回大名府去。正是：

来因义激轻千里，去为深情系一心。

慢道灵犀通不得，瑶琴默默有知音。

按下水用回复水小姐，铁公子自归大名府，不提。

却说过公子邀了三个恶公子、七八个硬汉，只指望痛打铁公子一场，出了胸中之气，不料反被铁公子将酒席掀翻，众人打得狼狼狈狈，竟提着张公子送他出门，扬扬而去，甚是装成模样，大家气得说话不出。气了半晌，还是水运说道："此事是我们看

① 齑粉——碎粉。

轻了，气也无用。也不料这小畜生倒有些膂力！”过公子道：“他虽有膂力，却不是众人打他不过，只因他用手提着张兄，故不敢上前耳。如今张兄脱了身，这事放手不得，待我率性叫二三十人去打他一顿，然后到按院处去告他一状。”张公子道：“既是过兄叫人去，我也叫二三十人去相帮。”王公子、李公子也去叫人相帮。

一时乘着兴，竟聚了百十余人。四公子同水运领着，竟拥到下处来寻铁公子厮打。及到下处问时，方知铁公子已去了。大家懊悔，互相埋怨。过公子道：“不须埋怨。他虽逃去，我有本事告一状，叫按院拿了他来。”水运道：“他是北直隶人，又不属山东管，就是按院也拿他不来。”过公子道：“要拿他来也不难，只消我四人，共告一状，说他口称千军万马，杀他不过，意在谋反，故屡屡逞雄，打夺四人，欲为聚草屯粮之计，耸动按台，要他上本。等本上了，我四家再差人进京，禀明各位大人，求他们暗暗预力，去钻下命令来拿人，那时他便有万分膂力，也无用了。”大家听了，俱欢喜道：“此计甚妙。”因叫人写了一张状子，四人同出名，又写水运作见证，约齐了，竟同到东昌府来，候冯按院放告日期，竟将状子投上。

冯按院细细看了见证，合着铁公子前告之事，欲待就将铁公子先告他之事批明不准，又恐他们谤他信一面之词；欲要叫他四人面审，却又恐伤体面。因见水运是见证，就出一根签，先拿水运赴审。原来水运敢做见证，只倚着四公子势力，料没甚辩驳。忽见按院一根签，单单拿他去审，自已又没有前程，吓得魂飞天外，满身上只是抖。差人闻知他是水运，哪管他的死活，扯着就走。水运看着四公子，喉急道：“这事怎了！还求四位一齐同进

去，见见方好。恐怕我独自进去，没甚情面，一时言语答应差了，要误大事。”四公子道：“正该同见。”遂一齐要进去。差人不肯道：“老爷吩咐，单拿水运，谁有此大胆，敢带你们众人进去？”

四公子无法，只得立住，因让差人单带水运到丹墀下，跪禀道：“蒙老爷见差，水运拿到。”冯按院叫带上来。差人遂将水运直带至公座前跪下。冯按院因问道：“你就是水运么？”水运战战兢兢的答应道：“小的正是水运。”冯按院又问道：“做证见的就是你么”水运道：“正是小的。”冯按院又问道：“这证见还是你自己情愿做的，还是他四人强你做的？”水运道：“这证见也不是四人强小的做，也不是小的自情愿做，只因这铁中玉谋反之言，是小的亲耳听见，故推辞不得。”冯按院道：“这等说来，这铁中玉谋反是真了？”水运道：“果然是真。”冯按院道：“既真，你且说这铁中玉说的是什么谋反之言？”水运道：“这铁中玉自夸他有手段，便若手持寸铁，纵有千军万马，也杀他不过。”冯按院又问道：“这铁中玉谋反之言，还是你独自听见的，还有别人亦听见的？”水运道：“若是小的独自听见的，便是小的冤枉他了。这句话实实与他四人一同听见的。他四人要做原告，故叫小的做证见。”冯按院道：“既是你们五人同听见，定有同谋，却在何处？”水运因不曾打点，一时说不出，口里只管咯咯的打舌花。

冯按院看见，忙叫取夹棍来。众衙役如虎如狼，吆喝答应一声，就将一副短夹棍，丢在水运面前。水运看见，吓得魂不附体，面如土色。冯按院又用手将案一拍道：“问你在何处听见，怎么不说？”水运慌做一团，没了主意，因直说道：“这铁中玉谋反之言，实实在过其祖家里听见。”冯按院道：“这铁中玉既是大

名府人，为何得到过其祖家里来？”水运道：“这铁中玉访知过其祖是宦家豪富，思量劫夺，假作拜访，故到他家。”冯按院又问道：“你为甚也在那里？”水运道：“这过其祖是小的女婿家，小的常去望望，故此遇见。”冯按院又问道：“你遇见他二人时，还是吃酒，还是说话，还是厮闹？”水运见按院问的兜搭，一时摸不着头路，只管延捱不说。冯按院因喝骂道：“这件事，本院已明知久矣！你若不实说真情，我就将你这老奴才活活夹死！”

水运见按院喝骂，一发慌了，只得直说道：“小的见他二人时，实是吃酒。”冯按院又问道：“你可曾同吃？”水运道：“小的撞见，也就同吃。”冯按院又问道：“这王、李、张三人，又是怎生来的？”水运道：“也是无心陆续撞来的。”冯按院又问道：“他三人撞来，可曾同吃酒？”水运道：“也曾同吃。”冯按院又问道：“你五人既同他好好吃酒，他要谋反，你五人必定也同谋了，为何独来告他？”水运道：“过其祖留铁中玉吃酒，原是好意，不料铁中玉吃到酒醉时，露出本相来，将酒席掀翻，抓人乱打，打得众人跌跌倒倒，故卖嘴说出千军万马杀他不过谋反的言语来，还说要将四家荡平做寨费，故四人畏惧，投首到老爷台下。若系同谋，便不敢来出首了。”冯按院道：“抓人厮打，只怕还是掩饰，彼此果曾交手么？”水运道：“怎不交手？打碎的酒席器皿还在，老爷可以差人去查看。”冯按院道：“既相打，他从大名府远来，只不过一人，你五家土众仆多，自然是他被伤了，怎么倒告他谋反？”水运道：“这铁中玉虽只一人，他动起手来，几十人也打他不过。因他有些本事，又口出大言，故过其祖等四人告他谋反。”冯按院又问道：“这铁中玉可曾捉获？”水运道：“铁中玉猛勇绝伦，捉他不住，被他逃走了。”

冯按院叫吏书将水运的口词，细细录了，因怒骂道："据你这老奴才供称，只不过一群恶少酒后之殴，怎就妄言谋反？铁中玉虽勇，不过一人，岂有一人敢于谋反之理？就是他说千军万马，杀他不过，亦不过卖弄雄勇，并非谋反之言。你说铁中玉逃走，他先已有词，告你们朋谋陷害，怎说逃走？据二词看来。吃酒是真，相打是真。他只一人，你们五人并奴仆一干，则你们谋陷是实，而谋反毫无可据，明明是虚。本院看过，王、张、李四人，皆贵体公子，怎肯告此谎状？一定是你这老奴才与铁中玉有仇，在两边挑起事端，又敢来硬做证见，欺瞒本院，情殊可恨！"说着将手去筒里拔了六根签，丢在地下，叫："拿下去打！"

众皂隶听了，吆喝一声，就将水运扯下去，拖翻在地，剥去裤子，揿着头脚，只要行杖。吓得水运魂都没了，满口乱叫道："天官老爷，看乡绅体面饶了吧！"冯按院因喝道："看哪个乡绅体面？"水运道："小的就是兵部侍郎水居一的胞弟。"冯按院道："你既是他胞弟，可知水侍郎还有甚人在家？"水运道："家兄无子，止有小的亲侄女在家看守，甚是孤危。前蒙老爷大恩，赏了一张禁人强娶的告示张挂，近日方得安宁，举家感恩不尽。"冯按院道："这等是真了。你既要求本院饶你，你可实说知与铁中玉有甚仇隙，要陷害他？"水运被众皂隶揿[①]在地下，屁股朝天，正在求生不得之际，哪里还敢说谎？只得实说道："小的与铁中玉原无仇隙，只因过其祖要娶小的侄女，未曾娶成。因前番过其祖抢侄女到县堂，被铁中玉救去，故怀恨在心。今见铁中玉又来，恐怕不怀好意，故算计去拜他，等他来回拜，留他吃酒，邀

① 揿（qìn）——用手按。

众人酒中寻闹，要打他出气。不料铁中玉是个豪杰，反被他打的不堪。气忿不过，故激挠到老爷台下，实与小的一毫无仇。”按院听了道：“这是实情了。”又叫吏书录了，方吩咐放起水运道：“若论这事，就该痛打你一顿板子，枷号一月，以儆①刁风。今一则念你是绅宦子弟，又则看四公子体面，故饶了你。快出去，劝四位公子息讼，不要生事！”因叫一个书吏押着水运，将原状与铁公子的呈子，并水运供称的口词，都拿出去与四位公子看。又吩咐道：“你就说此状，老爷不是不行，若行了，审出这样情由，实于四位不便。”吩咐完，因喝声：“押出去！”

水运听见，就像鬼门关放赦一般，跟着书吏，跑了出来。看见四公子，只是伸舌道：“这条性命，几乎送了。冯老爷审事，真如明镜，一毫也瞒他不得，快快去吧！”四公子看见铁公子已先有呈子，尽皆惊骇道：“我们只道他害怕逃去了，谁知他反先来呈明，真要算能事。”又见水运害怕，大家十分没兴，只得转写一帖子。谢了按院，走了回来，各自散去。

别人也渐渐丢开，唯过公子终放心不下，见成奇进京去，久无音信，又差一个妥当家人，进京去催信。正是：

青鸟不至事难凭，黄犬无音侧耳听。

难道花心不轻露，牢牢密密护金铃？

按下过公子又差人进京不提。

却说先差去的家人并成奇，到了京中，寻见过学士，将过公子的家收呈上。过学士看了，因叫成奇到内房中，与他坐了，细细问道：“大公子为何定要娶这水小姐？这水小姐的父亲已问军

---

① 儆（jǐng）——使人警醒，不犯过错。

到边上去了，恐怕门户也不相当。”成奇道：“大公子因访知这水小姐是当今的淑女，不但人物端庄、性情静正，一时无两；只那一段聪明才干，任是有材智人，也算他不过。故大公子立誓要求他为配。”过学士因笑道：“好痴儿子，既然要求他为配，只消与府县说知，央他为媒，行聘去娶就是了，何必又要你远远进京来见我，又要我远远到边上去求他父亲？”成奇道：“大公子怎么不求府县，正为求府县，用了百计千方，费了万千气力，俱被这水小姐不动声色，轻轻的躲过，到底娶他不来。莫说府县压服他不倒，就是新到的冯按院，是老爷的门生，先用情为大公子连出两张虎牌，限一月成婚，人人尽道再无移改的了，不料这水小姐，真真是个俏胆泼天，竟写了一道本章，叫家人进京击登闻鼓，参劾冯按院。”过学士听了，惊讶道：“小小女子，怎有这等大胆，难道不怕按院拿他？”成奇道：“莫说他不怕拿，他等上本的家人先去了三日，他偏有胆气，将参他的副本，亲自当堂送与冯按院看。冯按院看见参得厉害，竟吓慌了，再三苦苦求他，他方说出上本家人名姓，许他差飞马赶回。冯按院晓得他是个女中英俊，惹他不得，故后来转替他出了一张禁人强娶的告示，挂在门前，谁敢问他一问？大公子因见按院也处他不倒，故情急了，只得托晚生传达此情，要老爷求此淑女，以彰关雎雅化。”

过学士听了，又惊又喜道：“原来这水小姐如此聪慧，怪不得痴儿子这等属意。但这水居一也是个倔强任性之人，最难说话，虽与我同乡同里，往来却甚疏淡。况他无子，止此一女，未知他心属意何人。若在往日求他，他必装模做样，今幸他遣戍边庭，正在患难之际，巴不得有此援引，我去议亲，不愁不成。”

成奇道："老爷怎生样去求？"过学士道："若论求亲之事，原该托一亲厚的媒人，先去道达其意，讲得他心允了，然后送定行聘礼。只是他如今问军在边远，离京一二千里，央谁为媒去好？若央个小官，却又非礼，若求个大老，大老又岂可远出？况大老中，并无一人与他亲厚。莫若自写一封书，再备一副厚礼，就烦成兄去自求吧。"成奇道："老爷写书自求，倒也捷径。若书中隐隐许他辩白，他贪老爷势力，自然依允。倘或毕竟执拗不从，他已问军，必有卫所管辖之官，并亲临上司老爷，可再发几个图书名帖，与晚生带着，到临时或劝谕他，或挟制他，不怕他不允！"过学士点头道是。因一一打点停当，择个日子，叫成奇依旧同了两个得力的家人同去。正是：

关雎须要傍河洲，展转方成君子逑。

若是三星不相照，空劳万里问衾裯！

话说水侍郎在兵部时，因边关有警，他力荐一员大将，叫做侯孝，叫他领兵去守御。不期这侯孝是西北人，为人勇猛耿直，因兵部荐他为将，竟不曾关会得边帅，径自出战。边帅恼他，暗暗将前后左右的兵将俱撤回，使他独力无援，苦战了一日，不曾取胜，因众口一词，报他失机，竟拿了下狱。遂连累水侍郎荐举非人，竟问了充军，贬到边庭。水侍郎又为人寡合，无人救解，只得竟到贬所，一年有余。虽时时记念女儿，却自身无主，又在数千里之外，只得付之度外。

不料这日正闲坐无聊，忽报京中过学士老爷差人候见。此时水侍郎虽是大臣被贬，体面还在，然名在军籍，便不好十分做大，听见说过学士差人，不知为甚，只得叫请进来。成奇因带了两个家人进去，先送上自己的名帖，说是过学士的门客。水侍郎因宾主见了，一面趋坐侍茶，一面水侍郎就问道："我学生蒙圣恩贬谪到此，已不齿于朝绅，长兄又素昧生平，不知何故不惮一二千里之途，跋涉到此？"成奇因打了一恭道："晚生下士，怎敢来候见老先生？只因辱在过老先生门下，今皆过老先生差委，有事要求老先生，故不惜奔走长途，斗胆上谒。"水侍郎道："我学生虽与过老先生忝在同乡，因各有官守，相接转甚疏阔。自从贬谪到边，一发有云泥之隔。不知有何见谕，直劳长兄遥遥到此？莫非朝议以我前罪尚轻，又加以不测之罪么？"成奇道："老先生受屈之事，过老先生常说，不久就要为老先生辩明，非为此也。所为者，过老先生大公子，年当授室之时，尚未有佳偶。因访知老先生令爱小姐，乃闺中名秀，又擅林下高风，诚当今之淑女，愿以弱菟①仰附乔木久矣。不意天缘多阻，老先生复屈于此，不便通媒人，当俟老先生高升复任，再遣冰人，又恐失桃夭②之咏。今过老先生万不得已，只得亲修尺楮③，并不腆之仪④，以代斧柯。"因叫两个家人，将书札呈上，又打一恭道："书中所恳，乞老先生俯从。"

水侍郎接了书，即拆开细看。看完了，见书中之意，与成奇所说相同，因暗想道："这过学士在朝为官，全靠柔媚，已非吾辈中人；他儿子游浪有名，怎可与我女儿作配？况我女儿在家，这过公子既要求他，里巷相接，未有不先求近地，而竟奔波于远

---

① 弱菟（tù）——指弱小女子。
② 桃夭——祝贺嫁女的意思。
③ 尺楮（chǔ）——指信函。楮，纸的代称。
④ 不腆（tiǎn）之仪——不太丰厚的礼物。

道者。今竟奔波远道而不惜者，必近地求之而有不可也。我若轻率应承，倘非女儿所愿，其误非小。”因将书袖了，说道：“婚姻之事，虽说父命主之，经常之道也。然天下事，有经则有权，有常则有变。我学生孤官弱息，蒙过老先生不鄙，作蘋蘩之采①，可谓荣幸矣。今我学生宦京五载，又戍边年余，前在京已去家千里，今去京则又倍之；则离家之久，去家之远，可想而知。况我学生无子，止此弱息，虽女犹男，素不曾以闺中视之，故产业尽听其掌管，而议婚一事，久也嘱其自择矣，此虽未合经常，聊从权变耳。过公子既不以小女为陋，府尊公祖也，县尊父母也，舍弟亲叔也，何不一丝系之，百辆迎之，胡舍诸近，而求诸远也？”成奇道：“老先生台谕，可谓明见万里。过公子因梦想好逑，恨不能一时即遂钟鼓琴瑟之愿，故求之公祖，公祖已许和谐；求之父母，父母已允结褵；求之亲叔，亲叔已经纳聘。然反复再四，而淑女终必以父命为婚姻之正。故过老先生熏沐遣晚生奔驰以请也。”

水侍郎听见说女儿不肯，已知此婚非女儿之欲，因而说道：“小女必待父命，与过老先生必请父命者，固守礼之正也。但我学生待罪于此，也是朝廷之罪人，非复家庭之严父矣。且夕生死，且不可测，安敢复问家事？故我学生贬谪年余，并不敢以一字及小女长短者，盖以臣罪未明也，君命未改也。若当此君命未改、臣罪未明之时，而即遥遥私图儿女之婚姻，则是上不奉君之命，下不自省其罪也，其罪不更大乎，断乎不敢！”成奇道：“老

---

① 蘋蘩（pínfán）之采——《诗·召南》有《采蘋》及《采蘩》篇。此处指婚嫁之事。

先生金玉，自是大臣守正，不欺室漏之言。然礼有贬之轻，而伸之重者。如老先生今日，但曲赐一言，即成百年秦晋之好，孰重孰轻？即使在圣主雷霆之下，或亦怜而不问也。”

水侍郎道：“兄但知礼可贬，而不知礼之体有不可贬者。譬如今日，我学生在患难中，而小女孤弱，不能拒大力之求，凡事草草为之，此亦素患难之常，犹之可也。倘在患难中，而不畏患难，必以父命为正，此贤女之所为也。女既待父之正，则为父者自不容以不正教其女也。若论婚姻之正，上下有体，体卑而强尊之谓之僭，体尊而必降之谓之亵。以我学生被谪在此，体卑极矣，有劳长兄远系赤绳，则我学生以为僭而不敢当矣。若以我学生昔日曾备员卿贰，亦朝廷侍从之官也，倘若丝萝下结，即借鸳鹭为斧柯之用，亦无不可。何竟不闻，而乃自遣尺书，为析薪之用，不亦太亵乎！尊兄试思之，可不可也？”

成奇被水侍郎一番议论，说得顿口无言，捱了半晌，因复说道：“晚生寒贱下士，实不识台鼎桃夭大义。但奉过老先生差委而来，不过聊充红叶青鸾之下尘，原不足为重轻。设于礼有舛错①，望老先生勉而教之，幸勿以一介非人，而误百年大事。”水侍郎道：“尊兄周旋，亦公善意。但我学生细思此婚，实有几分不妥。”成奇道：“有何不妥？”水侍郎道：“过老先生乃台鼎重臣，我学生系沙场戍卒，门户不相当 ，一也；女无母而孤处于南，父获罪而远流于北，音信难通，请命不便，二也；我学生不

① 舛（chuǎn）错——错乱；错误。

幸，门祚①衰凉，以女为子，于归则家无人，赘入则乱宗祀，婚姻不便，三也。况议婚未有止凭两姓，而择婿未有不识其面者也。敢烦成兄，善为我辞为感。”

成奇又再三撮合，而水侍郎只是不允。因送成奇到一小庵住下。又议了两三日，成奇见没处入头，只得拿了过学士的名帖，央卫所管辖之官，并亲临上司武弁②，或来劝勉，或来挟制，弄得个水侍郎一发恼了，因回复成奇道：“我水居一是得罪朝廷，未曾得罪过学士，而过学士为何苦以声势相加？我水居一得罪朝廷，不过一身；而小女家居，未尝得罪，为何苦苦逼婚？烦成兄为我多多达意：我水居一被贬以来，自身已不望生还久矣，求其提拔，吾所不愿，彼纵加毁，吾亦不畏。原礼原书，乞为我缴上。”成奇无可奈何，只得收拾回京。正是：

铁石体难改，桂姜性不移。

英雄宁可死，决不受人欺！

成奇回到京中，将水侍郎倔强不从之言，细细报知过学士。过学士满心大怒，因百计思量，要中伤水侍郎。过不得半年，恰值边上忽又有警，守边将帅俱被杀伤。一时兵部无人，朝廷着廷臣举荐。过学士合着机会，因上一本道：“边关屡失，皆因旧兵部侍郎水居一误用侯孝失机之所致也。今水居一虽遣戍，实不足尽辜，而侯孝尚系狱游移，故边将不肯效力也。恳乞圣明大奋乾断，敕刑部、大理寺、都察院三法司，即将侯孝审明定罪，先正典刑，再逮还水居一，一并赐死。则雷霆之下，举荐不敢任情，

---

① 门祚（zuò）——家世；家运。

② 武弁——旧时称武官。

而将士感奋，自然效力，而边关不愁不靖矣。”

不日旨下，依拟。刑部、大理寺、都察院只得奉旨提出侯孝，会审定罪。只因这一审，有分教：

李白重逢，子仪再世。

不知后事如何，且听下回分解。

第十四回

舍死命救人为识英雄

词曰：

肉眼无知肉食鄙，肮脏英雄，认作驽骀①比。不是虚拘缚其体，定是苛文致其死。　　自分奇才今已矣，岂料临刑，突尔逢知己。拔起边庭成大功，始知国士能如此。

——《蝶恋花》

话话刑部、大理寺、都察院三法司，接了圣旨，随即会同定了审期，在公衙门提出侯孝来同审。这日，适值铁公子又因有事到京中来省亲，问道：“母亲，父亲因为甚公务出门?”石夫人道：“为审一员失机该杀的大将，这件事已审过一番，今奉旨典刑，不敢耽延，大清晨就去了。”铁公子道：“孩儿听得边关连日有警，正在用人之际，为何转杀大将?父亲莫要没主意，待孩儿去看看。”石夫人道：“看看也好，只是此乃朝廷大事，不可多嘴。”

铁公子应诺，因叫长班领到三法司衙门去看。只见那大将侯孝，已奉旨失机该斩，绑了出来，只待午时三刻，便要行刑。铁公子因分开众人，将那大将一看，只见那人年纪只好三十上下，生得豹头环眼，燕颔虎须，十分精悍。心下暗惊道：“此将才也，

① 驽骀（nútái）——指劣马。比喻才能低下庸劣。

为何遭此！”因上前问道：“我看将军堂堂凛凛，自是英杰中人，为何杀人不过，失了事机？”那大将听见说他杀人不过，不禁暴声如雷道：“大丈夫视死如归，便死便杀，也不为大事。只是我侯孝两臂有千斤之力，一身有十八般本事，怎的说杀人不过，失了什么事？”铁公子道：“既不失机，为何获此大罪？请道其详。”那大将道：“罢了，事到如今，说也无益。”铁公子道：“不说也罢。只是目今边庭，正需人用，将军还能力战否？”那人道：“斩将搴旗①，本分内事，有甚不能？”

铁公子听了，便不再问，竟气愤愤直冲着甬道，奔进三法司堂上来，大叫道：“三位老大人乃朝廷卿贰大臣，宜真心为国！为何当此边庭紧急之秋，国家无人之日，乃循案牍②具文，而杀大将，误国不浅！请问还是为公乎，为私乎？窃为三大人不取也！”刑部侍郎王洪与大理寺卿陈善、都察院铁英三人，因过学士本上有先正典刑之言，圣上准了，便不敢十分辩驳，虽同拟了一个斩字，请下旨来，心下却总有几分不安。忽见有人嚷上堂来，不觉又惊又愧又怒，再细看时，却认得是铁公子。刑部与大理寺不好作威，倒是铁都院先拍案怒骂道：“好大胆的小畜生，这是朝廷的三法司，乃王章国宪森严之地，三大臣奉旨在此，审狱决囚。你一介书生，怎敢到此狂言！法不私亲，左右拿下！”

铁公子大叫道：“大人差矣！朝廷悬登闻鼓于国门，凡有利弊，尚许诸人直言无隐，怎出生入死之地，不容人申冤！”铁都院道：“你是侯孝甚人，为他伸冤？”铁公子道：“孩儿素不识侯孝，怎为他申冤？但念人材难得，乃为朝廷的大将伸冤。”铁都

① 搴（qiān）旗——拔取敌方的旗帜。
② 案牍（dú）——公事文书。

院道："朝廷的大将，生杀自在朝廷，关你何事，却如此胡为？快与我拿下！"衙役见都院吩咐，只得上前来拿。刑部与大理寺都摇头道："且慢！"因将铁公子唤到公座前，好言抚慰道："贤契热肠直性，虽未为不是，但国有国法，官有官体，狱有狱例，自难一味鲁莽而行。就是这侯孝失机一案，已系狱经年，水居一兵部，又为他谪戍，则当时论其非而议其过者，不一人矣。岂至今日过犯尚存，罪章犹在，而问官突然辨其无罪，此国法、官体、狱情之所必无也。设有议轻之奏，尚不敢擅减重条，况过学士弹章请斩，而圣旨明已依拟，则问官谁敢立异为之请命哉？势不可也！"铁公子听了，怫然长叹道："二位大人之言，皆庸碌之臣贪位慕禄保身家之言也，岂真心王室，以国事为家事者所忍出哉？倘国法、官体、狱情必应如此，则一下吏为之有余，何必老大人为股肱腹心耶？且请问古称尧曰宥之三，皋陶①曰赦之三，此何意也？若果如此言，则都俞吁咈②，大非圣世君臣矣。"

王洪与陈善听了，俱默默无言。铁都院因说道："痴儿子，无多言，这侯孝一死不能免矣。"铁公子愤然曰："英雄豪杰，天生实难，大人奈何不惜？若必斩侯孝，请先斩我铁中玉。"铁都院道："侯孝前之失机，已有明据，斩之不过一驽骀耳，何足为怪？"铁公子道："人不易知，知人不易。侯孝气骨岩岩，以之守边，乃万里长城也，一时将帅，恐无其比。"铁都院道："纵使有才，其如有罪何？"铁公子道："自古之英雄，往往有罪朝廷，所以有戴罪立功之条，正此意也。"王洪道："使过必须人保，你敢

---

① 皋（gāo）陶——传说中东夷族的首领，相传曾被舜任为掌管刑法的"理官"。后被禹选为继承人，因早死，未能继位。

② 吁咈（xūfú）——表示不同意，不以为然。

力保么?”铁公子道:“倘赦侯孝,使之复将,不能成功,先斩我铁中玉之头,以谢轻言之罪。”

王洪、陈善因对铁都院道:“此乃众人属目之地,既是令公子肯挺身力保,则此番举动,料不能隐瞒也。若定然不听,我三人只合据实奏闻,请旨定夺。”铁都院到此田地,也无可奈何,只得听从。王洪因唤转侯孝,依旧下狱,就叫铁公子面写一张保状,着差人带起,然后三人写了一本,顿时达上。此时边庭正紧急,拜本上去,只隔一日,御批就下来道:

边关需人正急,铁英子铁中玉,既盛称侯孝有才,可御边患,朕岂不惜?今暂赦前罪,假借原衔,外赐剑一口,凡边庭有警之处,俱着即日领兵救援破敌。倘能成功,另行升赏。如再失机,即着枭示九边,以儆无能。水居一前荐,铁中玉后保,俱照侯孝功罪,一体定其功罪。呜呼,使其过正,以勖①其功,朕所望也。死于法何如死于敌,尔其懋②哉!钦此。

圣旨下了,报到狱中,侯孝谢过圣恩,出了狱,且不去料理军务,先骑着一匹马,一径来拜谢铁公子。二人相见,英雄识英雄,彼此爱慕至极。铁公子留饭,侯孝也不推辞,说一回剑术,谈一回兵机,二人痛饮了一日,方才别去。到第二日,兵部因边庭乏人,又见期限紧急,一面料理兵马,一面就催促起身。侯孝这番到边,虽说戴罪,却是御批,更加赐剑,一时边帅无人敢与他作梗,故得任意施展。不半年,报了五捷,边境一时肃清。天子大悦,加升总兵。水居一先复了侍郎之职。后因屡捷,加升尚书。铁中玉力保有功,特授翰林院待诏。铁中玉上疏辞免,愿就

---

① 勖(xù)——勉励。
② 懋(mào)——大,盛大。

制科。过学士自觉无颜，只得告病不出。正是：

冤家初结时，只道占便宜。

不料多翻复，临头悔自迟。

却说水居一升了尚书，钦诏还京，何等荣耀！那些卫所管辖之官，并上司武弁，前为过学士出力作恶者，尽皆慌了，无不自缚，俯首请罪。水尚书肚皮宽大，俱不与他较量。

到了京中，见过圣上，谢了恩，闻知铁公子在三法司堂上，以死力保侯孝，侯孝方能成功；又访知他前日打入大夬侯养闲堂，救出了韩愿妻女。既感其恩，又慕其豪杰，到了尚书的任，即用两个名帖，来拜铁都院父子。铁都院接见，略叙寒温。水尚书即欲请铁公子来相见。铁都院道："今秋大比，他在西山藏修，故有失迎候。"水尚书道："我学生此来，虽欲拜谢贤乔梓提拔之恩，然实慕令公子少年许多英雄作用，欲求一见，以慰平生，奈何无缘，却又不遇！"铁都院道："狂妄小子，浪得虚名，我学生正以为忧，屡屡戒饬①，怎老先生转过为垂誉，何敢当也！"水尚书道："令公子侠烈非狂，真诚无妄，学生非慕其名，正慕其实，故殷殷愿见也。"铁都院道："下学小子，既蒙援引，诚厚幸也，自当遣其上谒。"水尚书道："倘蒙惠顾，乞先示知，以便扫门恭候。"再三恳约，方才别去。正是：

秣马明所好，溯洄②言愿亲。

殷勤胡若此，总是为伊人。

铁都院本意原不欲儿子交接，因水尚书投帖来拜，又再三要见，不可十分过辞，只得差人到西山，报与铁公子知道，就叫他

---

① 戒饬——告诫。常用于上级对下级的训示。

② 溯洄（sùhuí）——逆流而上。

进城来回拜。铁公子闻知，因想道："他来拜我，只不过为我保了侯总兵，连他都带升了，感谢之意，何必面见?"因吩咐来役道："你可禀上太爷，就说我说，既要山中读书，长安城中，乃冠盖往来之地，哪里应酬得许多？求老爷一概谢绝为妙。"

来役领命回复铁都院。铁都院点头道："这也说得是。"因自来答拜。见了水尚书，即回说道："小儿闻老先生垂顾，即欲趋瞻山斗①；不期卧病山中，不能如愿，获罪殊深。故我学生特先代为请荆，稍可步履，即当走叩。"水尚书道："古之高人，只许人闻其名，不许人识其面，正今日令公子之谓也，愈令我学生景仰不尽。"说罢，铁都院辞了出来。

水尚书因暗想道："我女儿冰心，才貌出众，聪慧绝伦，我常虑寻不出一个佳婿来配他。今日看起这铁公子来，举动行事，大是可见；况闻他尚未有婚，又与他有恩，若舍此人不求，真可谓当面错过矣。但不知人物生得如何，必须一面，方可决疑。"主意定了，即差人去细细访问，铁公子可在西山读书否？差人回报，果在西山读书。水尚书因瞒着人，到第二日，起个绝早，竟是便服，只自骑了一匹马，带了三四个贴身服侍的长班，悄悄到西山来拜铁公子。

此时铁公子朝饭初罢，见差役报知水尚书来拜，他打动了水小姐之念，正在那里痴想道："天下事奇奇怪怪，最料不定，再不料无心中救侯孝，倒像有心去救水尚书的。设使当日不在县堂之上遇见水小姐，今日与水尚书有此机缘，若求他女儿，未必不允。但既有了这番嫌疑，莫说我不便去求他，就是他来求我，我

---

① 趋瞻山斗——山斗，泰山北斗，比喻大家尊崇钦慕的人。趋瞻山斗，指看望所尊敬的人。

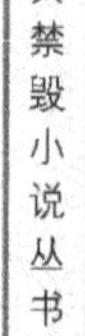

也不便应承，有伤名教。想将起来，有情转是无情，有恩转是无恩，有缘转是无缘，老天何颠倒人若此！”正沉吟思索，忽见一个长髯老者，方巾野服，走进方丈中来。到了面前，叫一声：“铁兄，何会面之难也，不怕令人想杀！”铁公子仓促中不知是谁，因信口答道：“我铁中玉面皮最冷，老先生思我，定是不曾面会，今既会了，只怕又未必想了。”因迎下来施礼。

那老者还礼毕，因执着铁公子的手，细细端详道：“未见铁兄还是虚想，今见铁兄，实实要想了。我学生一还京，即登堂拜谢，不期止谒见尊公，而未睹台颜，怅然而返。后蒙尊公许我一会，又慎重自持，不肯赐顾。我学生万不得已，故今悄地而来，幸勿罪其唐突也。”铁公子听了，惊讶道：“这等说来，却就是水老先生了。”水尚书道：“正是学生水居一。”因叫长班送上名帖。铁公子道：“晚生后学，偶尔怜才，实不曾为青天而扫浮云，何敢当老先生如此郑重？”水尚书道：“我学生此来，实不为一身一官而谢提拔，乃慕长兄青年，有此明眼定识，热肠壮气，诚当今不易得之英雄，故愿一识荆州耳。”铁公子因连连打恭道：“原来老先生天空海阔，别具千秋，晚生失言矣。”因请坐奉茶；一面叫人备酒留饭，草草与水尚书对饮。

水尚书原有意选才，故谆谆问讯。铁公子见水尚书偌远而来，破格相待，以为遇了知己，便尽心而谈。谈一会经史文章，又谈一会孙吴韬略。论伦常则名教真传，论治化则经纶实际。莫不津津有味，凿凿可行。谈了许久，喜得水尚书头如水点，笑如花开，不住口赞羡道：“长兄高才，殆天授也！”

又谈了半晌，水尚书忍不住，因对铁公子道：“我学生有一心事，本不当与兄面言，因我与兄相与在牝牡骊黄之外，故不复忌讳耳。”铁公子道：“晚生忝居子侄，老先生有言进而明教之，甚盛心也。”水尚书道：“我学生无子，只生一女，今年一十八岁。若论姿容，不敢夸天下无二，若论他聪慧多才，只怕四海之内，除了长兄，也无人堪与作对。此乃学生自夸之言，长兄也未必深信。幸兄因我学生之言，而留心一访，或果了然不谬，许结丝萝，应使百辆三星无愧色，而钟鼓琴瑟有正音也。婚姻大事，草草言之，幸长兄勿哂。”

铁公子听说，竟呆了半晌，方叹一口气道：“老天，老天，既生此美对，何又作此恶缘？奈何，奈何！”水尚书见铁公子沉吟嗟叹，因问道：“长兄莫非已谐佳偶？”铁公子连连摇头道：“四海求凰，常鄙文君非淑女，何处觅相如之配？”水尚书道：“既未结褵，莫非疑小女丑陋？”铁公子道：“一人有美，举国皆知为孟光；但恨曲径相逢，非河洲大道。鸠巢鹊夺，恐遗名教羞耳。坐失好逑，已抱终身大恨，今复蒙老先生议及婚姻，更使人遗恨于千秋矣。”水尚书听见铁公子说话，隐隐约约，不明不白，因说道：“长兄快士，有何隐衷，不妨直述，何故作此微词？”铁公子道：“非微词也，实至情也。老先生归而询之，自得其详矣。”

水尚书因离家日久，全未通音信，不知女儿近作何状，又见铁公子说话，鹘鹘突突，终有暧昧，不可明言，遂不复问。又说些闲话，吃了饭，方别了回去。正是：

来因看卫玠，去为问罗敷。

欲遂室家愿，多劳父母图。

水尚书别了回来，一路上暗想道：“这铁公子果是个风流英俊，我女儿的婚姻，断乎放他不得。但他说话模糊，似推又似就，似喜又是怨，不知何故。莫非疑我女儿有甚不端？但我知女

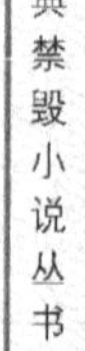

儿的端方静正，出于性成，非矫强为之，料没有非礼之事。只怕还是过学士因求亲不遂，布散流言。这都不要管他，我回去但与他父亲定了婚姻之约，任是风波，便不能摇动矣。”主意定了，到私衙，择个好日，即央个相好的同僚，与铁都院道达其意。铁都院因过学士前参水尚书，知是为过公子求亲不遂，起的衅端，由此得知水小姐是出类拔萃的多才女子，正想为铁公子择配。忽见水尚书央人来议亲，正合其意，不胜欢喜，遂满口应承。水尚书见铁都院应承，恐怕有变，遂忙忙交拜请酒，又央同僚催促铁都院下定。

铁都院与石夫人商量道：“中玉年也不小，若听他自择，择到几时？况我闻得这水小姐不独人物端庄，又兼聪慧绝伦。过学士的儿子，百般用计求他，他有本事百般拒绝。又是个女中豪杰，正好与中玉作配。今水尚书又来催定，乃是一段良缘，万万不可错过。”石夫人道：“这水小姐既闻他如此贤惠，老爷便该拿定主意，竟自为他定了，也不必去问儿子，若去问他，他定然又有许多推辞的话。”铁都院道：“我也是这等想。”老夫妻商量停当，遂不通知铁公子，竟自打点礼物，择个吉日，央同僚为媒，下了定，过后方着人去与铁公子贺喜。

铁公子闻知，吃了一惊，连忙入城来见父母道：“婚姻大事，名教攸关，欲后正其终，必先正其始。若不慎其初，草草贪图才貌，留嫌隙与人谈论，便是终身之玷。”铁都院道：“我且问你，这水小姐想是容貌不美么？”铁公子道：“若论水小姐的容貌，真是秋水为神玉为骨，谁说他不美？”铁都院道：“容貌既美，想是才智不能？”铁公子道：“若论水小姐的才智，真是不动声色，而有神鬼不测之机，谁说他不能？”铁都院道：“即有才智，想是为人不端?”铁公子道:“若论水小姐为人,真可谓不愧鬼神,不欺暗室,谁说他不端?”铁都院与石夫人听了,俱笑将起来道:“这水小姐既为人如此,今又是父母明媒正娶,有甚衅隙,怕人谈论?”铁公子道:“二大人跟前,孩儿不敢隐瞒。若论这水小姐的分明窈窕,孩儿虽寤寐求之,犹恐不得。今天从人愿,何敢矫情?但恨孩儿与水小姐无缘,遇之于患难之中,而相见不以礼,接之于嫌疑之际,而贞烈每自许。今若到底能成全,则前之义侠,皆属有心。故宁失闺阁之佳偶,不敢作名教之罪人。”遂将前日游学山东,怎生遇见过公子抢劫水小姐,怎生县堂上救回水小姐,自己又怎生害病,冰心小姐又怎生接去养病之事,细细说了一遍。

铁都院夫妻听了,愈加欢喜道:“据你这等说起来,则你与水小姐正是有恩有义之侠烈好逑矣。事既大昭于耳目,心又无愧于梦寐。始患难则患难为之,终以正则以正为之,有何嫌疑之可避?若今必避嫌疑,则昔之嫌疑,终洗不清矣。此事经权常变,按之悉合,吾儿无多虑也。快去安心读书,以俟大小登科,娱我父母之晚景。”铁公子见父母主意已定,料一时不能挽回,又暗想道:“此事我也不消苦辞,就是我从了,想来水小姐亦必不从,且到临时,再作区处。”因辞了父母,依旧往西山去读书。正是:

君子喜从名教乐,淑人远避禽兽声。

守正月老难为主,持正风流是罪人。

按下铁公子为婚事踌躇不提。

却说水尚书为女儿受了铁公子之定,以为择婿得人,甚是欢喜。因念离家日久,又见宦途危险,遂上本告病,辞了回去。朝廷因怜他被谪,受了苦难,再三不允。水尚书一连上了三疏,圣

旨方准他暂假一年，驰驿还乡，假满复任。水尚书得了旨，满心欢喜，便忙忙收拾回去。这番是奉旨驰驿，甚是荣耀，早有报到历城县，报人写了大红条子，到水府来。初报复侍郎之职，次报升尚书，今又报钦假驰驿还乡。水小姐初闻，恐又是奸人之计，还不深信；后见府县俱差人来报，虽信是真，但不知是什么缘故，能得复任。终有几分疑惑。

过了两日，忽水运走来献功道："贤侄女，你道哥哥的官是怎生样复任的？"冰心小姐道："正为不知，在此疑虑。"水运道："原来就是铁公子保奏的。"冰心小姐笑道："此话一发荒唐。铁公子又不是朝廷大臣，一个书生，怎生保奏？"水运道："也不是他特特保哥哥的。只因哥哥贬官，原为举荐了一员大将，那大将失了机，故带累哥哥贬谪。作到过公子要娶你，因你苦以无父命推辞，他急了，只得求他的父亲过学士，写书差人到边上去求哥哥。不料哥哥又是个不允，他记了毒。又见边关有警，他遂上了一本，说边关失事，皆因举荐非人之罪轻了，因乃请旨要斩哥哥与这员大将。圣旨准了。这日三法司正绑那员大将去斩，恰好铁公子撞见，看定那员大将是个英雄，因嚷到三法司堂上，以死保他。三法司不得已，只得具疏请命。朝廷准了，就遣那员大将到边，戴罪征讨。不期那员大将果然是个英雄，一到边上，便将敌兵杀退，成了大功。朝廷大喜，道你父亲举荐得人，故召还复任，又加升尚书。推起根由，岂不是铁公子保救的？"冰心小姐听了道："此话是谁说来，只恐怕不真。"水运道："怎么不真，现有邸报。"冰心小姐因笑说道："若果是真，他一个做拐子的，敢大胆嚷到三法司堂上去？叔叔就该告他谋反了。"水运听了，知道是侄女讥诮他，然亦不敢认真，只得忍着没趣，笑说道：

"再莫讲起，都是这班呆公子带累我，我如今再不理他们了。"说罢，不胜抱惭而去。

冰心小姐因暗想道："这铁公子与我缘分甚奇：妾在陌路中，亏他救了，事已奇了，还说是事有凑巧，怎么爹爹贬谪边庭，与他风马牛不相及，又无意中为他救了，不更奇了！"又想道："奇则奇矣，只可惜奇得无谓，空有感激之心，断无和合之理。天心有在，虽不可知，而人事舛错已如此矣！"寸心中日夕思虑。正是：

烈烈者真性，殷殷者柔情。

调乎情与性，名与教方成。

水小姐在家伫望，又过了些时，忽报水尚书到了。因是钦赐驰驿，府县官俱出郭郊迎。水运也骑马出城迎接。热热闹闹，直到日午方才到家。冰心小姐迎接进去，父女相见，先述别离愁，后言重见面，不胜之悲，又不胜之喜。只因这一见，有分教：

喜非常喜，情不近情。

不知水尚书与冰心小姐说了些什么，且听下回分解。

第 十 五 回

父母命苦叮咛焉敢过辞

词曰：

关雎君子，桃夭淑女，夫岂不风流？花自生怜，柳应溺爱，定抱好衾裯。　　谁知妾侠郎心烈，不要到温柔。寝名食教，吞风吐化，别自造河洲。

——《少年游》

话说水尚书还到家中，看见冰心小姐比前长成更加秀美，十分欢喜，因说道："你为父的前边历过了多少风霜险阻，也不甚愁；今蒙圣恩，受这些荣华富贵，也不甚喜。但见你如此长成，又平安无恙，我心甚慰，又为你择了一个佳婿，我心甚快。"冰心小姐听见父亲说为他择了佳婿，因心有保奏影子，就有几分疑是铁公子，因说道："爹爹年近耳顺，母亲又早谢世，又不曾生得哥哥兄弟，膝下只有孩儿一人，已愧不能承继宗祀，难道还不朝夕侍奉？爹爹怎么说起择婿，教孩儿心痛。孩儿虽不孝，断不忍舍爹爹远去。"水尚书笑道："这也难说，任是至孝，也没个女儿守父母不嫁之理。若是个平常之婿，我也要来家与你商量，只因此婿，少年风流不必言，才华俊秀不必言，侠烈义气不必言，只他那一双识英雄的明眼，不怕人的大胆，敢担当的硬骨，能言语的妙舌，真令人爱煞。我故自做主意，将你许嫁于他。"冰心小姐听见说话，渐渐知了，因虚劈一句道："爹爹论人则然，只怕论礼则又不然也。"

水尚书虽与铁都院成了婚姻之约，却因铁公子前番说话不明，叫他归询自知。今见女儿又说恐礼不然，恰恰合着。正要问明，因直说道："我儿，你道此婿是谁，就是铁都堂的长公子铁中玉也。"冰心小姐道："若是他人，还要女儿苦辞；若是铁公子，便不消孩儿苦辞，自然不可。就是女儿以为可，铁公子亦必以为不可也。何也？于婚姻之礼有碍也。虽空费了爹爹一番盛心，却免了孩儿一番逆命之罪。"水尚书听了，着惊道："这铁公子既未以琴心相逗，你又不涉多露而行，为何于婚姻之礼有碍？"

冰心小姐道："爹爹不知，有个缘故。"遂将过公子要娶他，叔叔要撺掇嫁他；并假报喜，抢劫到县堂，亏铁公子撞见，救了回来；及铁公子被他谋害几死，孩儿不忍，悄悄的移回养好之事，细细说了一遍道："孩儿闻男女授受不亲，岂有相见草草如此，彼此互相救援又如此，此乃义侠之举，感恩知己则有之，若再议婚姻，恐不可如是之苟且也，岂非有碍？"水尚书听了，更加欢喜道："原来有许多委曲，怪道铁公子前日说话，模模糊糊。我儿，你随机应变，远害全身，真女子中所少，愈令人可爱。这铁公子见义敢为，全无沾滞，要算个奇男子，愈令人可敬。由此看来，这铁公子非你，也无人配得他来；你非铁公子，也无人配得你上，真是天生美对。况那些患难小嫌，正是男女大节，揆之婚姻嘉礼，不独无碍，实且有光。我儿不消多虑，听我为之，断然不差。"正是：

女之所避，父之所贪。

贪避虽异，爱慕一般。

按下水尚书父女议婚不提。

却说过公子自成奇回来，报知水侍郎不允之事，恨如切骨。后见父亲上本请斩，甚是快活。又闻得被铁公子救了侯孝成功，

转升了尚书，愈加愤恨。后又闻水尚书与铁都院结了亲，一发气得发昏。因与成奇苦苦推求道：“我为水小姐，不知费了多少心力，却被这铁家小畜生冲破救了去。前日指望骗他来，打一顿出出气，不料转被他打个不堪。大家告他，又被他先立了案，转讨个没趣。这还是我们去寻他惹出来的，也还气得过；只是这水小姐的亲事，我不成，也还罢了，怎因我之事，倒被他讨了趣去？今日竟安安稳稳，一毫不费气力，议成亲事！我就拼死，也要与他做一场，兄须为我设个妙计。”

成奇道：“前日水小姐独自居处，尚奈他不得何；今水居一又升了尚书回来，一发难算计了。”过公子道：“他升了尚书，须管我不着！”成奇道：“管是管不着，只是要与他作对头，终须费力。”过公子道：“终不能因费力就罢了。”成奇道：“就是不罢，也难明做，只好暗暗设计，打破他的亲事。”过公子道：“得能打破他亲事，我便心满意足了。且请问计将安在？”成奇道：“我想他大官宦人家，名节最重，只消将铁公子在他家养病之事，说得不干不净，四下传将开来，再央人说到他耳边里，他怕丑，或者开交，也未可知。他若听了，全不动意，到急时拼着央一个相好的言官，参他一本，他也自然罢了。”

过公子听言，方欢喜道：“此计甚妙，我明日就去见府县官，散起谣言。”成奇道：“这个使不得。那府县都是明知此事的，你去散谣言，不但他不信，只怕还要替他分辩哩。我闻得府尊不久要去，县官又行升了，也不久要去。等他们旧官去了，候新官来，不晓得前边详细，公子去污辱他一场，便自然信了。府县信了，倘央人参论，便有指实了。”过公子听了，欢喜道：“我兄怎算得如此详尽，真孔明复生也！”成奇道：“不敢欺公子，若不耻下问，还有妙于此者。”过公子道：“此是兄骗我，我不信更有妙于此者。”成奇道：“怎的没有？前日我在京中，见老爷与大夬侯往来甚密，又闻得大夬侯被铁中玉在他养闲堂搜了他的爱妾去，又奏知朝廷，对他幽闭三年，恨这铁中玉刺骨。又闻得这大夬侯因幽闭三年，尚未曾生子，又闻他夫人又新死了。公子可禀知老爷，要老爷写书一封，通知他水小姐之美，再说明是铁中玉定下的，叫大夬侯用些势力求娶了去，一可得此美妾，二可泄铁公子之恨，他自然欢喜去图。他若图成，我们便不消费力，岂非妙计？”

过公子听了，只欢喜得打跌。成奇道：“公子且莫喜，还有一妙计，率性捉弄他一番，与公子喜喜吧。”过公子道；“既蒙相为，一发要请教了。”成奇道：“我在京中，又闻得仇太监也与老爷相好，又闻得这仇太监有一个侄女儿，生得颇颇丑陋，还未嫁人。何不一发求老爷一封书，总承了铁中玉，也可算我仇将恩报了。”过公子听了，连声赞妙道：“此计尤妙，便可先行。要老爷写书不难，只是又要劳兄一行。”成奇道：“公子之事，安敢辞劳。”正是：

好事不容君子做，阴谋偏是小人多。

世情叵测真无法，人事如斯可奈何！

按下过公子与成奇，谋写书进京不提。

却说铁公子在西山读书，待到秋闱，真是才高如拾芥，轻轻巧巧，中了一名举人。待到春闱，又轻轻巧巧，中了一名进士。殿试二甲，即选了庶吉士。因前保荐侯孝有功，不受待诏，今加一级，升做编修，十分荣耀。此时铁中玉已是二十二岁，铁都院急急要与他完婚。说起水小姐来，只是长叹推辞，欲要另觅，却又别无中意之人。恰好水尚书一年假满，遣行人催促还朝，铁都院闻知，因写信与水尚书，要他连小姐都携进京，以便结亲。

水尚书正有此意，因与水小姐商量道："我蒙圣恩钦召，此番进京，不知何时方得回家。你一个及笄的孤女，留在家中，殊为不便，莫若随我进京，朝夕寂寞，也可消遣。"冰心小姐道："孩儿也是如此想，若只管丢在家中，要生孩儿何用？去是愿随爹爹去，只有一事，先要禀明爹爹。"水尚书道："你有何事？不妨明说。"冰心小姐道："若到京中，倘有人议铁公子亲事，孩儿却万万不能从命。"水尚书听了大笑道："我儿这等多虑，且到京中看机缘，再行区处。但家中托谁照管？"冰心小姐道："叔叔总其大纲，其余详细，令水用夫妻掌管可也。"水尚书一一听了，因将家业托与水运并水用夫妻，竟领了冰心小姐，一同进京而去。正是：

父命隐未出，女心已先知。

有如春欲至，梅发向南枝。

不月余，水尚书已到京师，原有田宅居住。见过朝，各官俱来拜望。铁都院自拜过，就叫铁中玉来拜。铁中玉感水尚书是个知己，又有水小姐一脉，也就忙忙来拜，但称晚生，却不认门婿。水尚书看见铁中玉此时已是翰林，又人物风流，十分欢喜，相见加礼款接。每每暗想道："这铁翰林与我女儿，真是郎才女貌，可称佳妇佳儿。但他父亲前次已曾行过定礼，难道他不知道，为何拜我的名帖，竟不写门婿？窥他的意思，实与女儿的意思一般，明日做亲的时节，只怕还要费周旋。"又想道："我与铁都堂父母之命已定了，怕他不从？且从容些时，自然妥帖。"

过了些时，忽一个亲信的堂吏，暗暗来禀道："小的有一亲眷，是大夬侯的门客，说大夬侯的夫人死了，又未曾生子，近日有人寄书与他，盛称老爷的小姐贤美多才，叫他上本求娶。这大夬侯犹恐未真，因叫门客访问。这门客因知小的是老爷的堂吏，故暗暗来问小的。"水尚书听了，因问道："你怎生样回他？"堂吏道："小的回他道：'老爷的小姐，已久定与新中翰林铁爷了。'他又问：'可曾做亲？'小的回他道：'亲尚未做。'他遂去了。有此一段情由，小的不敢不报知老爷。"水尚书道："我知道了。他若再来问你。你可说做亲只在早晚了。"堂吏应诺而去。

水尚书因想道："这大夬侯是个酒色之徒，为抢劫女子，幽闭了三年。今不思改悔，又欲胡为。就是请了旨自来求亲，我已受过人聘，怕是不怕他，只是又要多一番唇舌，又要结一个冤家。莫若与铁亲家说明此意，早早结了亲，便省得与他争论了。"又想道："此事与铁亲家说倒容易，只怕与女孩儿说倒有些烦难。"因走到冰心小姐房中，对他说道："我儿，这铁公子姻事，不是我父亲苦苦来逼你，只因早做一日亲，早免一日是非。"冰心小姐道："不做亲，有什么是非？"水尚书就将堂吏之言说了一遍道："你若不与铁翰林早早的结了亲，只管分青红皂白，苦苦推辞，明日大夬侯访知了，他与内臣相好的多，倘若在内里弄出手脚来，那时再分辩便难了。不可十分任性？"

冰心小姐道："不是孩儿任性，礼如此也。方才堂吏说是有人寄书与大夬侯，爹爹，不知这寄书与大夬侯叫他上本娶我的是谁？"水尚书道："这事我怎得知？"冰心小姐道："孩儿倒得知在此。"水尚书道："你知是谁？"冰心小姐道："孩儿知是过学士。"水尚书道："你怎知是他？"冰心小姐道："久闻这大夬侯溺情酒色，是个匪人；又见这过学士，助子邪谋，亦是匪人。以匪比匪，自然相合。况过学士前番为子求娶孩儿，爹爹不允，一恨也；后面请斩爹爹，圣上反召回升官，二恨也；今又闻爹爹将女儿许与铁家，愈触其怒，三恨也。有此三恨，故耸动大夬侯与孩儿为难也。不是他，再有何人？"水尚书道："据你想来，一毫不差。但他既下此毒手，我们也须防避。"冰心小姐道："这大夬侯

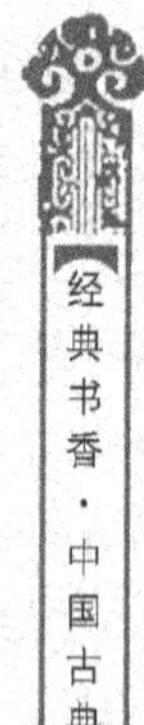

若不来寻孩儿，便是他大造化。他若果信谗上本求亲，孩儿有本事代爹爹也上一本，叫他将从前做过的事，一齐翻出来。”水尚书道：“我儿虽如此说，然冤家可解不可结，莫若只早早的做了亲，使他空费了一番心机，强似挞之于市。”

父女正商量未了，忽报铁都院差人请老爷过去有事相商。水尚书也正要见铁都院，因见来请，遂不扮职事，竟骑了一匹马，悄悄来会铁都院。铁都院接着，邀入后堂，叱退衙役，握手低低说道：“今日我学生退朝，刚出东华门，忽撞见仇太监，一把扯住。他说有一个侄女儿要与小儿结亲。我学生一口就回他已曾聘了。他就问聘的是谁家。我学生怕他歪缠，只得直说出是亲翁令爱。他因说道：‘又不曾做亲事，单单受聘，也还辞得，容再遣媒奉求。’我想这个仇太监，他又不明个道理，只倚着内中势力，往往胡为，若但以口舌与他相争，甚是费力。况我学生与亲翁，丝萝已结，何不两下讲明，早早谐了秦晋，也可免许多是非耳。”水尚书道：“原来亲翁也受此累，我学生也正受此累。”遂将堂吏传说大夬侯要请旨求亲之事细细说了一遍。铁都院道：“既是彼此俱受此累，一发该乘他未发，早做了亲。莫说他们生不得风波，就是请了圣旨下来，也无用了。”

水尚书道：“早做亲固好，只是小女任性。因前受过公子之害时，曾接令郎养病一番，嫌疑于心，只是不安，屡屡推辞。恐仓促中不肯就出门。”铁都院道：“原来令爱与小儿性情一般坚贞。小儿亦为此嫌，终日推三阻四，却怎生区处?”水尚书道：“我想他二人才美非常，非不爱慕而愿结丝萝，所以推辞者，避养病之嫌疑也；所以避嫌疑者，恐伤名教耳。唯其避嫌疑恐伤名教，此君子所以为君子，淑女所以为淑女，则父母国人之所重也。若平居无事，便从容些时，慢慢劝他结亲，未为不可；但恨添此大夬侯与仇太监之事，从中夹吵，却从容不得了。只得烦老亲翁与我学生，各回去劝谕二人从权成此好事，便可免后来许多唇舌。令郎与小女，他二人虽说倔强，以理谕之，未必不从。”铁都院道：“老亲翁所论，最为有理，只得如此施行。”二人议定，水尚书别了回家。正是：

花难并蒂月难圆，野蔓闲藤苦苦缠。

须是两心无愧怍，始成名教好姻缘。

铁都院送了水尚书出门，因差人寻了铁翰林回家，与他商量道：“我为仇太监之言，正思量要完亲事，故请了水先生来计议。不期大夬侯死了夫人，有人传说，他要来续娶水小姐。水先生急了，正来寻我，也愿早早完姻。两家俱如此想，想是姻缘到了，万万不可再缓。我儿，你断不可仍执前议，挠我之心。”铁中玉道：“父亲之命，孩儿焉敢不遵？但古圣贤于义之所在，造次必于是，颠沛必于是，孩儿何独不然？奈何因此蜂虿小毒，便匆匆草草，以乱其素心。若说仇太监之事，此不过为过公子播弄耳，焉能浼①我哉？”铁都院道：“你纵能驾驭，亦当为水小姐解纷。”铁中玉道：“倘大人必欲如此周旋，须明与水尚书言过，外面但可扬言结亲，以绝觊觎②之念，而内实避嫌疑，不敢亲枕衾也。”铁都院听了，暗想道：“既扬言做亲，则名分定矣；内中之事，且自由他。”因说道：“你所说倒也两全，只得依你。”遂令人拣选吉期预备结亲。

到了次日，忽水尚书写了一封书来，铁都院拆开一看，只见上面写着：

所议之事，归谕小女，以为必从；不期小女秉性至烈，只欲避

---

① 浼——沾污；玷污。

② 觊觎（jìyú）——希望得到不该得到的东西。

嫌，全不畏祸。今再三苦训，方许名结丝萝以行权，而实虚合卺以守正。弟思丝萝既已定名，则合卺终难谢绝矣。只得且听之，以图其渐。不识亲翁以为然否？特以请命，幸示之教之，不尽。

弟名正具

铁都院看了，暗喜道："真是天生一对，得此淑女，可谓家门有幸，亦于名教有光矣。但只是迎娶回来，若不命卺，又要动人议论，莫若竟去做亲，闺阁内事，合卺不合卺，便无人知觉矣。"因写书将此意回复水尚书。水尚书见说来就亲，免得女儿要嫁出，愈加欢喜。两人同议定，择了一个大吉之日，因要张扬使人知道，便请了许多在朝显官来吃喜筵。

到了这日，大吹大擂，十分热闹。到了黄昏，铁都院打了都察院的执事，铁中玉打着翰林院的执事，同穿了吉服，坐了大轿，径到水尚书家来就亲。到了门前，水尚书迎入前厅，与众宾朋亲戚相见。相见过，遂留铁都院在前厅筵宴，就送铁中玉入后厅，与冰心小姐结亲。铁中玉到得后厅，天色已晚了，满厅上垂下珠帘，只见灯烛辉煌，有如白昼。厅旁两厢房，藏着乐人在内，暗暗奏乐。厅上分东西，对设着两席酒筵；厅下左右铺着两条红毡。许多侍妾早已拥簇着冰心小姐，立在厅右。见铁中玉到帘，两个侍妾忙扯开帘子，请铁中玉入去。冰心小姐见铁中玉进来，他毫不作儿女羞涩之态，竟喜滋滋迎接着说道："向蒙君子鸿恩高义，铭刻于心，只道今生不能致谢，不料天心若有意垂怜，父命忽尢心遂愿，今得少陈知感，诚厚幸也。请上客受贱妾一拜。"铁中玉在县堂看见冰心小姐时，虽说美丽，却穿的是浅淡衣服，今日却金装玉裹，打扮得与天仙相似，一见了只觉神魂无主，因答道："卑人受夫人厚德，不敢齿牙明颂，以辱芳香。唯于梦魂焚祝，聊铭感佩。今幸亲瞻仙范，正有一拜。"遂各就

红毡对拜了四礼。侍妾吩咐乐人，隐隐奏乐。拜完乐止，二人东西就位对坐。侍妾一面献茶，因是合卺喜筵，不分宾主，无人定席，一面摆上酒来对饮。

饮过三巡，铁中玉因说道："卑人陷阱余生，蒙夫人垂救，此恩已久相忘，不敢复致殷勤。只卑人浪迹浮沉，若非夫人良言，指示明白，今日尚不知流落何所。今虽叨一第，不足重轻，然夫人培植恩私，固时时跃入方寸中，不能去也。"冰心小姐道："临事，何人不献刍荛；问途，童子亦能指示。但患听之者难，从之者不易耳。君子之能从，正君子之善所也，贱妾何与焉？若论恩私之隆重，君子施于贱妾者，犹说游戏县堂，无大利害；至于侯孝一案，事在法司，所关天子，岂游戏之所哉？而君子竟谈笑为之。虽义侠出于天生，而雄辩惊人，正言服众，故能耸动君臣，得以救败为功，而令家严由此生还，功莫大焉！妾虽杀身不足报万一，何况奉侍箕帚之末，而敢过为之推辞哉？所以推辞者，因向日有养病之嫌，虽君子之心，与贱妾之心无不白，而传闻之人则不白者多矣。况于今之际，妒者有人，恨者有人，谗者有人，安保无污辱，安保无谤毁？若遵父命，而早贪旦夕之欢，设有微言，则君子与贱妾，俱在微言中矣，其何以自表？莫若待浮言散尽，再结褵于青天白日之下，庶不以贱妾之不幸，为君子高风累也。不知君子以为然否？"

铁中玉听了，连声俯首道："卑人之慕夫人，虽大旱云霓不足喻也。每再思一侍教，有如天上。况闻两大人之命，岂不愿寝食河洲荇菜①？而惶惧不敢者，只恐匆匆草草，以我之快心，致

① 河洲荇（xìng）菜——语出《诗·周南·关雎》：参差荇菜，左右流之。这里借指男欢女爱，谈婚论嫁。

夫人之遗恨也。然而两大人下询，实逡巡不知所对。今既夫人之婉转，实尽我心之委曲。共同此心，自无他议，事归终吉，或为今日而言也。”水小姐道：“即今日之举，亦属勉强，但欲谢大夬侯、仇太监于无言也，不得不出此。”铁中玉道：“卑人想大夬侯与仇太监，皆风中牛马，毫不相及，而实然作此山鬼伎俩者，自是过氏父子为之播弄耳。今播弄不行，恶心岂能遂已，不知又将何为？”冰心小姐道：“妾闻凡事未成可破，将成可夺。今日君子与贱妾，此番举动可谓已成矣。破之不能，夺之不可，计唯有布散流言，横加污蔑，使自相乖违耳。妾之不敢即荐枕衾者，欲使通国知白璧至今尚莹然如故，而青蝇自息矣。”铁中玉道：“夫人妙论，既不失守身之正，又可谢谗口之奸，真可谓才德兼善者也。但思往日养病之事，出入则径路无媒，居停则男女一室，当此之际，夫人与卑人之无欺无愧，唯有四知，此外则谁为明证？设使流言一起，纵知人者，以为莫须有，而执笔者何所据，而敢判其必无，致使良人之子，终属两悬，则将奈何！”

冰心小姐道：“此可无虑也。妾闻天之所生，未有不受天之所成者也；而人事于中阻挠者，正以砥砺①其操守，而简炼其名节也。君子得之，小人丧之，每每于此分途焉。譬如君子义气如云，肝肠似铁，爵禄不移，威武不屈，设非天生，当不至此。贱妾虽闺娃不足齿，然粗知大义，略谙内仪，亦自负禀于天者，不过冥冥中若无作合，则日东月西，何缘相会？枘圆凿方②，入于参差。乃相逢陌路，君即慷慨垂怜；至于患难周旋，妾亦冒嫌不惜。此中天意，已隐隐可知。然那时养病，心虽出于公，而事涉

① 砥砺（dǐlì）——磨炼。

② 枘（ruì）圆凿方——枘，榫子。形容不协调，格格不入。

于私，故愿留而不敢留，欲亲而不敢亲。至于今日，父母有命，媒妁有言，事既公矣，而心之私犹未白，故已成而终不敢谓成，既合而犹不敢合者，盖欲操守名节之无愧君子也。此虽系自揆，而实成天之所成。君与妾既成天之所成，而天若转不相成，则天生君与妾，不既虚乎，断不然也。但天心微妙，不易浅窥，君子但安俟之；天若鉴明，两心自表白也。即使终不表白，到底如斯，君与妾夫妇为名，友朋为实，而花朝夕月，乐此终身，亦未必非千秋佳话也。”铁中玉听了，喜动眉宇道：“夫人至论，茅塞顿开，使我铁中玉自今以后，但修人事，以俟天命，不敢复生疑虑矣。”

二人说话投机，先说过公子许多恶意，皆是引君入幕；后说过学士无限毒情，转是激将成功。正是：

合卺如何不合欢，合而不合合而安。

有人识得其中妙，始觉圣人名教宽。

只个铁中玉与冰心小姐，直饮得醺然，方才住手。侍妾送铁中玉到东边洞房中安歇；水小姐仍退归西阁。此一合而不合，有分教：

藤蔓重缠，丝萝再结。

不知后事如何，且听下回分解。

第十六回

美人局歪厮缠实难领教

词曰：

脸儿粉白，眉儿黛绿，便道是佳人。不问红丝，未凭月老，强要结朱陈。　　岂知燕与莺儿别，相见不相亲。始之不纳，终之不乱，羞杀洞房春。

——《少年游》

话说铁中玉与冰心小姐自成婚之后，虽不曾亲共枕衾，而一种亲爱悦慕之情，比亲共枕衾而更密。一住三日，并不出门。水尚书与铁都院探知，十分欢喜不提。

却说大夬侯与仇太监，俱受了过学士的谗言，一个要嫁，一个要娶，许多势利之举，都打点的停停当当，却听见铁中玉与冰心小姐已结了亲，便都大惊小怪，以为无法，只得叫人来回复过学士。过学士听见，心愈不服，暗想道："我卑词屈礼，软软的求他一番，倒讨他一场没趣。我出面自呈，狠狠的参他一番，竟反替他成了大功。此气如何得出，此恨如何得消！今大夬侯与仇太监，指望来吵得他不安，他又安安静静结了亲，此着棋又下虚了，却将奈何！"因差了许多精细家人，暗暗到水尚书铁都院两处，细细访他过失。

有人来说："铁翰林不是娶水小姐来家，是就亲到水尚书家中去。"又有人来说："铁翰林与水小姐虽说做亲，却原是两房居住，尚未曾同床。”又有人来说：“铁翰林与冰心小姐恩爱甚深，一住三日，并不出门。”过学士听在肚里，甚费踌躇道：“既已结亲，为何不娶回家，转去就亲？既已合卺，为何又不同床？既不同床，为何又十分恩爱？殊不可详！莫非原为避大夬侯与仇太监两头亲事，做的圈套？我想圈套虽由他做，若果未同床，尚可离而为两。今要大夬侯去娶水小姐，他深处闺中，弄他出来，甚是费力。若铁翰林日日上朝，只须叫仇太监弄个手脚，哄了他家去，逼勒他与侄女儿结成亲，他这边若果未同床，便自然罢了。”算计停当，遂面拜仇太监，与他细细定计。仇太监满口应承道：“这不打紧，若是要谋害铁翰林的性命，便恐碍手碍脚，今但将侄女儿与他结亲，是件婚姻美事，就是明日皇爷得知了，也不怕他。老先生只管放心，这件事一大半关乎我学生身上，自然要做的妥帖。只是到那日，要老先生撞将来做个媒证，使他就到后来无说。”过学士道：“这个自然。”因见仇太监一力担承，满心欢喜，遂辞了回来，静听好音不提。正是：

邪谋不肯伏，奸人有余恶。

只道计万全，谁知都不着。

却说铁中玉为结婚告了十日假，这日假满要入朝。冰心小姐终是心灵，因说道：“过学士费了一番心机，设出大夬侯与仇太监两条计策，今你我虽不动声色，而默默谢绝，然他们的杀机尚未曾发，恐不肯便已。我想大夬侯虽说无赖，终属外庭臣子，尚碍官箴①，不敢十分放肆，妾之强求可无虑矣。仇太监系宠幸内臣，焉知礼法？恐尚要胡为。相公入朝，不可不防。”铁中玉道：

---

① 官箴（zhēn）——官吏对帝王所进的箴言（劝诫的话）。

"夫人明烛几先，虑周意外，诚得奸人之肺腑。但我视此辈腐鼠耳，何足畏也！"冰心小姐道："此辈何足畏？畏其近于朝廷，不可轻投也！"铁中玉听了，连连点头道："夫人教我良言，敢不留意。"因随从入朝。

朝罢，回到东华门外，恰好与仇太监撞着。铁中玉与他拱拱手就要别去，早被仇太监一把扯住道："铁先生遇着得甚巧，正要差人到尊府来请。"铁中玉问道："我学生虽与老公公同是朝廷臣子，却有内外之别，不知有何事见教？"仇太监道："若是我学生之事，也不敢来烦渎铁先生，这是皇爷吩咐，恐怕铁先生推辞不得。"就要扯着铁中玉同上马去。铁中玉因说道："就是圣上有旨，也要求老公公见教明白，以便奉旨行事。"仇太监道："铁老先生，你也太多疑了，难道一个圣旨敢假传的？实对你说吧，皇爷有心爱的两轴画儿，闻知铁先生诗才最美，要你题一首在上面。"铁中玉道："这画如今在哪里？"仇太监道："现在我学生家里，故请回去题了，还要回旨。"

铁中玉因有冰心小姐之言，心虽防他，却听他口口圣旨，怎敢不去？只得上马并辔，同到他家。仇太监邀了入去，一面献茶，一面就吩咐备酒。铁中玉因辞道："圣旨既有画要题，可请出来，以便应诏；至于盛意，断不敢领。"仇太监道："我们太监家，虽不晓得文墨，看见铁先生这等翰苑高第，倒十分敬重，巴不得与你们吃杯酒儿，亲近亲近。若是无故请你，你也断不肯来。今日却喜借皇爷圣旨这个便儿，屈留你坐半日，也是缘法。铁先生，你也不必十分把我太监们看轻了！"铁中玉道："内外虽分，同一臣也，怎敢看轻？但既有圣旨，就领盛意，也须先完正事。"仇太监笑了笑道："铁老先生，你莫要骗我。你若完了正事，只怕就要走了。也罢，我有个处法：圣上是两轴画，我先请出一轴来，待铁先生题了，略吃几杯酒，再题那一轴，岂不人情两尽？”

铁中玉只得应承。仇太监因邀入后厅楼下，叫孩子抬过一张书案来，摆列下文房四宝，自上楼去，双手捧下一轴画来，放在案上，叫小太监展开与铁中玉看。铁中玉看见是名人画的一幅磐口腊梅图，十分精工，金装玉裹，果是大内之物。不敢怠慢，因磨墨舒毫，题了一首七言律诗在上面。刚刚题完，外面报：“过学士来拜！”仇太监忙叫：“请进来。”不一时，过学士进来相见。仇太监就说道：“过老先生，你来得恰好。今日我学生奉皇爷圣旨，请铁先生在此题画。我学生只道题诗在画上要半日工夫，因治一杯水酒，屈留他坐坐。不期铁先生大才，拿起来就题完了。不知题些什么，烦过老先生念与学生听，待我学生听明白些，也好回旨。”过学士道：“这个当得。”因走近书案前，细细念与他听道：

恹恹低敛淡黄衫，紧抱孤芳未许探。
香口倦开檀半掩，芳心欲吐葩犹含。
一枝瘦去容仪病，几瓣攒来影带惭。
不是畏寒凝不放，要留春色占江南。

过学士念完，先自称赞不已道：“题得妙，题得妙！字字是腊梅，字字是磐口，真足令翰苑生辉！”仇太监听了，也自欢喜道：“过老先生称赞，自然是妙的了。”因叫人将画收开，摆上酒来。铁中玉道：“既是圣上还有一轴，何不请出来，一发题完了，再领盛情，便心安了。”仇太监道：“我看铁先生大才，题画甚是容易，且请用一杯，润润笔看。”因邀入席。原来翰林规矩，要分先后品级定坐席，过学士第一席，铁中玉第二席，仇太监第三席相陪。

饮过数巡，仇太监便开口道："今日皇爷虽是一向知道铁先生义侠之人，不知才学如何，故要诏题此画。也因我学生有一美事，要与铁先生成就，故讨了此差来，求铁先生见允。今日实是天缘，刚刚凑着。"过学士假作不知道："且请问老公公，有何事要成就铁兄？"仇太监道："鼓不打不响，钟不撞不鸣，我学生既要成就这良姻缘，只得从实说了。我学生有个侄女儿，生得人物也要算做十全，更兼德性贤淑，今年正是十八岁了，一时拣择一个好对儿不出。今闻知铁先生青年高发，尚未曾毕婚，实实有个仰攀之意。前日朝回，撞见尊翁都宪公，道达此意，已蒙见允。昨日奏知皇爷，要求皇爷一道旨意，做个媒儿。皇爷因命我拿这两轴的梅花的画来与铁先生题，皇爷曾说梅与媒同音，就以题梅做了媒人吧，不必另降旨意，像他文人自然知道。今画已题了，不知铁先生知道么？"

铁中玉听了，已知道他的来历，转不着急，但说道："蒙老公公厚情，本不当辞，只恨书生命薄，前已奠雁于水尚书之庭矣，岂能复居甥舍？"仇太监笑道："这些事，铁先生不要瞒我，我都访得明明白白在这里了。前日你明做的把戏，不过为水家女儿不肯嫁与大夬侯，央你装个幌子，怎么认真哄起我学生来？"铁中玉道："老公公此说，可谓奇谈。别事犹可假得的，这婚姻之事，乃人伦之首，名教攸关，怎说装个幌子？难道大礼既行，已交合卺，男又别娶，女又嫁人？"仇太监道："既不打算别娶别嫁，为何父母在堂，不迎娶回来，转去就亲？既已合卺，为何不同眠同卧，却又分居而住？"铁中玉道："不迎归者，为水岳无

子，不过暂慰其父女离别之怀耳。至所谓同眠不同眠，此乃闺阁私情，老公公何由而知？老公公身依日月，目击纲常，切不可信此无稽之言。”

仇太监道：“这些话是真是假，我学生也都不管，只是我已奏知皇爷，我这侄女定要嫁与铁先生的。铁先生却推脱不得！”铁中玉道：“不是推脱，只是从古到今，没个在朝礼义之臣，娶了一妻，又再娶一妻之理。”仇太监道：“我学生只嫁一妻与铁先生，谁要铁先生又娶一妻？”铁中玉道：“我学生只因已先娶一妻在前，故辞后者，若止老公公之一妻，又何辞焉。”仇太监道：“铁先生，娶妻的前后，不是这样论，娶到家的，方才算得前，若是外面的闲花野草，虽在前，倒要算做后了。”铁中玉道：“若是闲花野草，莫说论不得前后，连数也不足算。至于卿贰之家，遵父母之命，从媒妁之言，钟鼓琴瑟，以结丝萝，岂闲花野草之比？老公公失言矣。”仇太监道：“父母之命，既然要遵，难道皇爷之命，倒不要遵？莫非你家父母大似皇帝？”

铁中玉见仇太监说话苦缠，因说道：“这婚姻大礼，关乎国体，也不是我学生与老公公私自争论的。纵不敢亵奏朝廷，亦当请几位礼臣公议，看谁是谁非。”仇太监道：“这婚姻既要争前后，哪得工夫又去寻人理论？若要请礼臣，现前的过老先生，一位学士大人在此，难道不是个诗礼之臣？就请问一声便是了。”铁中玉道：“文章礼乐，总是一般，就请教过老先生也使得。”仇太监因问道：“过老先生，我学生与铁先生这些争论的言语，你是听得明明白白的了，谁是谁非，须要求你公判一判，却不许党护同官。”

过学士道：“老公公与铁寅兄不问我学生，我学生也不敢多

言；既承下问，怎敢党护？若论起婚姻的礼来，礼中又有礼，礼外又有礼，虽召诸廷臣，穷日夜之力，也论不能定。若据我学生愚见，窃闻王者制礼，又闻礼乐自天子出，既是圣上有命，则礼莫大于此矣。于此礼不遵，而泥古执今，不独失礼，竟可谓之不臣矣！”仇太监听了，哈哈大笑道：“妙论！说得又痛快、又斩截，铁先生再没得说了！”因叫小太监满斟了一大杯酒，亲起身送到过学士面前，又深深打一恭道：“就烦过老先生为个媒儿，与我成就了这桩好事。”过学士忙接了酒，拱仇太监复了位，因回说道：“老公公既奏请过圣上，则拜老公公如命，为圣上之命也，我学生焉敢不领教？”一面饮干了酒，一面对着铁中玉道：“老公公这段姻事，既是圣上有命，就是水天老与寅翁先有盟约，只怕也不敢争论了。铁寅翁料来推不脱，倒不如从直应承了吧，好叫大家欢喜。”

铁中玉听了，就要发作，因暗暗想道：“一来碍着他口口圣旨，不敢轻毁；二来碍着内臣是皇帝家人，不便动粗；三来恐身在内厅，一时走不出来。”正想提着过学士同走，是条出路，恐发话重了，惊走了他，转缓缓说道：“就是圣上有命，不敢不遵，也须回去禀明父母，择吉行聘，再没学生自己应承之理。”仇太监道：“铁先生莫要读得书多，弄做个腐儒。若是皇爷的旨意看得轻，不要遵，便凡事一听铁先生自专可也。若是皇爷的圣旨是违拗不得的，便当从权行事，不要拘泥，哪有这些迂阔的旧套子！恰好今朝正是个黄道吉日，酒席我学生已备了，乐人已在此伺候了，大媒又借重了过老先生，内里有的是香闺绣阁，何不与舍侄女竟成鸾俦凤侣，便完了一件百年的大事？若虑尊翁大人怪你不禀明，你说是皇爷的旨意，只得也罢了。若说没妆奁，我学生自当一一补上，决不敢少。”过学士又撺掇道：“此乃仇老公公美意，铁寅兄若再推辞，便不近人情了。”铁中玉道：“要近情须先近礼，我学生今日之来，非为婚姻，乃仇老公公传宣圣旨，命微臣题画。今画两轴，才题得一轴，是圣上的正旨尚未遵完，怎么议及私事？且求老公公先请出那一轴画来，待学生应完了正旨，再及其余，也未为迟。”仇太监道：“这却甚好。只是这轴画甚大，即在楼上取下来，甚是费力，莫若请铁先生就上面去题吧。”

铁中玉不知是计，因说道：“上下总是一般，但随老公公之便。”仇太监道：“既是这等，请铁先生再用一杯，好请上楼题画去，且完了一件，又完一件。”铁中玉听说，巴不得完了圣旨，便好寻脱身之路，因立起身来说道：“题画要紧，酒是不敢领了。仇太监只得也立起身来道：“既要题画，就请上楼。”因举手拱行。铁中玉因见过学士也立起身来，因说道：“过老先生也同上去看看。”过学士将要同行，忽被仇太监瞟了一眼，会了意，就改口道：“题画乃铁寅兄奉旨之事，我学生上去不便，候寅兄题过画下来做亲，学生便好效劳。”铁中玉道：“既然如此，学生失陪有罪了。”

说罢，竟被仇太监拱上楼来。正是：

鱼防香饵鸟防弓，失马何曾虑塞翁。
只道鸿飞天地外，谁知燕阻画楼东。

铁中玉被仇太监拱上楼来，脚还未曾立稳，仇太监早已缩将下去，两个小内官，早已将两扇楼门紧紧闭上。铁中玉忙将楼中一看，只见满楼上俱悬红挂绿，结彩铺毡，装裹的竟是锦绣窝巢。楼正中列着一座锦屏，锦屏前坐着一个女子。那女子打扮得：

珠面金环宫样妆，朱唇海阔额山长。

阎王见惯浑闲事，吓杀刘郎与阮郎！

那女子看见铁中玉到了楼上，忙立起身来，叫众侍儿请过去相见。铁中玉急要回避，楼门已紧紧闭了。没奈何，只得随着众侍儿，走上前深深作了一揖。揖作完，就回过身子来立着。那女子自不开口，旁边一个半老的妇人代他说道：“铁爷既上楼来结亲，便是至亲骨肉，一家人不须害羞，请同小姐并坐不妨。”铁中玉道：“我本院是奉圣旨上楼来题画的，谁说结亲？”那妇人道：“皇爷要题的两轴画，俱在楼下，铁爷为何不遵旨在楼下题，却走上楼来？这楼上乃是小姐的卧楼，闲人岂容到此？”铁中玉道：“你家老公公用的计策妙是妙，只可惜加在我铁中玉身上，毫厘无用！”那妇人道：“铁爷既来之，则安之。怎说没用？”铁中玉道：“你们此计，若诬我撞上楼来，我是你家老公公口称圣旨题画，哄上来的；况是青天白日，现有过学士在楼下为证，自诬不去。若以这等目所未见的美色来迷我，我铁翰林不独姓铁，连心身都是铁的，比那坐怀不乱的柳下惠、秉烛达旦的关云长，还硬挣三分。这些美人之计，如何有用！”

那女子不但不美，原是个惫懒之人，只因初见面，故装做羞羞涩涩，不便开言。后来偷眼看见铁翰林，水一般的年纪，粉一般的白面，皎皎洁洁，倒像一个美人，十分动火。又听见他说美人计没用，便着了急，忍不住大怒道：“这官人说话，也太无礼！我的的虽是宦官人家，若论职分也不小。我是他侄女儿，也要算做个小姐。今日奏明皇爷嫁你，也是一团好意，怎么说是用美人之计？怎么又说没用？既说没用，我们内臣家没甚名节，拼着一个不识羞，就与你做一处，看是有用没用！”因吩咐众侍妾道：“快与我拖将过来。”众侍妾应了一声，便一齐上前说道：“铁爷听见么，快快过去，赔个小心吧，免得我们啰唣！”铁中玉听见，又好恼又好笑，只不做声。众侍妾看见铁翰林不做声，又见女子发急，只得奔上前来，你推一把，我扯一把，夹七夹八的乱嘈。铁中玉欲要认真动手，却又见是一班女子，反恐装村，只得忍耐，因暗想道：“俗语道：‘山鬼之伎俩有限，老僧之不睹不闻无穷。’只不理他们便了。”因移了一张椅子，远远的坐下，任众侍妾言言语语，他只默然不睬。正是：

刚到无加柔至矣，柔而不屈是真刚。

若思何物刚柔并，唯有人间流水当。

铁中玉正被众侍妾啰唣，忽仇太监从后楼转出来，一面将众侍妾喝退道：“贵人面前，怎敢如此放肆！”一面就对铁中玉道：“铁先生这段婚姻，已做到这个田地，料想也推辞不得，不如早早顺从了吧。也免得彼此失了和气。”铁中玉道：“非是学生不从，于礼不可也。”仇太监道：“怎么不可？”铁中玉道：“老公公不看见《会典》上有一款：‘外臣不许与内臣交结。’交结且不可，何况联婚？”仇太监道：“这是旧制，旧制既要遵，难道皇爷的新命倒不要遵？”铁中玉道：“就是要遵，也须明奏了圣旨，谢过恩，然后遵行。今圣旨不知何处，恩又不曾谢，便要草草结亲，这是断乎不可，望老公公原谅。”二人正在楼上争论，忽两上小太监慌慌忙忙跑将来，将仇太监请了下去。

原来是侯总兵边关上又招降了许多敌人，又收了许多进贡的宝物，亲解来京朝见，蒙圣上赐宴。因前保举是铁中玉，故有旨召翰林铁中玉陪宴。侍宴官得了旨，忙到铁衙来召，闻知被仇太

监邀了去，只得赶到仇太监家里来寻。看见铁翰林跟随的长班并马，俱在门前伺候，遂忙禀仇太监要人。仇太监出来见了，闻知是这些缘故，与过学士两个气得你看着我，我看着你，话都说不出来。侍宴官又连连催促。仇太监无可奈何，只得叫人开了楼门，放他下来。

铁中玉下便下来，还不知是什么缘故，因见侍宴官与长班禀明，方才晓得。又见侍宴官催促，就要辞出。仇太监满肚皮不快活，因说道："陪宴固是圣旨，题画也是圣旨，怎么两轴只题一轴？明日圣上见罪，莫怪我不早说话。"铁中玉道："我学生多时催题，老公公匿画不出，叫学生题什么？"原来这轴画原在楼下，因要骗铁中玉上楼，故不取出；及骗得铁中玉上楼，便将这轴画好好的铺在案上，好入他的罪。今听见铁中玉说匿画不出，因用手指着道："现放在书案上，你自不奉旨题写，却转说匿画，幸有过老先生在此做个见证。"铁中玉见画在案上，便不多言，因走近前，展开一看，却画的是一枝半红半白的梅花，与前边的磬口腊梅，又不相同。便磨墨濡毫要题。侍宴官见铁中玉要题画，因连连催促道："题诗要费工夫，侯总爷已将到，恐去迟了。"铁中玉道："不打紧。"因纵笔一挥，挥完掷笔，将手与过学士一拱道："不能奉陪了。"竟往外走。仇太监只得送他出门上马而去。正是：

孤行不畏全凭胆，冷脸骄人要有才。

胆似子龙重出世，才如李白再生来。

仇太监送了铁中玉去后，复走进来，叫过学士将此画题的诗，念与他听。过学士因念道：

一梅忽作两重芳，仔细看来觉异常。

认作红颜饶雪色，欲愁白面带霞光。

莫非浅醉微添晕，敢是初醒薄晓妆。

休怪题诗难下笔，枝头春色费商量。

过学士念完，仇太监虽不深知其妙，但见其下笔敏捷，也就惊倒。因算计道："这小畜生有如此才笔，那水小姐闻知也是个才女，怎肯放他？"过学士道："他不放他，我学生如何又肯放他？只得将他私邀养病之事，央一个敢言的当道，上他一本，使他必不成全，方遂我意。"只因这一算，有分教：

镜愈磨愈亮，泉越汲越清。

不知过学士央谁人上本，且听下回分解。

第十七回

察出隐情方表人情真义侠

诗曰：

美恶由来看面皮，谁从心性辨妍媸①？
个中冷暖身难问，此际酸甜舌不知。
想是做成终日梦，莫须猜出一团疑。
愿君细细加明察，名教风流信有之。

话说过学士与仇太监算计，借题画的圣旨，将铁中玉骗到楼上与侄女结亲，以为十分得计，不期又被圣旨召去，陪侯总兵之宴，将一场好事打破了。二人不胜懊恼，重思妙计。过学士想道："他与水小姐虽传说未曾同床，然结亲的名声，人已尽知。今要他另娶另嫁，似觉费力。莫若只就他旧日到水家去养病的事体，装点做私情，央一个有风力的御史，参他一本，说是先奸后娶，有污名教。再求老公公在内中弄个手脚，批准礼部行查。再等我到历城县叫县尊查他养病的旧事，出个揭帖，两下夹攻，他自然怕丑要离异。"仇太监道："等他离异了，我再请旨意与他结亲，难道又好推辞？"二人算计停当，便暗暗行事不提。正是：

试问妒何为，总是心肠坏。
明将好事磨，暗暗称奇怪。

---

① 妍媸（yánchī）——美和丑。

却说铁中玉幸亏圣旨召去陪侯总兵之宴，方得脱身。归家与父亲细说此事。铁都院因说道：“你与水小姐既结丝萝，名分已定，我想就是终身不同房，也说不得不是夫妇了。为何不娶了来家，完结一案，却合而不合，惹人猜疑？仇太监之事，若不是侥幸遇了圣旨，还要与他苦结冤家，甚是无谓。你宜速与媳妇商量，早早归正，以绝觊觎。”

铁中玉领了父命，因到水家来见冰心小姐，将父亲的言语，一一说了。冰心小姐道：“妾非不知，既事君子，何惜亲抱衾裯？但养病一事，涉于暧昧嫌疑，尚未曾表白。适君又在盛名之下，谗妒俱多，妾又居众膻之地，指摘不少。若贪旦夕之欢，不留可白之身，以为表白之地，则是终身无可白之时矣，岂智者所为？”铁中玉道：“夫人之虑，自是名节大端，卑人非不知，但恐迁延多事，无以慰父母之心。”冰心小姐道：“所防生衅者，并无他人，不过过氏父子耳。彼见君与妾之事已谐矣，其急谗急妒，当不俟终日。若要早慰公婆，不妨百辆于归，再结花烛。但衾枕之荐，尚望君子少宽其期，以为名教光。”铁中玉见冰心小姐肯嫁过去，满心欢喜道：“夫人斟情酌理，两得其中，敢不如命！”因告知父母，又禀知岳翁。又请钦天监，择了个大吉之日，重请了满朝亲友，共庆喜事。外人尽道结亲，二人实未曾合卺。正是：

尽道春来日，花无不吐时。

谁知金屋里，深护牡丹枝。

铁中玉与冰心小姐重结花烛，过学士打听得知，心下一发着急，因行了些贿赂，买出一个相好的御史，姓万名谔，叫他参劾铁翰林一本。那万谔得了贿赂，果草了一道本章，奏上道：

陕西道监察御史臣万谔，奏为婚姻暧昧，名教有乖，恳恩察

明归正，以培风化事：

窃唯人伦有五，夫妇为先；大礼三千，婚姻最重。故男女授受不亲，家庭内外有别。此王制也，此古礼也。庶民寒族，犹知奉行，从未有卿贰之家，寡女孤男，而无媒婪处一室，以乱婚姻于始；更未有朝廷之士，司马宪臣，而有故污联两姓，以乱婚姻于终，如水居一之父女，铁英之父子者也。臣职司言路，凡有所见所闻，皆当入告。

臣前过通衢，偶见有百辆迎亲者：迎亲乃伦礼之常，何足为异？所可异者，鼓乐迎来，而指视哗笑者满于路；轩车迎过，而议论嗟叹者夹于道。臣见之不胜惊骇。因问为谁氏婚，乃知为翰林铁中玉娶尚书水居一之女水冰心也。再细详其哗笑嗟叹之故，乃知铁中玉曾先养病于水冰心之家，而孤男寡女，并处一室，不无暧昧之情；今父母徇私，招摇道路，而纵成之，实有伤于名教。故臣闻之，愈加惊骇而不敢不入告也。

夫婚姻者，百礼之首，婚姻不正，则他礼难稽；臣子者，庶民之标，臣子蒙羞，则庶民安问？伏乞陛下念婚姻为风化大关，纲常重典，敕下礼臣，移文该省，行查铁中玉、水冰心当日果否有养病之事，并暧昧等情，一一报部。如果臣言不谬，仰恳援辜定罪，归正判离，必多露之私有所戒，则名教不伤，有裨于关雎之化者不浅矣。因事陈情，不胜待命之至。

万御史本到了阁中，阁臣商量道：“闺中往事，何足为凭？道路风闻，难称实据。”就要作罢了。当不得仇太监再三来说道：“这事大有关系，怎么不行？”阁臣没奈何，只得标个“该部知道”。仇太监看了不中意，候本送到御前，就关会秉笔太监检出本来与天子自看。天子看了，因说道：“铁中玉一个男人，怎么养病于水冰心女子之家？必有缘故。”因御批个“着礼部查明复奏”。

令下之日，铁中玉与水冰心再结花烛已数日矣。一时报到，铁都院吃了一惊，忙走进内堂，与儿子、媳妇商量道：“这万谔与你何仇，上此一本？”铁中玉道：“此非万谔之意，乃过学士之意。孩儿与媳妇早已料定，必有此举，故守身以待之，今果然矣！”铁都院道：“他既参你，你也须辩一本。”铁中玉道：“辩本自要上了，但此时尚早，且待他行查回来复本时，再辩也不迟。”铁都院道：“迟是不迟，只是闻人参己，从无一个不辩之理；若是不辩，人只疑情真，罪当无可辩也。”铁中玉道：“他若参孩儿官箴职守，有甚差池，事关朝廷，便不得不辩他。今参的是孩儿在山东养病之事，必待行查而后明。若是查明了其中委曲，可以无辩；若是不明，孩儿就其不明处方可置辩。此时叫孩儿从哪里辩起？”铁都院听了沉吟道：“这也说得是。此万谔是我的属官，怎敢参我，我须气他不过！”铁中玉道：“大人不必气他，自作应须自受耳。”铁都院见儿子如此说，只得暂且放开。正是：

闲时先虑事，事到便从容。

谤至心原白，羞来面不红。

按下铁都院父子商量不提。

且说礼部接了行查的旨意，不敢怠慢，随即回来，着山东巡抚去查。过学士见部里文书行了去，恐下面不照应，忙写了一封书与历城县新县尊，求他用情。又写信与儿子，叫他暗暗行些贿赂，要他在回文中，将无作有，的的确确，做得安安稳稳，不可迟滞。过公子得了父亲的家信，知道万谔参铁中玉之事，欢喜不尽，趁部文未到，先备了百金，并过学士的亲笔书来见县尊。

你道这县尊是谁？原来就是铁中玉打入养闲堂，救出他妻子来的韦佩。因他苦志读书，也就与铁中玉同榜中联捷，中了一个三甲进士。鲍知县行取去后，恰恰点选 了他来做知县。这日接着过公子的百金，并过学士的书，拆开一看，乃知是有旨行查铁中玉在水家养病之事，叫他装点私情，必致其罪。韦佩看了，暗暗吃惊道："原来正是我之恩人也，却怎生区处？"又想想道："此事正好报恩，但不可与过公子说明，使他防范。"转将礼物都收下，好好应承。过公子以为得计，不胜欢喜而去。

韦知县因叫众吏到面前，细细访问道："铁翰林怎生到水小姐家养病？"方知是过公子抢劫谋害起的祸根。水小姐知恩报恩，所以留他养病。韦知县又问道："这水小姐与铁翰林同是少年，接去养病，可闻知有甚私事？"众书吏道："他闺阁中事，外人哪里得知？只因前任的鲍老爷，也因狐疑不决，差了一个心腹门子，叫做单祐，半夜里潜伏在水府窥看，方知这铁爷与水小姐冰清玉洁，毫不相犯。故鲍老爷后来敬这铁爷就如神明。"韦知县听了，也自欢喜道："原来铁翰林不独义侠过人，而又不欺暗室，如此真可敬也。既移文来查，我若不能为他表白一番，是负知己也。"因暗暗将单祐唤了藏在身边，又唤了长寿院的住持独修和尚，问他用的是什么毒药。独修道："并非毒药，过公子恐铁爷吃毒药死了，明日有形骸可验，但叫用大黄、巴豆将他泄倒了是实。"

韦知县问明口词，候了四五日，抚院的文书方到，下来行查。韦知县便遂将前后事情，细细详明，申详上去，抚按因是行查回事，不便扳驳回得，就据申详，做成回文，回复部里。部里看了回文，见历城县的申详，竟说得铁中玉是个祥麟威凤，水小姐不啻玉洁冰清，其中起衅生端，皆是过公子之罪。部里受了过学士之嘱，原要照回文加罪铁中玉，今见回文赞不绝口，转弄得没法，只得暗暗请过学士去看。过学士看了，急得怒气冲天，因大骂韦佩道：“他是一个新进的小畜生，我写书送礼嘱托他，他倒转为他表彰节行。为他表彰节行也罢，还将罪过归于我的儿子身上。这等可恶，断断放他不过！”因求部里，且将回文暂停，又来见万御史，要他参韦知县新任不知旧事，受贿妄言，请旨拿问，其养病实情，伏乞批下抚按，再行严查报部。

仇太监内里有力，不两日已批准下来。报到山东，巡抚见了，唤韦知县去吩咐道：“你也太认真了。此过学士既有书与你，纵不忍诬枉铁翰林，为他表彰明白，使彼此无伤，也可谓尽情了，何必又将过公子说坏，触他之怒？他叫人奏请来拿你，叫本院也无法与你挽回。”韦知县道：“这原不是知县认真，既奉部文行查，因访问得合郡人役，众口一词，凿凿有据，只得据实申详。也非为铁翰林表白，亦非有意将过公子说坏。盖查得铁中玉与水冰心养病情由，实因过其祖而起，不得不详其始末也。倘隐匿不申，或为他人所参，则罪何所辞？”巡抚笑道：“隐匿纵有罪，尚不知何时，不隐匿之罪，今已临身矣。”韦知县道：“不隐匿而获罪，则罪非其罪，尚可辩也；隐匿而纵不获罪，则罪为真罪，无所逃矣。故不敢偷安一时，贻祸异日。”巡抚道：“你中一个进士也不容易，亦不必如此固执。莫若另做一道申详，本院好与你挽回。”韦知县道：“事实如此，而委曲之，是欺公了。欺公即欺君了，知县不敢。”巡抚道：“你既是这等慷慨，有旨拿问，我也不遣人送你，你须速速进京辩罪。”韦知县听了，忙打一恭道：“是，是。”因将县印解了下来，交与巡抚，竟自回县，暗暗

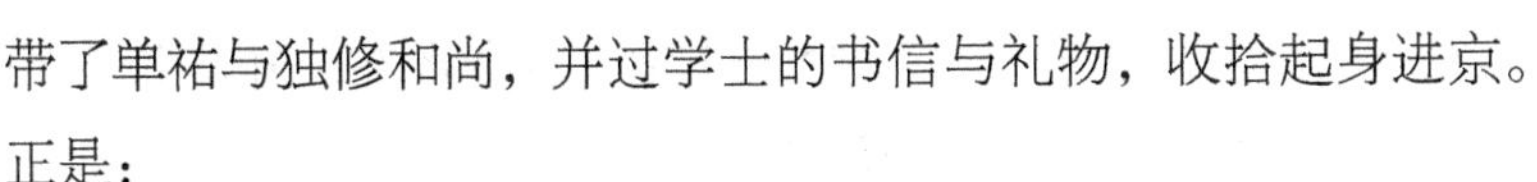

带了单祐与独修和尚，并过学士的书信与礼物，收拾起身进京。正是：

> 不增不减不繁文，始末根由据实闻。
>
> 看去无非为朋友，算来原是不欺君。

韦知县到了京中，因有罪不敢朝见，随即到刑部听候审问。刑部见人已拿到，不敢久停，只得坐堂审问道：“这铁中玉与水冰心养病之事，是在你未任之前，你何所据，而申详得他二人冰清玉洁？莫非有受贿情由？”韦知县道：“知县虽受任在后，而前任之事，既奉部文行查，安敢以事在前而推诿？若果事在隐微，无人知觉，谢曰不知，犹可无罪。乃一询书吏，而众口一词，喧传其事，以为美谈。知县明知之，而以为前任事，谢曰不知，则所称知县者，知何事也？”刑部道：“行查者铁中玉、水冰心之事，而波及过其祖何也？”韦知县道：“事有根因，不揣其本，难齐其末。盖水冰心之移铁中玉养病者，实感铁中玉于县堂救其抢劫生还，而怜其转自陷于死地也。水冰心之被抢劫至县堂者，实过其祖假传圣旨，强娶而然也。铁中玉之至县堂者，实由过其祖抢劫水冰心，适相值于道，而争哄以至也。过其祖无抢劫水冰心之事，则铁中玉路人也，何由而救水冰心？使铁中玉不救水冰心，则过其祖与铁中玉风马牛也，何故而毒铁中玉？使过其祖不毒铁中玉，则水冰心闺女也，安肯冒嫌疑而移铁中玉于家养病哉？原如此，委如此，既奉部文行查，安敢不以实报？”刑部道：“这也罢了。只是铁中玉在水冰心家养病，乃暧昧之事，该县何以知其无私，其中莫非受贿？”韦知县道：“知县后任原不知，奉命行查，乃知前任知县鲍梓，曾遣亲信门役单祐，前往窥觇，始知二人为不欺暗室之伟男儿、奇女子也。风化所关，安敢不为表白？若曰行贿，过学士书一封，过其祖百金现在，知县不敢隐匿，谨当堂交纳，望上呈御览。”

刑部原受过学士之托，要加罪韦知县，今被韦知县将前后事并书、贿和盘托出，一时没法，只得吩咐道：“既有这些委曲，你且出去候旨。”韦知县方打一拱退出。正是：

丑人不自思，专要出人丑。

及至弄出来，丑还自家有。

韦知县退去不提。

却说刑部审问过，见耳目昭彰，料难隐瞒，十分为过学士不安，只得会同礼臣复奏一本。天子看见道：“原来铁中玉养病于水冰心家，有这许多缘故，知恩报恩，这也怪他不得。”又看到二人不欺暗室，因说道：“若果如此，又是一个鲁男子了，诚可嘉也！”秉笔太监受了仇太监之托，因毁谤道：“此不过是县臣粉饰之言，未必实实如此。若果真有此事，则铁中玉、水冰心并其父母，闻旨久矣，岂不自表？何以至今默默？若果当日如此不苟，则后来又何以结为夫妇？只怕还有欺蔽。”天子听了，沉吟不语，因批旨道：“铁中玉与水冰心昔日养病始末，水居一与铁英后来结亲缘由，外臣毁誉不一，俱着各自据实奏闻。过其祖曾否求亲水氏，亦着过隆栋奏闻，候旨定夺。”

圣旨下了，报到各家，铁、水二家，于心无愧，都各安然上本复旨。转是过学士不胜懊悔道：“只指望算计他人，谁知反牵连到自己身上了！”他欲待不认，遣成奇到边上去求，已有形迹；欲待认了，又只怕儿子强娶之事，愈加实了。再三与心腹商量，只得认自己求亲是有的，儿子求亲是无的。因上疏复旨道：

左春坊学士臣过隆栋谨奏，为遵旨复奏事：

窃以初求窈窕，原思光宠蘋蘩；后知狐媚，岂复敢联茑萝？臣官坊待罪，忝为朝廷侍从之臣。有子诗礼修身，亦辱叨翰苑文章之士，年当成立，愿有室家。臣一时昏聩，妄采虚声，误闻才慧，曾于某年月日，遣人于边廷戍所，求聘同乡水居一之女水冰心，欲以为儿妇。不意既往求之后，叠有秽闻，故中道而掩耳。不识县臣以今之耳目，何所闻见，遽证往日之是非，而且过毁臣子以强娶之名？夫既强娶，则水冰心宜谐琴瑟于微臣之室矣，何复称红拂之奔，以为识英雄于贫贱也？窃所不解。蒙圣恩下察，谨据实奏闻，仰祈天鉴，忽使鲂鳏①，辱加麟凤，则名教有光，而风化无伤矣。不胜待命之至！

过学士本上了，铁中玉只得也上一本道：

翰林院编修臣铁中玉谨奏，为遵旨陈情事：

窃以家庭小节，岂敢辱九五万乘之观；儿女下情，何幸回万里上天之听。纶音遽来，足征风化之不遗；暗室是询，具见纲常之为重。既蒙昭昭下鉴。敢不琐琐以陈？

臣于某年月日，遵父命游学山东，意在思得真传，一切公务都损，何心人间闲事？不意将至历城县前，突被拥挤多人，奔冲欲倒；因而争闹至县，始知为过学士隆栋之子过其祖，抢劫水居一之女水冰心以为婚之所致也。臣见之不觉大怒，以为婚姻嘉礼，岂可抢劫而成？县官迫于不义者，助桀为虐，因纵水冰心而归。臣于此时，实不知过其祖为何人，而水冰心为何人也，不过路见不平，聊为一削之，何尝知恩于何人，而仇于何人也？孰知仇者竟至毒臣于死，而恩者遂至救臣于生也？臣时陷身于此中，

① 鲂鳏（guān）——鲂鱼和鳏鱼。旧时比喻品行不端难管制的女子。

而两不知也。既臣始知其死臣者为过其祖，生臣者为水冰心也。死臣者情虽毒，然臣未死，可置勿问。既知生臣者为水冰心，而后细察水冰心之为人，始知水冰心冒嫌疑而不讳，为义女子也；出奇计而不测，为智女子也；任医药而不辞，为仁女子也；分内外而不苟，为礼女子也；言始终而不负，为信女子也。臣感之敬之，尚恐不足报万一，何敢复有室家之想哉？

今之所为室家者，迫于父命也，岳命也。父命只知尊常经，求淑配，不知臣前已之遇，出于后；岳命，盖感臣保侯孝而得白其冤，因思结好，不知水冰心前且行权，后难经正。然屡辞而终弗获辞者，盖岳父误认臣为君子，而臣父深知水冰心为淑女，而彼此不忍失好逑也。故执大义，而百辆迎来，不复问其触避嫌之小节矣。虽然两番花烛，止有虚名，聊以遂父母之心；而二姓之欢，尚未实结，不欲伤廉耻之性。此系家庭小节，儿女下情，本不当渎奏，今蒙圣恩下采，谨具实奏闻，不胜悚惶待命之至！

铁中玉本上了，水冰心也上一本道：

翰林院编修铁中玉妻水冰心谨奏，为遵旨陈情事：

窃以黄金以久炼为刚，白璧以不玷为洁。臣妾痛生不辰，幼失慈母，严父又适违功令，待罪边戍；茕茕寡居，孤守家庭，自应闭户饮泣，岂敢妄思婚姻？不意祸遭同乡学士过隆栋之子过其祖，窥臣妾孤懦，欲思吞占，百计邪诱，臣妾俱正言拒绝。讵意圣世明时，恶胆如天，竟倚父岩岩之势，蜂拥多人，假传圣旨，打入内室，抢劫臣妾而去。臣妾于此时，身如叶而命如鸡，名教不可援，而王法不可问，自唯一死。幸值铁中玉游学山东，恰遇强暴，目击狂荡，感愤不平，因义激县主，救妾生还。当此之际，不过青天霹雳，自发其声，何尝为妾施恩，而望妾之报也？

乃恶人阳知阳抗理屈，而阴谋施毒，遂令铁中玉待毙于寺僧之手，而万无生机。而臣妾既受其恩，苟非豺虎，安忍坐待其死，而不一为手援也？因用计移归，而求医调治。此虽非女子所宜出，然势在垂危，行权解厄，或亦仁智所不废也。

臣妾敢冒嫌疑而为之者，自视此心无愧，而此身无玷也。若陌路于始，而婚姻于终，则身心何以自白？故后妾父水居一感铁中玉之贤，而欲以臣妾侍巾栉，而屡命屡辞者，以此也。即父命难违，自如今已谐花烛，而两心犹惶惶不安，必异室而居者，亦以此也。此非矫情也，亦非沽名也，正以炼黄金之刚，而保白璧之洁也。

至于过其祖强娶之事，抢劫之后，又勒按臣行牌而迫婚，又至戍所而逼臣父允嫁，真可谓强横之甚者矣。及今事已不谐，而又买嘱言路，妄渎宸聪，尤可谓父子济恶而不知自悔者也。国法廷争，恩威上出，臣妾何敢仰渎？蒙恩诏奏，谨据实以闻，不胜待命之至！

水冰心之本上了，铁都院也上一本道：

都察院副都御史臣铁英谨奏，为遵旨陈情事：

臣闻结婚以遵父命为正，择妇以得淑女为贤。择妇既贤，婚姻既正，则伦常无愧，而风化有光矣，人言何恤焉！臣待罪副都，官居表率，凡有不正，皆当正之，岂有为子求妇，而不择端庄贤淑，以自贻讥者也？

臣有子中玉，滥厕词林，颇知礼义，臣为择妇亦已久矣，而不获宜家，宁虚中馈。近闻兵部尚书水居一，有女水冰心，幽闲自足，莫窥声色，而窈窕日闻，才智过人，孤处深闺，而能御强暴，臣屡欲遣子秣驹而无媒。今幸水居一赦还，为怜才貌，适欲坦臣子于东床，两有同心，因而结褵，此两父母之正命也，遑恤其他？

乃臣子中玉，则以为养病之往嫌为辞。臣细询之，始知公庭遭变，义气之所为；闺阁救人，仁心之所激。小人谓之暧昧，正君子谓之光明者也。不独无嫌，实为有敬。故三星启户，不听儿女之言；百辆迎归，竟行父母之命。彼二人虽外从公议，而内尚痴守私贞。此儿女之隐，为父母者不问之矣。

至于人之吹求，或亦谋婚不遂，而肆为讥谤，自难逃明主之深鉴，臣何敢多置喙焉？蒙恩诏奏，谨据实以闻，不胜惶悚待命之至！

铁都院之本上了，水尚书也上一本道：

兵部尚书臣水居一谨奏，为自陈下情事：

窃闻婚姻谓之嘉礼，安可势求？琴瑟贵乎和谐，岂宜强娶？《诗》云辗转反侧，犹恐不遂其求。何况多人抢劫，有如强盗；高位挟持，无复礼义。宜之子之誓死不从，而褰裳远避也。

臣不幸妻亡无子，仅生弱女，拟作后人。虽不敢自称窈窕，谓之淑人，然四德三从，颇亦闻之有素；安忍当罪父边庭遣戍之日，而竟作无媒自嫁之人之理者也！乃过其祖一味冥顽，百般强横，不复思维，竟行劫夺。一买伏莽汉，劫之于南庄，二假传赦诏，劫之于臣家，三鸿张虎噬，劫之以御史之威。可谓作恶至矣！

若臣女无才，陷于虎口，几乎不免矣。此犹曰纨绔膏粱之习，奈何过隆栋为朝廷重臣，以诗礼侍从朝廷，乃溺爱不明，竟以赫赫岩岩之势，公然逼臣于戍所。臣若一念畏死，而苟合婚姻，则名教扫地矣。因思臣一身一女之事小，而纲常名教之事大，故正色拒之，因触其怒，而疏请斩臣矣。

孰知侯孝功成，请斩臣正所以请赦臣也。又买嘱言官，以为诬蔑之图；又孰知诬蔑臣女者，正所以表彰臣女也。至所以表彰臣女，疏中已悉，臣不敢复赘渎圣聪。然过隆栋父子之为恶，可谓至矣。蒙恩诏奏，谨据实上闻，伏乞加察，而定罪焉。不胜激切待命之至！

五本一齐奏上。只因这一奏，有分教：

大廷吐色，屋漏生光。

不知天子如何降旨，且听下回分解。

第十八回

验明完璧始成名教终好逑

词曰：

工虞水火盈廷跻，非不陈诗说礼。若要敦伦明理，毕竟归天子。　　圣聪一察谗言止，节义始知有此。漫道稗官野史，隐括《春秋》旨。

——《桃源忆故人》

话说铁英父子、水居一父女，并过学士五道本，一齐上了，天子看了，因御便殿召阁臣问道：“这事各奏具在，还当如何处分?”阁臣奏道：“今五奏看来，这过其祖强娶水冰心，以致铁中玉养病情由，似实实有之，不容辩矣。但强娶而实未娶，谋死而尚未死，似可从宽。如铁中玉犯难救水冰心之祸，而自受祸几不免，应是侠肠；水冰心感恩移铁中玉养病，冒嫌疑而不惜，似为义举。然一为孤男，一为寡女，同居共宅，正贞淫莫辨之时，倘暧昧涉私，则前之义侠，皆付流水。若果如县臣所称，窥探而无欺暗室，则又擅千古风化之美，而流一时名教之光者也。臣等远无灼见之明，故前下行查之命。行查若此，似无可议。但县臣后任，只系耳闻，未经身历，不足服观听之心，一时难以定罪。伏望陛下降旨，着旧任县臣，将前事一一奏闻，庶清浊分而彰瘅有所公矣。”

天子点首称善，因降旨道：“着旧历城县知县，将铁中玉养

病情由，据实奏明，不许隐匿诬罔，钦此。”圣旨下了，顿时就传旨。原来前知县鲍梓行取到京，已钦选北直隶监察御史，此时正出巡真定府。见了报，知道铁中玉与水冰心已结了亲，因万谔疏参，故有此命，因满心欢喜道：“铁翰林这头亲事，我原许与他成就，只因受了此职，东西奔走，竟未践前言，时时在念。近闻他已遵父命，结成此亲，我心甚喜。不期今日又有圣旨，命我奏明，正好完我前日之愿。”因详详细细复了一本道：

直隶监察御史臣鲍梓谨奏，为遵旨回奏事：

窃以义莫义于救人于危，侠莫侠于临事不畏，贞莫贞于暗室不欺，烈莫烈于无媒不受。臣于某年月日，蒙恩选知历城县事，臣虽不才，莅任之后，每留心名教，以扬朝廷风化之美。

适值学士过隆栋有子过其祖，闻兵部侍郎今升尚书水居一之女水冰心之美，授聘为妻，托府臣命臣为媒。时臣为属官，不敢逆府臣之命。时水居一被谪，因见水居一之弟水运，道达府臣与过其祖求其侄女水冰心之意。水运言之水冰心者再四，始邀其允。凡民间允亲，以庚帖为主。水运既允，因送庚帖于过宅。孰知水冰心正女也，无父命焉敢自嫁？为叔水运催逼甚急，水冰心又智女也，因将水运亲女之庚帖以为庚帖，而水运愚不知也。及至于归，水冰心执庚帖非是，不往，而水运事急，因以亲女往焉。过其祖以误受帖，不能有言。此水冰心一戏过其祖者也。

既而过其祖情不能甘，暗改庚帖，以朝期为召，欲邀水冰心会亲而劫者。焉孰知水冰心侠女之俏胆泼天，偏许其往，使其遍请贵戚，大设绮筵；又偏肩舆及门，又使其鹊跃于庭，以为得计；然后借鼓声之音，以发其奸状，突然而返，追之不及。此水冰心二戏过其祖者也。

过其祖心愈恨而谋愈急，因访知水冰心秋祭于南庄，便伏多人于野，以为抢劫之计。孰知水冰心奇女也，偏盛其驺舆，招摇而往，招摇而还，以为抢劫之标。及其抢劫而归，众诸亲为荣观焉，乃启轿而空无人，唯大小石块，一黄袱而已，于时喧传以为笑。此水冰心三戏过其祖者也。

过其祖受此三戏，其情愈迫，因假写水居一复职之报条，遣多人口称圣旨往报焉。水冰心闻有圣旨，不敢不出，因堕其术中，而群劫之往。孰知水冰心烈女也，暗携利刃，往而欲刺焉。适铁中玉游学至此，无心恰遇之，怪其唐突，而相哄于道，同结至县堂而告臣。臣问出其故，因叱散众人，而送水冰心归，欲彼此相安于无事也。

不意过其祖怏怏焉，不得于水，欲甘心于铁焉。因授计寺僧，而铁中玉病危矣。铁中玉病危，铁中玉不自知，幸水冰心仁女也，感其救己之恩，而不忍坐视其死，因秘计而移之归，迎医而理其病，且冒嫌疑，而不惜犯物议而安焉。非青天为身，白日为心，不敢也。过其祖闻而愈怒焉，因以暧昧污辱之，欲令臣正名教罪之，宣风化惩之。臣待罪一县，则一县之名教风化，实在其职，臣何敢不问？但思同此男女之情态，淫从此出，贞亦从此出也，又何敢不见不闻尽坐以小人哉？万不得已，因遣善窥探门役单祐，潜往窥探之，始知铁中玉君子也，水冰心淑女也，隔帘以见，不以冥冥废礼，异席分饮，又不以矫矫废情。谈者道义，论者经权。言事则若山，不至过于良友；诠理则迎机，不啻明师。并无半语及私，一言不慎。且彼此归感而有喜心，内外交言而无愧色。诚古今之名教之后而合正者也。

臣闻见之，不胜欢羡。因思白璧不易成双，明珠应难获对，

天既生铁中玉之义男儿，天复生水冰心之侠女子，夫岂无意！臣因就天意思之，非铁中玉而水冰心无夫，非水冰心而铁中玉无妇矣。故以媒自任，而往见铁中玉，劝其结朱陈之好，以为名教光。孰知铁中玉正以持己，礼以洁身，闻臣言怒以为污辱，已肆曲而行，意不俟驾。其磨不磷、涅不淄，豪杰之士也。臣即欲上闻，因臣职卑，必欲转详转申，最为多事；而正不料天意果不虚生，后复因铁中玉力保侠孝之事，水居一由此赦还，因而缔结朱陈。此虽人事，实天意成全，臣闻知不胜欣快，以为良缘佳偶，大为名教吐色。

不意御史万谔，不知始末详细，误加参劾，致蒙圣恩下询往事，正遂夙心。臣不胜雀跃，谨将前事，据实一一奏闻。揆之于义，义莫义于此矣；按之于侠，侠莫侠于此矣；考之贞烈，贞烈莫过于此矣。

伏乞圣明鉴察，特加旌异，以为圣世名教风化之光，臣无任感激待命之至。

鲍梓本上了，天子览过，龙颜大悦道："原来水冰心有如许妙用，真奇女子也；铁中玉又能不欺暗室，真是天生佳偶，言官安得妄奏！"就要降旨褒美。当不得仇太监通了秉笔的太监，要他党护。秉笔太监因乘间奏道："铁中玉与水冰心同居一室，此贞淫大关头也。今止凭鲍梓遣下役单祐一窥，即加褒美，设有奸诡情出，岂不辱及朝廷？且奴婢看铁中玉与水冰心，自上本内说的话，大有可疑。"天子道："有何可疑？"秉笔太监道："铁中玉本上说：'两番花烛，止有虚名，二姓之欢，尚未实结。'水冰心本上说：'于今已谐花烛，而两心犹惶惶不安，必异室而居者，正以炼黄金之刚，而保白璧之洁也。'据他二人自夸之言看来，则今日水冰心犹处子也，恐无此理。倘今日之自夸过甚，则前日之誉言，未免不失情也。伏乞皇爷再加详察。”天子道：“既如此，可将铁中玉、水冰心并诸臣，限明日午朝俱召至便殿，待朕亲问。”

秉笔承旨，传与阁臣，阁臣即传与外庭。众臣闻了，谁敢不遵？因于次日午朝，齐齐集于便殿。正是：

白日方垂照，浮云忽蔽焉。

岂知云散尽，依旧见青天。

不一时，天子驾坐便殿，百官朝贺毕，天子先召铁中玉上殿，铁中玉因鞠躬而入，拜伏于地。天子看见铁中玉少年秀美，心下欢喜，因问道：“向日打入养闲堂，救出韩愿妻女的是你么?”铁中玉应道：“正是臣。”天子又问道：“前日力保侯孝的是你么?”铁中玉又应道：“正是臣。”天子道：“既两事俱是汝，则汝之胆识，诚可嘉矣。然胆识犹才气之能，如县臣所称，养病于水冰心家，而孤男寡女，五夜无欺，则古今之奇行矣。果有此事么?”铁中玉应道：“此事实有之，然非奇行，男女之礼，应如此也。”天子道：“此事虽有，然已往无可据矣。且问你上本说‘两番花烛，止有虚名，二姓之欢，尚未实结’，此又何故?”铁中玉奏道：“臣与水冰心因有养病之嫌，义无结亲之礼，乃迫于父命，不敢以变而废常，故勉承之而两番花烛也。若花烛而即结两姓之欢，则养病之嫌，终身莫辨矣。故臣与水冰心，至今犹分居而寝；非好为名高，盖欲钳众人之口，而待陛下之新命，以为人伦光耳。”天子听奏，欣然道：“据你所奏明，水冰心犹然处子也。”因召水冰心上殿。

水冰心闻命，即鞠躬而入，拜伏于地。天子展龙目一看，见

水冰心貌疑花瘦，身似柳垂，一妩媚女子也。因问道："你就是水冰心么？"水冰心朗朗答应道："臣妾正是水冰心。"天子道："由县臣鲍梓本上，称你三戏过其祖，才智过人，果有此事么？"水冰心因奏道："臣妾一女子，焉敢戏弄过其祖？只因臣父待罪边戍，臣妾一弱女家居，过其祖威逼太甚，避之不得，聊借此以脱祸耳。"天子又道："你既知脱祸，怎不避嫌？却移铁中玉于家养病？"水冰心道："欲报人恩，故小嫌不敢避也。"天子又笑道："当日陌路且不避嫌，今日奉父命成婚，反异室而居，又何避嫌之甚？"水冰心道："当日之嫌，一时之嫌也，设有谤言，从夫而即白；今日之嫌，终身之嫌也，若不存原体以自明，则今日之良人，即前日之陌路，剖心莫辨，沥血难明。今日蒙恩召见，却将何颜以对陛下？"天子听了大喜道："若果存原体，则汝二人又比梁鸿、孟光加一等矣。朕当为汝明之。"因传旨命太监四人，引入朝见皇后，就命皇后召宫人验试水冰心，果系处女否。四太监领旨，遂将水冰心引了入去。正是：

白玉不开终是璞，黄金未炼尚疑沙。

两番花烛三番结，始有芳名万古夸。

四太监引水冰心入后宫去朝见皇后。不多时，即有两个先来回旨道："娘娘奉旨，即着老成宫人试验水冰心三遍，俱称实系处子。娘娘甚喜，留住赐茶，先着奴婢回奏。"天子听了，满心欢喜，因对阁臣说道："铁中玉与水冰心已经奉父母之命，两番花烛，而犹然不肯失身，欲以保全名节，以表名教，以美风化，则前之养病，五夜无欺，今表明矣。真好逑中之出类拔萃者也。若非朕召来亲问，而听信浮言，岂不亏此美节奇行？"因召过隆栋问道："汝身为大臣，不能训子安分，乃任其三番抢劫，若非水冰心多才善御，为其所辱久矣。强梁骄横，罪已不赦，乃复肆为毁谤，几致白璧受青蝇之玷，又行贿买嘱县臣，大非法纪！”过隆栋见天子诘责，慌忙无措，只得免冠伏地奏道：“臣非毁谤，实不知铁中玉与水冰心有此暗室不欺之美行。”

天子又召万谔诘责道：“汝为御史，当采幽察隐，为朕表章大化；奈何听道路浮言，诬蔑侠烈，朕若误听，岂不有伤名教？”万谔闻责，惊得汗流浃背，唯伏地叩头不已。天子又召韦佩嘉奖道：“汝一新进知县，能持正敢言，不避权贵，且言言得实，事事不诬，诚可嘉也。”因命阁臣拟旨。阁臣因拟旨道：

朕闻人伦以持正为贵，而持正于临变之际为尤贵；节义以不渝为奇，而不渝于暧昧之时为更奇。

水冰心一弱女也，能不动声色，而三御强暴，已不寻常矣；又能悄然解人于危病以报恩，且又能安然置身于嫌疑而无愧，其慧心俏胆，明识定力，又谁能及之？至其所最不可及者，琴瑟已谐，钟鼓已乐，而犹然励坚贞于自持，表清洁于神明，此诚女子中之以贤圣自持者也。

铁中玉既能出韩愿于虎穴，又能识侯孝于临刑，义侠信乎天成者矣。若夫水冰心一案，陌路救援，如至亲骨肉；燕居密迩，如畏敬大宾。接谈交饮，疏不失情；正视端容，亲不及乱。从心所欲，而名教出焉；率性以往，而礼可不没。至若已系赤绳，犹不苟合，诚冥冥不堕行之君子也。以铁中玉之君子，而配水冰心之淑女，诚可谓义侠好逑矣。朕甚嘉焉！其超进铁中玉为学士，水冰心为夫人，赐黄金百两，彩缎百端，宫袍宫衣各十袭，乌纱、鸾冕各一领，撤御前金莲鼓乐旌彩，迎归重结花烛，以为名教之宠荣。

水居一、铁英义教子女，善结婚姻，俱褒进一阶。韦佩申详无隐，报命不欺，具见骨鲠之风，任满钦取重用。鲍梓复奏详明，留意人材有素，朕甚嘉焉！过隆栋纵子毁贤，本当重处，姑念经筵旧绩，着降三级。万谔奏劾不当，罚俸半年。过其祖三行抢劫，放肆毒谋，谋虽未遂，情实可恶，着该县痛儆一百，少惩其横。

呜呼！有善弗彰，人情谁劝；有恶勿瘅，王法何为？朕不敢私，众其共懔！特谕。

阁臣才拟完圣谕，水冰心蒙娘娘赐了许多珠翠宝物，着四太监领出见驾谢恩。天子大喜道："女子守身非偶者，古今尚有之，从未有君子淑女相为悦慕，已结丝萝，而犹不肯草草合卺，以防意外之谗，如汝之至清至白者也。今日重结花烛，万姓观瞻，殊令名教生辉也。汝归，宜益懋俊德，以彰风化。"铁中玉、水冰心与众臣一齐谢恩，欢声如雷。侍臣得旨，此时撤出金莲宝烛，一对一对，已点得辉辉煌煌；合奏的御乐，一声一声，已吹得悠悠扬扬；排列的旗帜，一行一行，已摆得花花绿绿。铁中玉与水冰心，簇拥而归，十分荣幸。正是：

名花不放不生芳，美玉不磨不生光。

不是一番寒彻骨，怎得梅花扑鼻香？

铁中玉与水冰心迎回到家，先拜过天地，再排香案，谢过圣恩；然后再拜父母，重结花烛。只因这一番是奉圣旨之事，满城臣民，皆轰传二人是义夫侠妇，无不交口称扬。唯过学士被降，又见儿子被责，不胜悔，又不胜怒，追究耸使之人，将成奇尽情处治。万谔被罚，十分没趣。水运虽做个漏网之鱼，然惊出一场大病，因回心感赞哥哥、侄女用情，不敢再萌邪念。仇太监见圣上如此处分，也不敢再蒙邪念。正是：

奸人空自用机心，到底仇深祸亦深。
何不回心做君子，自然人敬鬼神钦。

铁中玉与水冰心这番心迹表明，直如玉洁冰清，毫无愧怍，方欢欢喜喜，真结花烛。这一日，在洞房中安排喜宴同饮，彼此交谢。铁中玉谢水冰心，亏他到底守身，掩尽谗人之口；水冰心谢铁中玉，亏他始终不乱，大服天子之心。饮毕合卺。众侍妾拥入洞房，只见翠帷停烛，锦帐熏香，良人似玉，淑女如花，共效名教于飞之乐，十分完满。后人有诗赞之曰：

三番花烛始于归，表正人伦是与非。
坐破贞怀唯自信，闭牢心户许推依。
义将足系红丝美，礼作车迎金钿肥。
漫道一时风化正，千秋名教有光辉。

铁中玉与水冰心，自结亲之后，既美且才，美而又侠，闺中风雅之事，不一而足，种种俱堪传世，已谱入二集，兹不复赘。